Satansbrut
und
Brauner Bär

Beate Staufenbiel

FOOTE

Printed by Douglas Foote 2017

ISBN 978-1-909381-07-0

Satansbrut
und
Brauner Bär

Beate Staufenbiel

Ein Roman nach einem Treatment von
Beate Staufenbiel
und
Richard Böhringer

Personen, Orte und Handlungen sind frei erfunden,
der geschichtliche Hintergrund aber leider nicht.

Für meine Eltern,
Tanten
und
Onkel

Ich danke...

...Jürgen Adam und Marlene Müller für besonders aufmerksames Lesen und treffende Korrekturvorschläge

...Monika Heine, Rafaela Langnickel und Eva für das Lesen und Kommentare zur ersten Version

...Richard Böhringer für die detaillierten und ergiebigen Diskussionen und Streitgespräche über die Charaktere und Handlung

Historische Anmerkung

1939

Die Nationalsozialisten sind seit 6 Jahren unter der Führung von Adolf Hitler als Reichskanzler an der Macht. 1933 waren sie durch eine Wahl an die Spitze gelangt und haben systematisch jede Opposition unterbunden und deren Anführer verfolgt, verhaftet oder ermordet.

Die Juden dienen als Sündenbock und werden für alle Probleme verantwortlich gemacht. Durch Drangsalierung und Strafen werden viele zur Auswanderung gedrängt, aber nicht alle bekommen die Erlaubnis, in ein anderes Land einzuwandern. Viele Länder, z.B. die Niederlande oder Frankreich, erweisen sich später als Falle, weil Juden nach dem Einmarsch der deutschen Truppen auch dort verfolgt werden. Menschen, die ihnen helfen, werden ebenfalls bestraft und verhaftet.

Am 9./10. November 1938 wurden jüdische Geschäfte, Synagogen und Wohnungen von der SA und Bürgern zerstört. Diese Nacht wurde wegen der vielen Scherben „Kristallnacht" genannt, heute „Reichsprogromnacht".

Das Leben der Kinder wird von der Hitlerjugend (HJ) und dem Bund Deutscher Mädchen bestimmt (BDM). Zuerst war die Teilnahme freiwillig, später Pflicht. Ab dem 10. Lebensjahr kommen Jungen zum Jungvolk. Dort sind sie „Pimpfe", anschließend folgt die Mitgliedschaft in der HJ. Ziel der Ausbildung ist die Vorbereitung zum Soldaten. Ab dem 18. Lebensjahr folgen der Reichsarbeitsdienst und Reichswehr.

Rede von Hitler am 4.12.1938: „Diese Jugend lernt ja nichts anderes als deutsch denken, deutsch handeln. Und wenn nun dieser Knabe und dieses Mädchen mit ihren zehn Jahren in unsere Organisationen hineinkommen und dort oft zum ersten

Mal überhaupt eine frische Luft bekommen und fühlen, dann kommen sie vier Jahre später vom Jungvolk in die Hitlerjugend, und dort behalten wir sie wieder vier Jahre, und dann geben wir sie erst recht nicht zurück in die Hände unserer alten Klassen- und Standeserzeuger, sondern dann nehmen wir sie sofort in die Partei oder in die Arbeitsfront, in die SA oder in die SS...

... Und sie werden nicht mehr frei ihr ganzes Leben und sie sind glücklich dabei."

1

Unruhig döst Jan eingepfercht zwischen staubigen Kartoffel-
säcken auf der Ladefläche eines kleinen, alten Lasters. Sein brauner Ledertornister schaukelt sacht zu seinen Füßen. Die Wolken
vom Morgen haben sich verzogen, und nun brennt die Sonne
ziemlich unbarmherzig. Aber Juli ist halt Juli. Er wischt sich den
Schweiß von der Stirn und hinterlässt einen dünnen Schmierfilm.
Auf der sich dahin schlängelnden, schmalen Landstraße reiht sich
mit erstaunlicher Regelmäßigkeit ein Schlagloch an das andere,
und der Laster steuert jedes einzelne gewissenhaft an. Jedes Mal
hüpfen sein Tornister und die Kartoffelsäcke wie auf Kommando
in die Höhe. In der Wochenschau hatte Jan viele Männer gesehen, die Hitlers Autobahnen bauten. Für diese enge Straße war
wohl nichts mehr übrig gewesen. Wahrscheinlich sind die kleinen
Dörfer nicht wichtig genug; Hitler denkt halt an das ganze, große
Deutschland. Eine ewige, endlose Straße mit kleinen Dörfern.
Hie und da mal ein kleiner Laden. Das ganze erinnert Jan an die
billige Perlenkette seiner Mutter. Viel Band, wenige Glasperlen.
Keine Juwelen. Die war ein Geschenk von Jans Vater. Jetzt trägt
sie sie nicht mehr – nicht seit sie ihren „Neuen" hat. Der hatte ihr
auch was richtig Hübsches geschenkt. „An so einem zauberhaf-
ten Hals muss doch etwas Zauberhaftes hängen", hatte er gesagt.
Jan hätte kotzen können.

Hier ist alles tot. Nicht zu vergleichen mit dem quirligen und
lärmendem Treiben in seinem Hinterhof in Berlin. Überall gibt
es auf den Straßen was zu gucken und Jungen zum Spielen. Wenn
er auch in den letzten beiden Jahren wenig Zeit dazu hatte. Jan
knallt fest mit dem Kopf an das Führerhaus und verzieht das
Gesicht. Er rubbelt sich die schmerzende Stelle und inspiziert

seine Hand – blutet nicht. Gut. Wenigstens wird ihm von dem Geschaukel nicht übel. Ihm war mal auf einem Kettenkarussell schlecht geworden und er musste brechen. Das war schon sehr peinlich gewesen. Aber da war er auch noch ein kleiner Junge. Außer dem knatternden Motor des Lasters ist kein anderes Auto zu hören. Endlose Kurven durch sonnenverbrannte Wiesen und Felder. Jan löst das schon gelockerte schwarze Halstuch ganz, wurschtelt sich aus dem kurzen Braunhemd und legt beides und den braunen Lederknoten sorgsam auf den Tornister zu seinem Fahrtenmesser. Er schließt die Augen. Wenn er heute Abend zurückkommt, wird die olle Frau Lenz ganz schön rum-zetern. Sie hätte seiner Mutter versprochen auf ihn aufzupassen. Er solle gefälligst dankbarer sein und seiner Mutter nicht dauernd Schwierigkeiten machen. Er solle nicht immer nicht nur an sich denken. Sie würde es seiner Mutter berichten; er solle nur sehen. Soll sie doch. Ihm ist es egal. Der Laster hält mit einem Ruck. Stimmen. Jan reckt sich und versucht neben dem Fahrerhaus die Ursache für ihren Stopp auszumachen.

„Sind wir in Großebardeloh?", ruft er. Keine Antwort.

Der alte Fahrer schlurft mit einer vierköpfigen Familie mit Koffern zur Ladefläche. Alle sehen etwas zu fein und auf jeden Fall zu warm gekleidet für diese Art der Reise aus. Jan blinzelt in die unsicheren Augen der beiden Kinder. Der Mann gibt dem Fahrer zögernd ein paar Scheine. Ganz schön viel Geld. Wo der Fahrer ihn umsonst mitgenommen hat. Irgendwann nickt der Fahrer leicht und macht die hintere Heckklappe auf. Der Vater hilft zuerst dem Mädchen, dann dem Jungen und schließlich der Frau hoch. Dann schwingt er sich selber hinauf. Der Fahrer spuckt gelangweilt auf die Straße. Die Frau lächelt aufmunternd den Kindern zu und hilft ihnen aus den Jacken. Hübsch ist sie eigentlich, denkt Jan. Der Laster zuckelt unterdessen weiter. Sie macht ihr Kleid an einem Sack schmutzig, aber es scheint sie

2

nicht zu interessieren. Der Junge und das Mädchen, beide höchstens gerade in der Schule, gucken Jan mit großen Augen an, dann sein Hemd und dann den Rest. Jan ist sich der uneingeschränkten Bewunderung der Kurzen sicher. Als der kleine Junge die Hand nach dem Messer ausstreckt, schlägt sie ihm der Vater hart herunter. Der Junge senkt den Kopf und murmelt etwas, aber mehr zu seinem Vater als zu Jan. Jan kraust die Nase. Er mag es nicht, wenn Eltern so offensichtlich etwas gegen die Sache haben. Deshalb nimmt er sein Messer und reicht es dem Jungen.

„Kriegste auch bald." Jan lächelt gönnerhaft.

Der Junge nickt langsam und schaut unsicher zu seinem Vater. Der blickt schnell zur Seite und traut sich nicht, unter Jans scharfem Blick irgendetwas zu sagen. Der Junge streicht über die „Blut und Ehre"-Schrift und reicht Jan das Messer vorsichtig zurück. Trotz der Wärme kuschelt er sich an seine Mutter. Die Frau betrachtet Jan ernst. Keiner sagt etwas. Jan wird es zu dumm. Diese Leute haben eine Macke. Er lehnt den Kopf an einen Sack und fällt in einen unruhigen Halbschlaf.

Als Jan die Augen wieder öffnet, steht die Sonne merklich tiefer. Der Junge und das Mädchen vertreiben sich die Zeit mit dem Fadenspiel, bei dem der eine einen Faden zur Schlaufe zusammengebunden zwischen den aufrecht gegenüber gehaltenen Handflächen gespannt hält und der andere mit Daumen und Zeigefingern hinein greift um, den Faden dann möglichst geschickt in veränderter Anordnung zu übernehmen. Jan hat das Spiel noch nie gemocht. Er verheddert sich immer. Die beiden scheinen das oft zu spielen. Jan schiebt sich hoch auf einen Sack. Seine ehemals schwarze kurze Cordhose ist völlig verstaubt und ganz grau. Er entdeckt einen ziemlich breiten Fluss ein Stück weit neben der Straße. Mal ist er hinter einem kleinen Wald verschwunden, und schon in der nächsten Kurve taucht er wieder auf. Das Wasser glitzert fantastisch. Rechts und links vom Fluss stehen einzelne Weiden und kleine Büsche. Dichtes Schilf wechselt mit sandigen Buchten ab. Jan kneift die Augen zu und stellt sich vor, wie er dort am Ufer ins kühle Wasser rennt. Dummerweise wird ihm dadurch erst richtig warm. Er öffnet schnell wieder die Augen. Eine Reihe riesiger Pappeln saust an ihnen vorbei. Jan stellt sich auf, hebt übermütig den rechten Arm und brüllt: „Heil!" Sofort hat er ein schlechtes Gewissen. Hinter ihm hört er ein glucksendes Geräusch. Der Vater reicht eine Feldflasche herum und verzieht keine Miene. Sogar eine Spur verächtlich sieht er aus. Der soll bloß aufpassen. Jan guckt wieder nach vorn zum Wasser. Unten im Fluss planschen ein Dutzend Kinder. Und wieder schiebt sich ein Wäldchen davor. Jemand zupft an seiner Hose. Es ist der Junge. Er hält ihm lächelnd die Flasche hin. Jan rutscht wieder runter, bedankt sich nickend und nimmt einen Schluck. Dann gibt er dem Jungen die Flasche zurück.

Der Laster zockelt in eine Allee. Schatten flattern nun über sie dahin. Jan zieht sich hoch. Angenehme Luft weht ihm ins Gesicht. Er klopft auf das Führerhaus.

„Ist es noch weit?", brüllt er gegen den Wind.

Keine Antwort. Vielleicht hat der Fahrer nichts gehört. Er hämmert noch einmal auf das Metall. Der Fahrer rührt sich nicht. Ein Schlagloch wirft Jan auf die Kartoffelsäcke zurück. Langsam drückt seine Blase. Obwohl er eigentlich nur schwitzt. Wenn er allein wäre, würde er das Problem schon lösen. Aber so. Er betrachtet missmutig die Familie. Die Kinder dösen rechts und links im Arm der Mutter; die Erwachsenen haben die Augen geschlossen.

Der Laster schaltet herunter und hält an. Jan rutscht hoch und schaut sich um. Auch die Familie wird munter. Ein kleines Dorf ist neben der Straße aufgetaucht.

Der Fahrer lehnt sich halb aus dem Fenster. „Großebardeloh!"

Jan dreht sich höflich zu dem Vater: „Wollen Sie auch hier

aussteigen?"

„Bei uns wird es eine etwas längere Reise", antwortet der trocken, ohne Jan anzublicken.

Jan schenkt der Familie keine weitere Beachtung, schnappt sich seine Sachen und springt von der Ladefläche auf die staubige Straße.

„Vielen Dank fürs Mitnehmen!"

Jan schlägt sich den Staub aus der Hose.

„Wenn du meiner wärst, würde ich dir die Ohren langziehen. Und ´ne Tracht Prügel kriegtest du dazu."

„Wieso haben Sie mich dann mitgenommen?"

Der Fahrer brummt irgendetwas und schaltet.

„Ich bin schon zwölf. Außerdem fahr ich zu meinem Vater."

Der Laster fährt an.

Jan stutzt, läuft neben dem Fahrerhaus ein paar Schritte und schlägt auf die Fahrertür. „Halt!"

Der Fahrer bremst wieder. „Was ist?"

„Wissen Sie zufällig, wo hier der Friedhof ist?"

Der Fahrer mustert ihn: „Aber du bist sicher, dass hier dein Vater wohnt?"

Jan setzt ein unschuldiges Gesicht auf. „Ich war noch nicht oft hier."

„Mir soll's egal sein. Einfach die Straße da vorne lang." Der Fahrer deutet auf eine noch schmalere Seitenstraße, die links am Dorf vorbeiführt. Er löst die Bremse und der Laster zockelt wieder los. Jan blickt ihm und der Familie noch einen Moment nach, dann dreht er sich um, und fitscht zum nächsten Busch.

Er zieht sich wieder sein nun doch leicht zerknittertes Braunhemd an, bindet das Halstuch ordentlich um und trabt los. In Großebardeloh sagen sich Fuchs und Hase sicher nicht „Gute Nacht", da ist höchstens Platz für einen von beiden. Drei, vier, nein

5

fünf Straßen zählt Jan. Alle dichtgedrängt, mit kleinen Häusern rechts und links und einer kleinen Kirche in der Mitte. So, wie es sich für ein Dorf gehört. Viel Himmel gibt's hier. In Berlin sieht er den weniger. Schwalben zischen rufend durch die Luft. Eine Schule kann er auch nicht entdecken. Keine Post, kein Kaufhaus, kein Kino, kein gar nichts. Ziemlich öde hier. Jan tun die Leute hier jetzt schon leid. Berlin ist da schon etwas anderes. In der Abendsonne ist niemand zu sehen. Nur ein Hund und eine Katze dösen in respektvollem Abstand im Erd- und Obergeschoss eines Baumes. Der Fluss müsste doch auch hier sein. Die Straße biegt dann weiter vom Dorf weg ab, in eine leichte, bewaldete Senke, durch die ein Bach führt. Immer stromabwärts gehen, dann kommt man zum Fluss, dann zum Meer. Das hat er sich von einem der Geländespiele im HJ-Lager des letzten Sommers gemerkt. Hoffnungsfroh steigt Jan aus der Senke wieder hoch. Er bleibt wie angewurzelt stehen. Felder. Nichts als Felder und Wiesen. Weiter hinten geht es wohl zum Fluss runter. Entmutigt lehnt er sich an einen großen, knorrigen Baum. Der Baum reicht hoch und hat unzählige gekrümmte Äste. Jan schwingt sich gekonnt auf den untersten ausladenden Ast. In seinem Hinterhof gibt es keinen einzigen Baum; der kahle Hof taugt nur zum Straßenfußball, aber sein Hordenführer jagt sie auf jeden Baum, der ihm geeignet erscheint, die Spreu vom Weizen zu trennen, wie er sagt. Jan ist natürlich Weizen, auch wenn er sich nicht ganz sicher ist, was Spreu bedeutet. Auf jeden Fall will er bald Hordenführer werden. Dann kann er die anderen scheuchen. Jan klettert bis in die Spitze. Angst hat er keine. Felder und Wiesen und Wälder. Gesprenkelt mit kleinen Bauernhäusern. Ein klitzekleiner, viereckiger Wald neben der Straße ein Stückchen weiter. Die Straße endet einfach. Feldwege führen weiter. Nun kann er auch den Fluss sehen. Und die orangene Abendsonne, ganz weit dahinter, tief am Horizont. Schön sieht das aus. Großebardeloh. Er sitzt fast auf der Höhe der Dachfirste: der kleine Kirchturm ragt aus der Mitte. Irgendwo muss er doch sein. Jan kneift die Augen zusammen, wischt sich noch mal den Schweiß weg. Hier oben ist es angenehm. Der viereckige Wald. Tatsächlich entdeckt er eine kleine Abzäunung um ihn herum. Er klettert flink wieder hinunter und rennt los – nur den Wald vor Augen.

Ein rostiger alter Metallzaun mit Spitzen und einem Tor, gerade groß genug, dass ein Beerdigungszug hindurchpasst, grenzt den Friedhof von der Außenwelt ab. Innen stehen alle Arten von Hecken, Bäumen, Büschen und von der Hitze arg gebeutelte Blumen. Jans Herz klopft. Er hat es geschafft. Jetzt muss er es nur noch finden. Unschlüssig bleibt er einen Moment stehen. Jan späht über das Tor. Die Gräber sind mit viel Platz drum herum angelegt, aber alles ist verwinkelt und durch die Büsche unübersichtlich. Das Tor ist nur angelehnt. Jan stößt es auf, und es quietscht gewaltig. Fast jedes Grab ziert eine Grabplatte oder sogar ein richtiger Grabstein und ist mit Kantensteinen eingefasst. Es gibt kleine Platten und größere; einige wenige Gräber haben eine Figur. Nichts im Vergleich zu dem, was er schon in Berlin gesehen hat. Friedlich ist es hier. Ein paar Vögel zwitschern vergnügt. Jan tritt an das erste Grab: „Volker Meier. 1855-1925“. Jan zuckt mit den Schultern. Dann beginnt er einfach rechts und liest stirnrunzelnd die Inschriften auf den Grabsteinen. Manche sind verwittert. Am Ende dreht er um und liest die gegenüberliegende Seite. Langsam kämpft er sich durch die Grabreihen. Eine nach der anderen. Er hat nicht gedacht, dass der Friedhof hier so groß ist. Einige Gräber haben keinen Grabstein. Ihm wird mulmig. Was ist, wenn er es am Ende doch nicht findet? Daran hat er gar nicht gedacht. Abrupt bleibt er vor einem kleinen Grabstein stehen. Es hat einen Moment gedauert, bis er wirklich verstanden hat, was er da liest: „Walter Schwarz 1902 – 1927“. Er betrachtet das Grab. Das ist es. Er hat es geschafft. Auf dem kleinen Viereck steht das verdorrte

7

Unkraut gleichmäßig kniehoch. Wenn die kleine Grabplatte und eine dreckige Vase mit zwei frischen Sommerblumen nicht wären, wüsste man gar nicht, dass da überhaupt ein Grab ist. Irgendwie hatte er es sich hübscher vorgestellt. Vor allem nicht so unwichtig. Entschlossen bückt er sich und befreit die Mitte, von der er annimmt, dass sie die eigentliche Grabstelle ist, vom gröbsten Unkraut und wirft es ohne viel nachzudenken auf das ordentliche Nachbargrab. Nach einer Weile macht er einen Schritt zurück und betrachtet sein Werk. Besser. Dann legt er ordentlich sein Fahrtenmesser auf die Grabplatte und holt ein fetttriefendes Butterbrotpaket und einen Apfel aus seinem Tornister. Er setzt sich ein Stückchen neben dem Grab auf den Weg, wickelt das Butterbrot aus dem Papier und isst eine Weile. Er denkt nach. Seine Mutter hat ihm nie viel über ihn erzählt. Es hatte ihn allerdings nie interessiert. Was weiß er denn? Ein Autounfall auf der Fahrt von Berlin nach Großebardeloh. Noch vor seiner Geburt. Dass er Vertreter für Herrenbekleidung war. Doofer Beruf, aber er hatte ein Auto und ist bestimmt viel herumgekommen.

Da ist etwas. Jemand. Er dreht sich um.

„Hallo."

Ein sommersprossiges Mädchen in einem luftigen, blauen Kleid mit weißer Schürze balanciert barfuß auf einem Grabstein vier Gräber weiter. Es lächelt ihn spitzbübisch an. Auch das noch. Ein Mädchen. Er will jetzt allein sein.

„Wo kommst du denn her?"

Jan schaut verbissen auf das Grab seines Vaters.

„Kannste nicht reden?"

Jan beißt von seiner Stulle ab.

„Oder willst du nicht?"

„Vielleicht will ich ja nicht mit dir reden", platzt es aus Jan heraus und deutet auf ihren rechten Fuß auf dem Grabstein. „Man tut das nicht."

„Ist ja noch nicht zwölf." Das Mädchen hüpft vom Grabstein.

„Wie, zwölf?" Jan ist irritiert.

Das Mädchen schüttelt verständnislos den Kopf. „Geisterstunde."

Jan nickt langsam: „Geisterstunde." Die hat nicht alle Tassen im Schrank.

Das Mädchen nickt eifrig. „Ich heiße übrigens Susanne. Wie heißt du?"

„Ist mir egal, wie du heißt."

„Ich bin zwölf und mein Vater ist der Dorfbäcker."

„Ist mir auch egal."

Susanne legt den Kopf zur Seite. „Na, wenigstens bin ich nicht bekloppt."

„Ich bin nicht bekloppt."

Susanne nickt bedächtig.

Jan beißt wieder von seiner Stulle ab.

„An was denkst du?", fragt Susanne.

„An nichts." Mädchen.

„Das ist ziemlich schwer, an nichts zu denken", meint Susanne kritisch.

„Jungen können das", sagt Jan verdrießlich.

„Und warum kannst du mir nicht sagen, wie du heißt?"

Jan seufzt. „Ich heiße Jan, komme aus Berlin und besuche das Grab meines Vaters."

„Wohnst du alleine mit deiner Mutter?"

Jan nickt.

„Ich wohne mit meinem Vater und meinem Bruder zusammen. Meine Mutter ist da vorne beerdigt." Sie zeigt auf das Grab mit dem Balanciergrabstein. „Ich besuche sie ziemlich oft. Und dann erzähle ich ihr alles, was so passiert."

„Was soll in diesem Kuhkaff schon passieren?" Jan beschließt, dass Mädchen eine ziemlich blöde Erfindung sind.

Susanne hält inne und kommt auf ihn zu. Sie deutet auf das Grab. „Der da ist dein Vater?"

Jan steht nun auf. „Mein Vater ist nicht ,Der da'."

„Na gut. Walter Schwarz ist dein Vater?"

Jan nickt. Susanne pfeift leise vor Erstaunen.

„Was ist?" Jan wird stutzig.

Susanne lacht ihn wissend an. Das gefällt Jan gar nicht. Dann dreht sie sich um und geht über die Gräber hüpfend in Richtung Ausgang.

„Was ist?", ruft Jan ihr laut hinterher.

Schließlich dreht sie sich um. „Klar, dass du keine Angst vor der Geisterstunde hast. Wenn ich die Enkelin der Hexe wäre, hätte ich das auch nicht." Damit dreht sie sich um und verschwindet zwischen den Büschen. Jan schaut ihr verdutzt nach. Dann schnappt er seine Sachen und rennt ihr nach.

Das Grün der Büsche hat sie verschluckt. Die ersten Meter

rennt Jan hübsch artig den Weg zurück, dann schießt Jan zwischen den Gräbern und Grabsteinen hinter Susanne her. Er achtet aber darauf, nicht auf die eigentlichen Grabstellen zu treten. Suchend läuft er über den nun dämmrigen Friedhof. Der ist von der Mitte aus betrachtet etwas unübersichtlich. Er entdeckt das Tor und Susanne, die die letzten Meter auf einem Bein darauf zu hüpft. Mit einem Schlussspurt hat er sie erreicht.

„Ich bin der Enkel von wem?", platzt es aus ihm heraus.

„Der Hexe", sagt Susanne schnippisch, geht durch das Tor und lässt es hinter sich zuschlagen.

Jan stößt es ärgerlich auf und läuft neben sie. „Nu erzähl schon!"

„Du musst doch wissen, wer deine Oma ist." Susanne schaut ihn prüfend von der Seite an. „Aber klar, der Herr kommt aus Berlin und hier ist nur das Kuhkaff." Susanne klettert zwischen einem Weidezaun durch und stapft geradeaus über eine Kuhwiese aufs Dorf zu. Nach kurzem Zögern folgt Jan. Misstrauisch beäugt er die Kühe, die ihn wiederkäuend interessiert beobachten. Als eine aufsteht und ihm gemächlich folgt, werden seine Schritte merklich schneller.

„Weiß ich vielleicht nicht", gibt Jan zu.

Susanne nickt bedächtig. „Wenn Walter Schwarz dein Vater ist, und der der Sohn der Hexe, dann musst du ihr Enkel sein. Ganz einfach."

„Wer ist die Hexe?"

„Die Hexe halt." Susanne mag auf einmal die Richtung nicht mehr, die diese Unterhaltung nimmt.

„Warum heißt die Hexe ‚Hexe'?"

„Weil sie hext." Susanne marschiert jetzt einen Schritt schneller.

War ja klar, dass das jetzt als Antwort kam, denkt sich Jan. „Warte doch mal."

Susanne bleibt stehen. „Kannst du auch hexen?"

„Was? Quatsch."

11

„Hätte ja sein können."

„Kannst du mich zu ihr bringen?", fragt Jan.

Susanne schüttelt den Kopf. „Nie im Leben."

„Warum nicht?"

„Es ist die Hexe! Keiner geht da hin"

„Ihr seid ja alle bekloppt hier. Und du bist ein blödes Mädchen!" Nun marschiert Jan voran.

„Ich bin kein blödes Mädchen." Susanne bleibt stehen.

„Biste wohl." Jan dreht sich zu ihr um.

„Bin ich nicht."

„Biste doch. Und feige noch dazu. Ein richtiger Angsthase."

Susanne gibt sich geschlagen. „Also gut, ich bring dich hin." Sie biegt seitwärts vom Dorf in Richtung Fluss ab. „Und ich bin nicht feige."

„Biste wohl", denkt Jan und folgt ihr.

Susanne wandert mit Jan quer über Wiesen und Felder, schnurstracks auf einen Wald zu. „Warum bist du denn nicht mit deiner Mutter gekommen?"

Jan beißt sich kurz auf die Lippe. „Meine Mutter hat keinen Urlaub bekommen. Sie hat gemeint, ich wäre ja nun schon groß und könnte auf mich selber aufpassen."

„Sie hat dich ganz alleine von Berlin hierherkommen lassen?" Susanne staunt Jan ungläubig an.

Jan nickt selbstbewusst. „Hat ja bestens geklappt."

Susanne fragt skeptisch: „Und wie kommst du wieder zurück?"

„Na, so wie ich hergekommen bin. Einfach an den Straßenrand stellen."

„In Berlin kommen bestimmt öfter Autos am Straßenrand vorbei als hier", meint Susanne nachdenklich.

„Was hast du denn da um den Hals hängen?" Jan zeigt auf einen dünnen Lederriemen um ihren Hals, an dem kleine Sachen hängen.

„Mein Amulett."

Jan versucht genauer auf das Ding zu schauen. Bereitwillig hält sie es ihm vor die Nase. Ihr Gesichtsausdruck sagt allerdings, dass das nun so sinnvoll ist, wie Perlen vor die Säue zu werfen. Jan versteht immer noch nicht, was er da sieht, also will er es anfassen. Susanne zieht es wieder zurück.

„Ich kann's doch nicht richtig sehen."

Susanne geht weiter. „Du wirst es eh doof finden."

„Was ist es denn? Jetzt bleib doch mal stehen."

„Ich dachte, du willst schnell zur Hexe." Schließlich bleibt sie stehen und hält es ihm demonstrativ vor die Nase.

Jan fasst das Ding an und schaut es genau an.

„Was ist das?"

An dem Lederband hängen eine kleine Feder, ein Stückchen Fell, ein durchbohrter Pfennig, ein rundes Stück Leder mit bunten Glasperlen und ein aufgeklebtes Kleeblatt.

„Das Stückchen Kaninchenfell ist von dem Pelzkragen meiner Mutter. Den Pfennig hat mein Papa mir durchbohrt, und das Kleeblatt hat mir Thomas, das ist mein Bruder, mal geschenkt. Ist aber schon fast ganz abgeblättert. Die kleine Feder hab ich gefunden."

Jan staunt und weiß nicht so richtig, was er sagen soll. Wenn er jetzt sagt, was er denkt, wird sie ihn nicht zur Hexe bringen. „Braucht man so was hier?", fällt ihm schließlich ein.

„Wenn man die Hexe nicht zur Oma hat, ja", gibt sie patzig zurück.

Dann dreht sich Susanne nach vorne und bleibt stehen. Sie wird etwas fahl um die Nase und zeigt auf ein altes, kleines Fachwerkhaus in einiger Entfernung, unter großen Bäumen, von einer Hecke umringt und dicht vor einem Waldrand. „Da ist es!"

Jan fällt Hänsel und Gretel ein.

Susanne schaudert. Richtig unheimlich sieht es aus. „Ich glaub, ich geh jetzt mal wieder zurück. Papa wartet schon."

Jan überholt Susanne und sagt leise grinsend zu ihr: „Angsthase, Pfeffernase."

Susanne bleibt stehen. Eiskalt ist ihr auf einmal. Eigentlich kann es ihr egal sein, was dieser fremde Junge von ihr denkt. Ist es ihr aber nicht, und sie versteht nicht, wieso. Sie gibt sich einen Ruck und folgt ihm zögernd. „Bin ich nicht."

Jan hat noch nie an Hexen geglaubt, aber er muss zugeben, dass dieses Haus auch ihm unheimlich ist. Keine Gardinen, kein warmes Licht von innen. Die beiden nähern sich dem Haus längs der Hecke. Kurz vor dem Haus gehen sie auf die Knie und krabbeln auf allen Vieren weiter bis in den Garten. Sie ducken sich hinter Johannisbeeren. Niemand ist zu sehen. Besorgt blickt Susanne zum Himmel. Der erste Stern taucht schon auf. Ihr reicht es. Sie ist genau da, wo sie um diese Uhrzeit nicht sein will. „Siehst du, keiner da. Aber da wohnt deine Oma."

Jan kriecht auf das Haus zu. Susanne packt ihn am Gürtel, aber Jan befreit sich. Das Haus zieht ihn magisch an.

Susanne kriecht mit zusammengebissenen Zähnen hinterher und hält ihn am Hemd fest. „Komm hier weg. Das ist nicht gut, wenn wir hier sind." Eine Fledermaus umschwirrt den Schornstein. Susanne fühlt sich ziemlich elend.

Jan dreht sich zu Susanne. „Ich geh da jetzt rein."

Susanne schluckt.

„Du musst nicht mitkommen."

„Ich hab keine Angst", flüstert Susanne mit zittriger Stimme.

3

Beide kriechen bis zur Tür. Jan steht auf und klopft sich den Staub aus den Kleidern. Schließlich wohnt hier seine Oma, und da will er einigermaßen ordentlich aussehen. Zögernd macht Susanne es ihm nach. Entschlossen legt Jan die Hand auf die Klinke und drückt. Die Tür öffnet sich mit leisem Knirschen.

„Sie ist offen", meint Jan begeistert.

Susanne schüttelt den Kopf. „Natürlich ist sie offen. Warum sollte man eine Tür abschließen?"

Jan schaut sie schief an. Erst will er etwas erwidern, dann dreht er sich um und verschwindet im Dunkel. Susanne schleicht hinterher.

Jan ist stehengeblieben. Susanne schaut über seine Schulter. Alles um sie herum ist düster. In einem uralten Herd flackert ein kleines Feuer. Die dunkle, verrußte Holzdecke ist niedrig und der Raum irgendwie schräg. Die Wände sind blau gestrichen. Ein kleiner Holztisch mit zwei Stühlen steht in der Ecke. Die langen Schatten von überall hängenden Kräutern tanzen im Feuerschein auf den Wänden. Susanne bewegt sich keinen Millimeter. Jan reißt sich zusammen. Ein deutscher Junge ist halt furchtlos. Und wenn nicht, sollte man es wenigstens nicht sehen. Und Susanne schon gar nicht. Geht Gott sei Dank auch nicht bei der schummrigen Beleuchtung. Er nimmt sich ein paar Kräuter und riecht vorsichtig daran.

„Nicht!", zischt Susanne, „du weißt doch gar nicht, ob die giftig sind."

Jan zuckt lässig mit den Schultern und hängt die Blätter zurück. Er schleicht zur schiefen Flurtür. In diesem Moment flitzt eine Katze, die unbemerkt unter einem Stuhl gekauert hatte, an ihm vorbei in den pechschwarzen Flur.

Susanne kreischt auf. „Das ist sie!"

„Das ist wer?"

„Die Hexe." Susanne legt ihre Hand auf die Stuhllehne, aber sie zittert so stark, dass die Hand auf der Stuhllehne auf und ab federt.

Jan schaut sie ungläubig an. „Du spinnst."

Susanne ist außer sich. „Nein, tu ich nicht. Hexen können das. Die verwandeln sich in Katzen. Und wieder zurück."

Jan lacht los. „Glaubst du das echt?" Er findet es mutig von sich, jetzt zu lachen. Er ist eben ein richtiger Kerl.

Susanne wird ein bisschen rot. „Du hast keine Ahnung. Das ist so."

Jan grinst immer noch, dreht sich um und betritt den Flur. Susanne setzt tapfer einen Schritt vor den anderen, bis zur Tür.

Der Flur entpuppt sich als feuchte, dunkle, muffige Diele mit ein paar kleinen alten Türen und einer augenscheinlich wackeligen Treppe. Etwas Kleines, Schwarzes huscht über den Lehmboden an der Wand entlang und verschwindet unter einer schweren Truhe. An den Wänden sind Umrisse von getrockneten Kräutern und einem verstaubten Pflug zu sehen. Jan schaut sich um. Susanne steht immer noch auf demselben Fleck und traut sich nicht weiter. Mutig stolpert Jan zu einer Tür und öffnet sie vorsichtig. „Hallo?", sagt er leise. „Jemand da?"

Ein kleiner Raum. Das winzige Fenster ist mit Pappe zugeklebt. Die Scheibe ist wohl kaputt. Es ist ein Vorratsraum mit Dutzenden von gefüllten Einmachgläsern in verstaubten Bretterregalen. Er kommt sich etwas blöd vor. Egal.

Er lugt in den nächsten Raum. Dieser ist größer. Durch zwei kleine Fenster fällt dämmriges Licht auf eine uralte, abgewetzte Couch, einen Tisch, zwei alte Sessel, eine Holzanrichte und einen Ofen in der Ecke. Jans Blick bleibt an etwas hängen. Auf der Anrichte stehen gerahmte Fotos ordentlich auf einem weißen

Deckchen. Jan tastet sich durch den Raum. Er stolpert böse über einen Korb mit Strickzeug. Er macht einen Hüpfer auf einem Bein und zieht die Luft ein, vergisst den Schmerz aber sofort wieder. Andächtig hebt er ein Foto nach dem anderen hoch. Es ist so dunkel, dass er kaum etwas darauf erkennen kann. Kurzerhand schnappt er sich alle und läuft zu Susanne in die Küche. Er hebt die runde, eiserne Herdplatte ab. Es ist es ihm egal, ob er Lärm macht. Er will die Fotos sehen. Susanne zuckt bei jedem Kratzen und Scheppern der Herdplatte zusammen. Jan beugt sich vor und hält das erste Foto dicht unter seine Nase. Er muss aufpassen, dass das er nicht zu nah an die Flammen kommt. Im roten Flammenlicht kann er es sehen: eine junge, adrette Frau mit einem Baby. Dann das nächste: ein niedlicher Junge; und das letzte: ein junger Mann mit Autobrille und Lederkappe. Jan hantiert gefährlich nahe am Feuer mit den Bildern. Das muss er sein! Der junge Kerl grinst frech in die Kamera. Im Hintergrund sieht man eine große Kirche. Mitten auf dem Foto ist eine Widmung. „Für meine liebe Mutter", steht da. Er hat noch nie ein Bild von seinem Vater gesehen. Jan hat die Umgebung vergessen; er versucht sich jede Einzelheit einzuprägen. Susanne hopst ungeduldig hin und her.

Knarrende Schritte. Susanne linst vorsichtig durch die Tür in die Diele. Eine schwarze Gestalt in langem Rock erscheint oben auf der Treppe. Susanne kreischt, macht zwei Hopser: „Sie kommt! Sie kommt!" Und schon ist sie draußen.

Jan hört die knarrenden Schritte auf der Treppe. Jan umfasst das Foto in seiner Hand fester. Der dunkle Schatten taucht in der Tür auf.

„Pack! Verschwindet!", zischt die Hexe, greift den Reisigbesen neben der Tür. Jans Knie werden weich. Blitzschnell fliegt der Besen auf ihn zu. Er umklammert die Fotos, duckt sich, kriecht unter den Tisch. Dabei fallen die Bilder auf den Boden.

Der Besen kracht an die Wand. Jan greift nach den Fotos,

kann aber so schnell nur eins festhalten und fliegt fast zur Tür. Mit einem schrillen Schrei holt die Hexe den Besen und wirft ihn ihm hinter her. Krachend spürt er den Besen im Rücken. Er stolpert in die Nacht und rennt zur Hecke und weiter. Dann bleibt er stehen. Ein Pfiff. Susanne hockt winkend in einiger Entfernung vom Haus hinter einem Busch an der Straße mit seinem Tornister. Er schaut sich seine Beute an. Viel kann er nicht erkennen, aber es ist das Foto von dem jungen Mann. Grinsend trabt er auf sie zu. Sein Rücken schmerzt etwas. Susanne ist sauer. Irgendwie ist ihr ihr Gekreische peinlich, anderseits hatte sie mal wieder Recht mit der Hexe.

Triumphierend hält er ihr das Foto unter die Nase. „Mein Vater."

Susanne wirf einen kurzen Blick darauf und steht pikiert auf. „Mir egal. Ich geh jetzt nach Hause." Sie geht los.

Jan nimmt seinen Tornister und rennt hinter ihr her. „Warte doch mal."

Susanne wartet nicht. Jan läuft nun neben ihr.

Susanne ist immer noch angefressen. „Das war deine Oma. Zufrieden?"

Jan nickt begeistert.

„Und was machst du jetzt?"

Jan kratzt sich am Kopf. „Weiß nicht. Nach Hause, denk ich." Eigentlich hatte er sich bis jetzt keine Gedanken über das Danach gemacht.

„Ich glaub nicht, dass jetzt noch ein Auto kommt." Mitfühlend klingt das nicht.

Sie erreichen die Landstraße, wo Jan vor ein paar Stunden angekommen ist. Ihm kommt es wesentlich länger vor. Jan setzt sich unter die mittlere von drei einsamen Laternen. Susanne ist unschlüssig. Dann setzt sie sich zu ihm. Jan betrachtet fasziniert das Foto.

Nach einer Weile meint sie: „Er hätte dir aber trotzdem ein paar Fotos von sich geben sollen. Das ist doch blöd, wenn man noch nicht mal weiß, wie der eigene Papa aussieht."

„Da ist er ja gar nicht mehr zu gekommen. Ich war noch nicht auf der Welt, da ist er mit dem Auto schon verunglückt. Er und Mama wollten heiraten. Hat sie mir erzählt. Und dann ist es halt passiert. Auf einer Heimfahrt von Berlin nach hier hin."

„Und deine Mutter hat auch keins?"

Jan denkt kurz nach, dann schüttelt er den Kopf.

„Deine Mutter hat kein Foto? Gar keins?"

„So sehr hab ich mich nie dafür interessiert. Ich hab früher mal gefragt, da hat sie gesagt, dass ich noch zu klein wäre, für so eine Reise."

Grillen zirpen. Susanne schaut die Straße rauf und runter, aber es ist genau, wie sie gedacht hatte. Kein Auto. Nicht ein einziges. „Nüscht."

Jan holt aus seinem Tornister einen alten Brief hervor, den er sorgfältig in einem Schulbuch transportiert hat. „Hier. Guck. Das hat er Mama geschrieben. Aber pass bloß auf! Ich muss ihn wieder zurücklegen. Sonst merkt sie was."

„Abgehauen biste, was?"

Jan zuckt mit den Schultern.

Susanne nickt. Vorsichtig nimmt sie den Brief. Mit gerunzelter Stirn liest sie langsam und stockend die erwachsene Handschrift. Dann lacht sie. „Das ist ja ein Liebesbrief! Hier. Da hat dein Vater darunter geschrieben: ‚Dein frecher Flusspirat.' Und das er sie wieder da treffen will, wo sie sich immer treffen. Ganz geheim. Nicht mal sein Name steht da." Susanne kichert.

Ärgerlich nimmt Jan ihr den Brief wieder weg. „Er hat sie halt gemocht."

Susanne kichert noch, nickt dann aber. „War da kein Umschlag dabei?"

Jan schüttelt den Kopf. Er stutzt und fingert noch einmal das Foto hervor, dann wieder den Brief. Seine Kinnlade klappt herunter.

„Was ist?", fragt Susanne irritiert.

„Da guck. Die Handschriften sind nicht gleich." Er hält ihr beides hin. Susanne prüft sie gewissenhaft, und wirklich – beide Handschriften könnten verschiedener nicht sein. Beide schauen sich an.

„Versteh ich nicht", meint Susanne.

Entschlossen packt Jan den Brief wieder sorgfältig in das Buch, dann in den Tornister und steht auf.

„Wo willst du hin?", fragt Susanne.

„Ich frag die Hexe, was das soll. Sie ist schließlich meine Oma." Und schon hat er sich umgedreht und marschiert im Eiltempo wieder in die Dunkelheit. Susanne zieht eine Grimasse. Dann springt sie auf und läuft hinter ihm her.

„Du willst noch mal da hin?" Susanne bleibt tapfer neben ihm. Erst mal.

„Du musst ja nicht mit." Jan wird irgendwie übel. Aber nicht wegen der Hexe. Und auch nicht wegen der Dunkelheit. Irgendwas passte ganz und gar nicht.

Susanne ist hin- und hergerissen. Sie blickt zu den auf einmal sehr gemütlich wirkenden Häusern mit erleuchteten Fenstern, dann auf den dunklen Weg vor ihnen. Ein Käuzchen schreit.

„Ist es wohl schon zwölf?", flüstert sie.

Jan schüttelt den Kopf. Sie bleibt bei ihm. Bald sind sie so weit von zu Hause weg, dass sie auch nicht mehr allein zurück will. Sie kommt sich ziemlich dumm vor. Da hat sie sich ja in einen schönen Schlamassel gebracht. Beide schweigen, und die Welt um sie herum wird immer dunkler.

Schließlich stehen beide wieder vor dem Haus der Hexe.

Sie hocken sich unter einen Obstbaum. Die Küche ist nun

beleuchtet, und der Schatten der Hexe ist zu sehen.

„Wir dürfen auf keinen Fall mehr hier sein, wenn es zwölf ist. Sonst ist es aus mit uns", flüstert Susanne; mehr zu sich und ein bisschen zu Jan.

Entschlossen steht Jan auf. „Quatsch."

„Warte." Sie drückt ihm ihr Amulett in die Hand.

Ohne drüber nachzudenken, stopft er es in seine Hosentasche. Sein Kopf tut weh. Dann marschiert er geradewegs auf das Haus zu.

Susanne krabbelt zu dem breitesten Obstbaum der kleinen Obstwiese und linst hinter dem Stamm hervor.

Gerade als Jan die Hand auf die Klinke legen will, fliegt die Tür auf. Jan stolpert im Lichtkegel zurück. Er blinzelt. Die Hexe steht mit ihrem Besen drohend in der Tür. Susanne wagt kaum zu atmen. Irgendwie hatte er sich eine Großmutter immer anders vorgestellt.

„Ich bin kein Dieb", sagt Jan leise und ruhig. Er hält ihr das Bild hin. Bei dem Licht kann sie bestimmt nichts sehen. „Das ist das Foto aus ihrem Wohnzimmer", erklärt er vorsichtshalber, aber so, wie die Hexe guckt, ist das wohl unnötig.

„Gib es zurück!", zischt sie.

„Ist das Walter Schwarz?" Jan gibt sich entschlossen.

„Unnützes Pack." Die Hexe brummelt es so leise, dass er es kaum versteht.

„Ist das hier Walter Schwarz?" Er lässt sich nicht verjagen. Und schon gar nicht von einer alten Frau. Oder einer Hexe.

Die Hexe taxiert ihn irritiert.

„Wer ist auf dem Foto?" Jan wird zunehmend forscher.

„Walter."

„Dann ist das mein Vater!", triumphiert Jan.

Das Gesicht der Hexe verdüstert sich zusehends.

„Und darum sind Sie meine Oma." Jan beginnt den Satz siegessicher, aber der Rest kommt ziemlich leise über seine Lippen.

„Gib das her!" Die Hexe humpelt langsam auf Jan zu. Irgendwie ist sie schief in der Hüfte. Sie hat Jan fest im Blick.

„Aber ich hab kein Foto von meinem Vater... "

Die Hexe reißt mit einer schnellen Handbewegung Jan das Foto aus der Hand. Hinter dem Baumstamm greift Susanne nach ihrem Amulett. Als sie es nicht findet, kaut sie vor Aufregung auf dem Fingernagel ihres Daumens herum.

Jan verwünschend schlürft die Hexe zurück ins Haus.

„Warten Sie!" Jan holt den Brief aus dem Tornister. „Meine Mutter hat mir gesagt, dass Walter Schwarz mein Vater ist."

Die Hexe dreht sich in der Tür um; Jan geht auf sie zu. Er hält ihr den Brief in einigem Abstand vor die Nase, bedacht, dass sie ihm den nicht auch noch wegnimmt.

„Ich war heute auf dem Friedhof. Hab sein Grab besucht. Und sie hat mir den Brief gegeben. Na ja. Eigentlich hat sie ihn mir nicht gegeben. Sie hat ihn mir gezeigt und gesagt, dass er von meinem Vater wäre. Und dass sie ihn mir geben würde, wenn ich erwachsen bin."

Die Hexe starrt Jan an.

Jan zeigt auf seinen Brief. „Das hat mein Vater geschrieben. Und das Geschriebene sieht anders aus als das auf dem Foto."

Die Hexe wirft einen kurzen Blick auf den Brief, dann schaut sie wieder Jan an. Der steckt den Brief sicherheitshalber in seine Hemdtasche.

„Wie heißt deine Mutter?", fragt sie trocken.

Jetzt erst kann er ihr Gesicht sehen. Alt und richtig zerfurcht. Mit zwei Warzen. Eine über dem linken Auge, eine auf ihrem Kinn.

„Marie Wilke", stottert er.

Die Hexe schaut über Jan hinweg in die Dunkelheit. Ihr Gesicht spiegelt Abscheu. Susanne versucht etwas weiter hinter dem zu schmalen Baum zu verschwinden.

„Ins Unglück hat sie meinen Walter gestürzt. Das hat sie getan. Tod ist er."

„Das ist unfair", gibt Jan zornig zurück.

„Eine Hure war sie."

Jan wird rot. Und versteht eigentlich gar nichts mehr.

„Rumgehurt hat die. Durchs halbe Dorf. Mein Walter ist nicht dein Vater."

„Meine Mutter ist keine Hure!"

„Hau ab!"

Jan schnappt sich wieder das Foto. Er hält es der Hexe vor die Nase. „Das ist mein Vater!"

Die Hexe fasst Jan blitzschnell am Kinn und dreht Jans Kopf langsam prüfend hin und her. „Genau wie der Satan. Damals."

„Wie wer?" Jan zieht wütend sein Kinn aus ihrem Griff und macht einen Schritt zurück.

„Spross des Satans. Du bist eine Satansbrut!", faucht die Hexe.

„Bin ich nicht. Ich glaube nicht an Satan, Hexen und so'n Zeug. Sie sind meine Oma. Jawohl." Jan zeigt auf das Foto in seiner Hand. „Und der hier ist mein Papa. Und...."

Die Hexe kreischt: „Und jetzt weg mit dir! Ich will dich nie wieder sehen! Du bist der Spross des Bösen!"

Jans Arme hängen schlaff neben seinem Körper. „Von wem?"

„Wer hat alles Böse über uns gebracht? Wer? Und er ist einer davon."

Jan schaut sie verständnislos an.

Die Hexe macht einen hinkenden Schritt auf ihn zu.

„Das Böse! Das Böse!" Blitzschnell greift sie nach dem Foto.

Aber Jan ist auf der Hut, zieht es weg, schnappt sich seinen Tornister und rennt.

„Satansbrut!" Die Hexe macht ein paar humpelnde Schritte hinter ihm her, gibt aber rasch auf.

23

„Das hier ist mein Vater!", brüllt Jan im Laufen. Heulend stolpert er an Susanne vorbei den Weg hinunter. Erleichtert flitzt Susanne hinterher.

Jan trottet neben Susanne die dunkle Straße entlang. Er schämt sich seiner Tränen. Er schnieft und wischt sich mit der flachen Hand die Nase ab. Nach einer Weile wird er ruhiger. Er muss seine wirren Gedanken sortieren.

„Sag mal, was meinte die mit Satansbrut?", fragt Jan leise.

Susanne zuckt mit den Schultern, aber dann fällt ihr ein, dass Jan das ja im Dunkeln gar nicht sehen kann. „Weiß nicht", sagt sie leise. Sie gehen ein paar Meter schweigend nebeneinander.

Jan versucht es wieder: „Sie hat gesagt, dass ich eine Satansbrut bin und: ,Wer hat alles Böse über uns gebracht?'"

„Strassberg sagt immer, dass die Juden alles Böse über Deutschland bringen", denkt Susanne laut.

„Wer ist Strassberg?"

„Unser Lehrer."

„Du meinst, die Hexe hat gesagt, dass ich wie ein Jude aussehe?" Jan wird schlecht.

„Du hast sie an irgendwen erinnert."

„Du kommst von hier!"

Susanne überlegt eine Weile. „Da kann nur einer in Frage kommen."

„Wer?"

„Rosenstolz." Susanne zögert.

Jan wartet, und obwohl er ihr Gesicht nicht richtig sehen kann, spürt er, dass Susanne nicht weiß, wie sie es sagen soll.

„Ja, also was?" Jan bleibt stehen.

Susanne gibt sich geschlagen. „Rosenstolz ist der Dorfjude."

Jan schaut sie nur an.

„Die Hexe meinte halt, du sähest ihm ähnlich." Susanne schaut auf den Boden. „Und du wärst der Spross des Bösen und einer."

„Hure", fügt Jan kaum hörbar hinzu.

Susanne geht wieder ein paar Schritte. Jan läuft neben ihr. Er schaut zum Himmel. Sternenklar ist der. Und wunderschön. Eigentlich. Viel schöner als in Berlin. Jetzt ist es ihm egal.

„Eine Hure ist doch, wenn eine Frau es mit fremden Männern macht. Für Geld. Oder?", fragt er Susanne zaghaft. Und er fühlt sich dabei elend. Heute Morgen war alles ganz toll gewesen. Er war der Held. Er wollte endlich das Grab seines Vaters sehen. Und er hatte es gesehen. Schlecht war ihm.

„Na ja, so schlimm ist es nicht. Manchmal sagen das Leute nur, wenn sie jemanden nicht mögen", versucht es Susanne.

„Das klang aber nicht so."

„Vielleicht hatte deine Mutter ja auch nur mehrere Verehrer. Als sie jung war. Sie muss das nicht für Geld gemacht haben."

„Was gemacht?" Und schon beißt sich Jan auf die Zunge und wird knallrot. Gott sei Dank ist es jetzt sehr dunkel. Als ob er, der Junge aus Berlin, nicht wüsste, was gemeint war. Es war ihm einfach nur so rausgerutscht.

„Das weißt du nicht?", fragt Susanne nun ziemlich entsetzt.

„Klar, weiß ich das. Ich war nur so in Gedanken." Zugeben, dass er doch nicht so richtig wusste, was gemeint war, wollte er nun wiederum auch nicht.

Susanne nickt. „Kann ich verstehen."

„Aber das ist völlig unmöglich. Meine Mutter kennt keine Juden in Berlin. Sie mag sie nicht. Und sie will nicht, dass ich mit welchen befreundet bin." Er denkt an den Nachbarjungen Jo. Früher hatten sie zusammen im Hof gespielt. Irgendwann war es Jans Mutter nicht mehr recht, wenn sie zusammen waren. Und dann war Jo im letzten Winter weggezogen. Nach Holland.

Susanne wiegt ihren Kopf hin und her. „Früher war das wohl nicht so schlimm."

„Meine Mutter macht so was nicht. Nie. Im. Leben."

25

„Aber vielleicht waren deine Mutter und der Rosenstolz einfach nur befreundet. Und dein Vater ist wirklich der Schwarz. Schließlich wollte er ja deine Mutter heiraten."

Jan nickt. Das hört sich gut an. „Meine Mutter war nicht mit dem befreundet. Sie hasst Juden. Wirklich."

„Ich glaub es dir ja. Aber..."

„Was aber?"

„Na ja, vielleicht will sie ja heute nicht mehr zugeben, dass... "
Susanne bricht ab und merkt, dass sie das besser nicht gesagt hätte.

Jan schultert seinen Tornister. „Meine Mutter will jetzt einen Mann aus der Partei heiraten. Sie hält nix von Juden. Gar nix. Und die Hexe hat keine Ahnung. Die ist bescheuert. Und du... "

„Was?"

Sie stehen wieder unter den drei Laternen an der Straße.

„Du bist auch bescheuert. Quatscht mit deiner toten Mutter. Hier... " Er kramt das Amulett hervor und gibt es ihr. „Es hat mir genug Glück gebracht."

Susanne hängt es sich trotzig wieder um den Hals. „Ich bin wirklich bescheuert. Latsche im Dunkeln zur Hexe. Und wenn ich nun nach Hause komme, kriege ich schön Ärger. Sieh doch zu, wie du nach Hause kommst." Sie geht ein paar Schritte. „Mein Amulett hat dir geholfen. Nur du bist zu blöd, dass zu kapieren." Damit dreht sie sich um, marschiert in die Dunkelheit und ist weg.

Jan steht alleine unter der Laterne. Ganz still ist es. Und dunkel ist es um ihn rum. Jan schaut hoch zur Laterne und sieht unzählige Falter im Licht. Einer landet im Netz einer dicken Spinne. Sie rast hervor und spinnt ihr Opfer zu einem Paket. Jan nimmt seinen Tornister und rennt Susanne in die Dunkelheit nach. „Warte!" Er bleibt in der winkligen Gasse stehen. „Susanne?"

4

Susanne taucht aus dem Nichts vor ihm auf.

Jan kratzt sich am Kopf. „War nicht so gemeint. Kommt kein Auto."

„Und jetzt?"

„Weißt du einen Schuppen, wo ich schlafen kann?"

„Hast du denn keine anderen Verwandten hier?"

Jan schüttelt den Kopf und, da er sich nicht sicher ist, ob Susanne das sehen kann, fügt er „Nein" hinzu.

„Aber wenn die Hexe deine Mutter kennt, muss sie doch auch hier gewohnt haben, oder?"

„Ja, hat sie. Sie ist erst später nach Berlin."

„Biste also doch kein waschechter Berliner, sondern nur ein Zugereister."

„Und ob ich ein echter Berliner bin. Ich bin in Berlin geboren. Das zählt."

„Ja?"

„Ja."

Susanne wartet.

Jan reibt seine Nasenspitze. „Aber das ist doch jetzt egal. Sie hat mal erzählt, dass ihre Eltern einen Laden hatten."

Susanne überlegt einen Moment. „Ach, jetzt weiß ich. Es gab hier nur zwei Läden. Und der eine davon kann's nicht sein. Ich bring dich hin. Ist gleich hier vorne."

„Du meinst, ich hätte doch Verwandte hier?", fragt Jan verblüfft.

„Sogar ′ne ganze Menge. Komm."

Susanne nimmt die Beine in die Hand. Jan stolpert hinterher. Das Kopfsteinpflaster ist hier besonders uneben. Im Mondlicht sehen die alten Fachwerkhäuser links und rechts ziemlich unheimlich aus. Dicht gedrängt stehen sie. Er linst hin und wieder in die kleinen, beleuchteten Fenster. Winzige niedrige Zimmer. Manche haben nur Petroleumlampen und kein elektrisches Licht.

Susanne bleibt vor der Tür eines Ladens mit vier kleineren Schaufenstern stehen. Über der Tür steht mit nicht eingeschalteten Leuchtbuchstaben: „Kehrmanns Kolonialwaren."

Susanne deutet auf eine Bäckerei nebenan. Ein Lichtkegel aus einem Fenster darüber fällt dicht neben Jan auf den schmalen Bürgersteig.

„Da wohn ich. Also, tschüss dann."

„Kommst du nicht mit?"

„Nö, da geh ich nur rein, wenn ich muss."

Jan schaut sie irritiert an. „Spukt's hier auch?"

„Ja, aber anders."

„Was?"

Susanne schüttelt den Kopf: „ Die werden dich schon nicht fressen." Sie winkt kurz, wirbelt herum und verschwindet im schulterbreiten Weg zwischen den beiden Häusern.

Nun ist er allein. Langsam tritt Jan an die Ladentür, legt eine Hand über die Augen und schaut durch das Glas. Düster wirkt der Raum, aber durch die hintere Tür scheint Licht und wirft einen fahlen Strahl geradewegs auf Jan. Zaghaft klopft er an die Tür. Nichts. Jan beißt sich nervös auf die Lippe. Oben aus der Bäckerei hört er, wie eine Männerstimme kurz mit Susanne schimpft. Sie antwortet irgendwas. Die Stimme beruhigt sich schnell wieder. Dann ist es still. Ein Hund bellt irgendwo. Nun klopft er beherzter. Jetzt erst sieht er die Klingel im Türrahmen. Und kommt sich blöd vor. Hat, Gott sei Dank, niemand gesehen. Er drückt einmal kurz auf den Knopf. Und noch mal. Plötzlich hört er was. Jan starrt in die Dunkelheit. Schritte. Im Laden geht Licht an, richtiges, helles Licht, und Jan kneift die Augen zu. Er hört, wie die Ladentür von innen aufgeschlossen wird. Als er sie öffnet, schaut er in die nicht unbedingt freundlichen Augen einer Frau, die mit ihren blonden Haaren und blauen Augen seiner Mutter und ihm ziemlich ähnlich sieht.

„Was willst du?"

Ja, was will er? „Kann ich hier übernachten?", kann er wohl schlecht sagen. Jan fällt nichts ein. Also räuspert er sich erst mal.

„Was ist? Kannst du nicht sprechen?"

Hinter der Frau taucht ein freundlich dreinschauender Mann auf.

Jan staunt nicht schlecht: Er trägt eine Parteiuniform und zwar die eines Ortsgruppenleiters.

„Was ist los? Was will der Junge?"

Ihm muss was einfallen. Und zwar schnell. Schon schaut die Frau ihn zunehmend ärgerlicher an und greift genervt nach der Klinke, um die Tür wieder zu schließen. Stocksteif steht er da, und das einzige, was er denken kann ist, ob hier ein Diener oder der Deutsche Gruß angebrachter ist. Er entscheidet sich für Letzteres und führt ihn besonders zackig aus. Im Meldeton platzt er mit dem Ersten heraus, was ihm in den Sinn kommt. „Meine Mutter schickt mich. Sie hat gesagt, ich könnte bei Ihnen übernachten, falls es eng wird."

Die Frau und der Mann starren Jan stirnrunzelnd von oben bis unten an. Die Frau lässt die Hand von der Klinke sinken.

„Wie heißt du denn?" Die Stirn runzelt sich nun bedenklich.

Hatte er das nicht gesagt? „Jan Wilke. Und meine Mutter heißt Marie Wilke." In dem Moment, wo die Worte heraus sind, spürt Jan ein sachtes Zucken der Beiden.

Die Frau fragt mit heiserer Stimme nach. „Wer bist du?"

„Jan Wilke. Ich komme aus Berlin."

Der Mann findet als erstes seine Worte wieder. Sein Stirnrunzeln weicht einem freundlichen, einladenden Lächeln. „Na, dann mal hereinspaziert. Wenn deine Mutter sagt, du könntest hierbleiben, dann ist das auch so."

Jan schaut zur Frau und ist sich sicher, dass, wenn Blicke töten könnten, jetzt zwei Leichen hier liegen würden.

Der Mann redet unbeirrt weiter: „Ich bin dein Onkel Wilhelm. Und das ist deine Tante Helena. Sie ist die ältere Schwester deiner Mutter."

„Wenn sie ihn hierher geschickt hat, wird er das sicherlich wissen", faucht seine neue Tante Helena seinen neuen Onkel Wilhelm an.

Nein, das wusste er nicht, denkt sich Jan, aber so braucht er wenigstens nicht danach zu fragen.

Jan versucht wieder seine beste Unschuldsmiene aufzusetzen, aber er merkt gleich, dass Tante Helena aus hartem Holz ist.

„Komm rein, oder willst du bis morgen früh draußen stehen?", überspielt Onkel Wilhelm die frostige Sommerabendatmosphäre.

Jan hebt seinen Tornister auf. Helena weicht nur widerwillig. Sein Onkel eilt zur hinteren Tür. Jan folgt ihm. Jetzt erst nimmt er den grandiosen, ordentlich gestapelten Wirrwarr aus Waren wahr. Auf der rechten Seite reichen die Regale bis an die Decke, vollgepfropft mit Esswaren, Kaffee, Zucker, Salz, Gewürzen und Bier. Sogar Stoffballen, ein Schränkchen mit Zwirn und eins mit Knöpfen, einige Spielesammlungen und Papierwaren gibt es. Davor steht eine lange dunkle Holztheke, und obendrauf die Kasse und Gläser mit verschiedenen Bonbons. Davor ein Stand mit Gemüse und Obst. In der Mitte lehnen zwei mannshohe Regale mit vielen Kisten und Schachteln aneinander. Metall- und Holzschrauben, Nägel, Draht, Werkzeug sind wohl eher für männliche Kundschaft gedacht. In einem Fach liegen ein paar Zeitungen und Zeitschriften. „Der Stürmer" liegt gut sichtbar obenauf. Links vorne ist eine Poststelle und dahinter eine richtige Bücherei mit unzähligen geschundenen Büchern. Zumindest schließt Jan das aus der Überschrift „Leihgebühr = 1 Pfennig." Jan braucht einen Moment, um das alles in sich aufzunehmen und merkt gar nicht, dass er stehengeblieben ist. Der Onkel kommt zurück, legt seinen Arm um ihn und schiebt Jan an seiner wenig erfreuten Tante vorbei durch den Laden.

Jan wirft verstohlen einen Blick auf Tante und Onkel. Die Uniform steht dem Onkel gut, und er scheint auch stolz darauf zu sein. Zu Recht, wie Jan findet. Dick ist er nicht, und mager auch nicht. Jan hat in Berlin einige Männer gesehen, deren schnittige Uniformen über einer mächtigen Plautze nicht mehr ganz so schnittig aussahen. Seine Tante trägt eine gute Bluse und einen Rock. Und sie trägt keine Schürze. Sein Onkel strahlt ihn wie ein Honigkuchenpferd an, seine Tante sieht immer noch verstimmt aus.

„Ich freue mich, dass ich hier sein darf", fällt Jan noch ein. Er hofft die frostige Atmosphäre etwas zu erwärmen. Schließlich glaubt er zu sehen, wie Tante Helenas Mundwinkel sich ein bisschen nach oben bewegen und die tiefen Falten zwischen ihren Augen etwas weniger tief werden. Sicher ist er sich allerdings nicht.

Die Tür fliegt auf. Ein schmächtiger Junge etwa in Jans Alter und wie er in Pimpf-Uniform, stürmt panisch herein und verschwindet hinter die Theke. „Mama!"

Ein etwa vier Jahre älterer, kräftiger Jugendlicher in HJ-Uniform folgt ihm ungefähr so wie eine Katze, die sich einer winzigen Maus sicher ist. Der Jüngere will um die Theke türmen, aber der Ältere, der diesen Plan durchschaut hat, springt ihm entgegen, packt ihn am Nacken und quetscht ihn mitleidslos.

„Mama, er soll das nicht tun!", quiekt der Kleinere und duckt sich zur Seite. Er versucht den Älteren zu treten, aber der lässt ihn am ausgestreckten Arm verhungern. Irgendwie sieht das witzig aus, findet Jan. Aber er hütet sich, sein Gesicht auch nur ein klein wenig zu verziehen.

Die ganze Szene trägt nicht dazu bei, Tante Helenas Stimmung zu heben; jetzt schaut sie noch grantiger.

Der Ältere der beiden, der Tante Helenas Miene auf sich allein bezieht, lässt sein Opfer schweren Herzens los und schlägt ihn mit der flachen Hand abschließend hart auf den Hinterkopf. „Der kleine Wichser hier soll endlich erwachsen werden. Er ist eine Schande für die ganze HJ!"

„Paul, lass Franz in Ruhe! Und ich verbitte mir solche Wörter." Seine Tante zieht Franz zu sich und, obwohl der sichtlich den Schutz seiner Mutter genießt, macht er, als er Jan wahrnimmt, einen kleinen Schritt von ihr weg.

„Was ist passiert, Paul?" Sein Onkel scheint nicht wirklich an einem ausführlichen Bericht interessiert zu sein. Er ahnt wohl auch schon, was kommt.

„Es reicht, scheint's, nicht, dass er nicht schwimmen kann – immer noch nicht – , jetzt drückt er sich schon davor, mit an den Fluss zukommen. Wie soll er es dann lernen?", entrüstet sich Paul.

Sein Onkel seufzt. Franz schaut zu Boden. Onkel Wilhelms Blick fällt wieder auf Jan. Es ist einfach zu spät abends; er beschließt die Sache auf sich beruhen zu lassen und das Thema zu wechseln.

„Wisst ihr, wer das ist?", fragt Wilhelm.

Woher sollten sie, denkt sich Jan, und schaut in die fragenden Gesichter der beiden.

„Das ist euer Cousin Jan", präsentiert der Onkel Jan stolz.

Die fragenden Gesichter sind immer noch fragend. Jan schaut unsicher zu Onkel Wilhelm.

„Er ist der Sohn eurer Tante Marie in Berlin", versucht es der Onkel nun. Wie es scheint, wissen die beiden von seiner Existenz auch nichts – so wie er von ihrer.

„Er ist heute überraschend zu Besuch gekommen", fügt der Onkel hinzu. Die beiden schauen Jan immer noch an.

„Nun steht nicht da wie die Ölgötzen!" Der Onkel wird ungeduldig. „Gebt ihm die Hand!"

Paul löst sich als erster und gibt Jan die Hand.

Dann geht Franz auf Jan zu, gibt ihm die Hand und feixt: „Heil und Sieg und... "

„...fette Beute", ergänzt Jan wie auf Kommando. Franz und Jan grinsen sich an.

„Na, also", meint der Onkel zufrieden. „Jetzt gibt es noch einen Kakao und ein Käsebrot. Und dabei überlegen wir uns, wo Jan schläft."

Durch den Flur gehen sie nach rechts in die Küche. Franz schlägt Jan auf die Schulter. „Mensch, find ich ja Klasse. Aus Berlin. Doll. Jetzt kann Paul was erleben."

Jan nickt kurz. Wohl ist ihm nicht dabei, in einen Krieg gezogen zu werden, bei dem ihm gar nicht klar ist, auf wessen Seite er steht.

Beim Abendessen spürt Jan Tante Helenas bohrende Blicke. Er versucht besonders gut erzogen zu sein; kramt alles raus, was ihm seine Mama für solche Situationen eingetrichtert hat. Immer „Bitte" und „Danke" zu sagen. Das Messer nicht ablecken und damit nicht auf andere Leute zeigen. Nicht mit vollem Mund reden. Hände auf den Tisch. Stillsitzen. Nur etwas sagen, wenn er gefragt wird. Letzteres fällt ihm besonders leicht; könnte er sich doch nur in Widersprüche verwickeln. Und was ist, wenn sie von ihm wissen wollen, wie sie seine Mutter erreichen können? Franz und Paul beobachten diesen Wundercousin staunend. Auch Onkel Wilhelm sagt nicht viel. Immer höflich lächeln. Das ist schwierig, wenn die eigene, wenn auch neue Tante, ihn dahin wünscht, wo der Pfeffer wächst. Jan weiß zwar nicht, wo das ist, aber schön ist es da sicher nicht. Die anderen sind aber alle ganz nett – obwohl er unangemeldet gekommen ist. Bis auf die Hexe, aber die zählt irgendwie nicht.

„Erzähl uns doch ein bisschen von Berlin", fordert Onkel Wilhelm ihn auf.

Schon ist es passiert. „Ja, also. Was wollen Sie denn wissen?"
Alle schauen ihn verdutzt an.

„Du musst mich Onkel Wilhelm nennen. Wir sind deine Familie, da siezt man sich nicht." Der Onkel tätschelt ihm die Schulter.

Jan nickt und versucht zu lächeln. „Ja." Jan braucht noch eine Denkpause. „Also. Mama und ich wohnen im Scheunenviertel."

„Habt ihr da ein eigenes Haus?", fragt Franz mampfend, was ihm ein missbilligendes Stirnrunzeln seines Vaters einbringt.

Jan schüttelt den Kopf. „Hinterhof, 4. Stock."

Tante Helena wirft Onkel Wilhelm einen „Hätt-ich-mir-denken -können"-Blick zu.

„Ist ganz nett und immer viel los", fügt Jan schnell noch hinzu.

„Und wie ist die Schule?", fragt der Onkel ernst.

Wieso fragen Erwachsene immer nach der Schule? Kinder fragen ja auch nicht, wie die Arbeit ist.

„Gut. Macht mir Spaß", beschließt Jan zu sagen. Passt auch irgendwie, er ist ganz gut und hat keine Probleme.

„Und gehst du regelmäßig zu den Heimabenden?", ist die nächste Frage.

„Klar, Ehrensache. Marschieren ist etwas langweilig, aber können muss man es ja. Ich hab viele Freunde da. Und wir machen sonst tolle Sachen." Damit muss er punkten können, und da es die Wahrheit ist, hört es sich auch richtig begeistert an.

Der Onkel dreht sich zu Franz. „Siehst du, Franz. Der Jan ist, glaube ich, ein richtiger Kerl. Da kannst du dir ein Beispiel dran nehmen." Franz nickt verdrießlich.

Der Onkel wendet sich wieder an Jan. „Warum bleibst du nicht noch ein paar Tage?" Tante Helena hält die Luft an und starrt Jan an.

„Das geht nicht." Jan schluckt verdattert sein Käsebrot herunter. „Mama wartet schon. Sehnsüchtig." Ein Themenwechsel muss her. Egal was.

„Ich hab das Grab meines Vaters besucht", plappert er los.

Tante Helenas und Onkel Wilhelm Mienen verdüstern sich zusehends. Also was anderes.

„Da hab ich die Susanne kennengelernt."

Nun verdüstert sich Franz' Miene.

Verwandte zu haben, kann sehr kompliziert sein.

„Wir waren bei der Hexe."

Er hätte nicht gedacht, dass Tante Helenas Miene sich noch weiter verfinstern könnte.

„Da habt ihr euch hin getraut?", fragt Paul anerkennend.

Jan nickt.

Der Onkel schlägt ihm wieder auf die Schultern. „Er ist eben ein ganzer Kerl, unser Berliner."

Franz rutscht unruhig auf seinem Platz hin und her. „Uns verbietest du doch dahin zu gehen."

„Ja, das stimmt", gibt Onkel Wilhelm zu. „Aber das wusste er nicht."

Franz nickt, zieht aber trotzdem eine Schnute.

„Sie ist doch meine Oma", wirft Jan ein.

Tante Helena hat nun genug. „Also gut. Jan, hör mir jetzt einmal zu. Ich verstehe, dass das alles neu für dich ist. Bei euch in der Stadt gibt es doch Regeln, nicht wahr?

„So wie nicht im Hof Fußball spielen?"

„Ja, genau. Hier im Dorf gibt es auch einige. Die Hexe, so wie ihr sie nennt, wohnt so wie sie es will. Aber sie will mit der Dorfgemeinschaft nichts zu tun haben. Und das respektieren wir hier und stören sie nicht."

Jan nickt langsam.

„Unsere Regeln gelten für alle, für Paul und Franz, und jetzt für dich."

Jan nickt wieder, aber verstehen tut er nun gar nichts mehr.

„Solange du hier bist, gehst du weder zum Friedhof noch zur

Hexe." Letzteres sagt sie mit einem ziemlich verächtlichen Ton. Franz schaut zufrieden aus; Jan kann nur nicken.

„Aber...", Jan versucht aus den vielen undeutlichen Fragezeichen, die in seinem Gehirn auftauchen, einen Sinn zu machen.

„Kein aber", bestimmt der Onkel ungewohnt streng. „Das verstehst du nicht. Die alte Frau Schwarz wird nicht zu Unrecht Hexe genannt. Hinter ihrem Rücken natürlich."

Erwachsene sagen immer, dass man etwas nicht versteht, wenn sie keine gute Begründung für etwas haben. Oder eine, die sie Kindern geben wollen.

Onkel Wilhelm spürt, dass in Jan die nächste Frage aufkeimt und fügt deshalb rasch hinzu: „Sie ist nicht mehr ganz richtig im Kopf; das passiert schon mal im Alter. Und dann erzählt sie Lügen. Über alles und jeden."

Das würde natürlich passen, denkt Jan und nickt zögernd.

„Das habt ihr bestimmt gemerkt?", meint der Onkel nun lachend.

Jan lächelt bei dem Gedanken an die Sache mit dem Foto.

Tante Helena steht auf. „Wir haben noch eine Pritsche, die mach ich dir im Zimmer von Paul und Franz fertig."

„Noch so'n Zwerg?", entrüstet sich Paul. Franz knufft Paul in die Seite.

Der Onkel wendet sich an Paul und Franz: „Nun helft eurer Mutter schon!" Paul und Franz stehen gehorsam auf.

Als auch Jan aufstehen will, hält der Onkel ihn am Arm zurück und wartet, bis die beiden die Küche verlassen haben.

„Und du sagst mir jetzt eure Adresse, damit ich deiner Mutter eine Nachricht zukommen lassen kann."

Jan wird bleich. Bestimmt so bleich, dass sein Onkel es sieht. „Wir haben kein Telefon", sagt er etwas zu strahlend.

Der Onkel nickt. „Lass das mal meine Sorge sein." Er legt ihm lächelnd einen Zettel und einen Bleistift hin. „Hier, schreib mir die Adresse auf."

Jan starrt auf den Zettel.

„Kannst du nicht schreiben?"

„Doch. Es ist nur... "

Jan sieht den Onkel verlegen an. Der schaut jetzt streng zurück.

„Du bist weggelaufen, stimmst?", fragt er.

Jan nickt ergeben. Was bleibt ihm schon anderes übrig.

Da schmunzelt sein Onkel. „Hab ich mir gedacht. Und wie bist du hierhergekommen?"

„Per Anhalter."

Jan wartet auf ein Donnerwetter. Es kommt aber keins. Stattdessen wuschelt der Onkel ihm wieder mit einem breiten Grinsen durch die Haare. „Du bist mir einer. Du brauchst dir keine Sorgen zu machen. Ich regle das mit deiner Mutter."

Erleichtert schreibt Jan seine Adresse auf. Sein Onkel ist klasse.

„So. Und nun zeige ich euch was." Der Onkel bedeutet ihm, aufzustehen und bugsiert ihn von der Küche wieder in den Flur. Dort ruft er nach Paul und Franz. Sofort tauchen sie oben an der Treppe auf.

„Kommt mal mit in den Schuppen. Ich hab da eine Überraschung für euch!"

Freudig überrascht kommen die beiden herunter. Der Onkel geht kurz in die Küche und kommt mit einer Taschenlampe zurück.

Franz prescht durch die Hinterhoftür vor zum gegenüberliegenden Schuppen. Jan kann nicht anders, als wie ein Hans-guck-in-die-Luft in den dunklen Hof stolpern. Über ihnen prangen ein klarer Mond und tausend funkelnde Sterne.

„Na, sowas siehst du nicht in Berlin!", meint der Onkel grinsend.

Jan schüttelt fasziniert den Kopf.

„Bei euch ist es zu hell für sowas! Das viele Licht schluckt die Sterne. Nun, das Land hat auch seine Vorzüge", fährt der Onkel fort, während er Jan sacht beiseite schiebt und den Weg leuchtet. Leise fügt er für sich hinzu „Wenn auch nicht viele... "

Gegenüber ist der Schuppen, dahinter wohl noch ein Garten. Links neben dem Schuppen ist ein Unterstand mit einem richtigen Auto. Ein Horch 10 oder so. Jan kennt keinen in Berlin, der ein Auto besitzt. Und nun hat er einen Onkel, der eins hat. Automatisch macht er einen kleinen Schlenker in die Richtung.

Franz ruft ihm fröhlich zu: „Hände weg. Das ist Papas liebstes Stück. Braucht er für die Arbeit. Komm endlich!"

Trotzdem blickt sich Jan noch kurz um. Links vom Unterstand führt eine Hofeinfahrt auf eine kleine Seitenstraße. Auf der rechten Seite des Schuppens steht eine Regentonne, und ein Pfad führt hinter dem Schuppen zum Garten. Ein hüfthoher Holzzaun begrenzt den Hof zu Susannes Bäckerei auf der rechten Seite.

Der Onkel öffnet die Schuppentür. „Na, komm schon!", lächelt der Onkel und hält die Tür einladend offen. Jan reißt sich los und flitzt über den Hof zum tanzenden Lichtkegel.

Onkel Wilhelm leuchtet in den Schuppen. Die drei Jungen folgen ihm gespannt. In dem wohlaufgeräumten Holzgebäude reihen sich auf der rechten Seite abwechselnd Holzbretter und Regale mit allerlei Geräten und Farbtöpfen. Die linke Seite dient wohl auch als Lager für den Laden. Eine Menge Kisten mit Aufschriften, die Jan bei der Dunkelheit nicht lesen kann, stapeln sich. Der Onkel nimmt eine Leiter und klettert in den niedrigen, halboffenen Dachstuhl. Zuerst wuchtet er drei Dutzend Latten und Bretter zur Seite. Er drückt sich einen Splitter in die Hand und flucht, nicht ganz jugendfrei. Aber Jan hat schon Schlimmeres gehört. Schließlich zerrt der Onkel an etwas Großem, um das eine Plane geschlungen ist. Jan ist hundemüde. Soviel ist heute passiert. Obwohl der Kakao und das Brot ihm gutgetan haben, kriegt er Kopfschmerzen. Er schaut kurz zu Franz und Paul. Seine neuen Cousins sind hellwach und machen große Augen.

„Was ist das?" Franz hält es nicht mehr aus und tritt von einem Bein auf das andere.

Der Onkel schlägt die Plane zur Seite. Es ist ein kleines Ruder-boot. Er schaut erwartungsvoll zu ihnen hinunter. „Ich dachte mir, bald sind Ferien." Langsam klettert Onkel Wilhelm wieder herunter. „Wir könnten es wieder fertigmachen. Saubermachen. Dichten. Streichen."

Franz jubelt hüpfend los. Paul schaut etwas kritisch.

„Aber erst Schwimmen lernen", ermahnt Onkel Wilhelm Franz. Dieser nickt glücklich.

„Könnte vielleicht ganz nett werden für die Jungs", meint Paul schließlich anerkennend.

Onkel Wilhelm wendet sich Jan zu. „Na, und du? Was meinst du? Hättest du nicht Lust, noch ein bisschen hierzubleiben?"

Jan schluckt. Er hat das Gefühl, gleich adoptiert zu werden. „Meine Mutter... "

„Lass Junge, das regle ich schon."

Die Schuppentür fliegt auf, und Tante Helena steht in der Tür. „Was macht ihr denn…?" Ihr Blick fällt auf die Leiter, das Ruderboot, die Jungen und schließlich auf Onkel Wilhelm.

„Nur für die Jungs. Es sind doch bald Ferien", druckst der herum.

Tante Helena seufzt. Onkel Wilhelm kommt zum nun wirk-lich kritischen Teil des Ganzen. „Ich habe gerade unseren jungen Gast gefragt, ob er nicht Lust hat, noch ein bisschen zu bleiben."

Tante Helena schnappt hörbar nach Luft, hat sich aber sofort wieder unter Kontrolle.

„Das wäre doch gut für Franz. Na, Ferien auf dem Land – das ist doch was", ergänzt Onkel Wilhelm mutig und schaut prü-fend zu Jan.

Das muss Jan zugeben. Prima wäre das schon. Das hat keiner seiner Kameraden. Aber wieso soll er nicht zum Friedhof? Und warum nicht zur Hexe? Und warum traut Susanne sich nicht hierher? Und die verschiedenen Handschriften? Und das mit der Satansbrut? Wenn er nicht bleibt, wird er es nie herauskriegen. Also nickt er.

Tante Helena dreht sich auf dem Absatz um und stürmt ins Haus.

„Tante Helena hat nur Angst, dass du ihr zu viel Arbeit machst", erklärt der Onkel Jan aufmunternd.

Diesen Eindruck hat Jan nun nicht gerade, aber er nickt trotzdem.

„Und morgen kläre ich das mit deiner Mutter." Damit will auch Onkel Wilhelm gehen.

Franz steht immer noch in der Mitte des Schuppens und schaut andächtig auf sein neues Heiligtum unter der Decke. „Papa, wieso hast du mir das Ruderboot nicht früher gezeigt?"

„Kannst du schwimmen?"

Franz schüttelt niedergeschlagen den Kopf.

„Siehst du", verteidigt sich Onkel Wilhelm halbherzig beim Hinausgehen.

Die Jungen folgen ihm. Aufmunternd klopft Paul Franz auf die Schulter. „Du lernst es schon noch. Wart's ab."

5

Jan wird wach. Es ist hell. Und still. Es dauert einen Moment, bis er weiß, wo er ist. Er sortiert seine Gedanken. Jemand kichert leise. Er reibt sich die Augen und richtet sich auf. Ein Schwall kaltes Wasser ergießt sich über seinen Kopf. Franz, der am Fußende der Pritsche steht, bricht in schallendes Gelächter aus. Paul steht grinsend mit einem leeren Kochtopf neben ihm. Jan schießt aus dem Bett, boxt dem überraschten Paul in den Magen und schubst ihn kräftig.

„Für solche blöden Scherze sucht euch jemand anderes", blafft Jan los. Das hatte er sich aus dem HJ-Lager gemerkt: Wenn man einen Anflug von Schwäche zeigte, hatte man nur Schwierigkeiten. Besser, man stellte das gleich zu Anfang klar. Paul grinst immer noch – wohl auch, weil Jans Boxkünste morgens noch nicht so ausgereift sind.

„Siehste, Franz", Paul wuschelt Jan durch die Haare. „So macht man das. Nix für ungut, Jan. Eine Feuertaufe musste sein." Damit dreht er sich um und verschwindet nach unten.

Franz steht ein bisschen bedröppelt an der Tür. Kichern tut er jetzt nicht mehr. „Beeil dich. Wir müssen in die Schule."

„Warum habt ihr mich denn nicht geweckt?", fragt Jan.

Franz zuckt mit den Schultern. „War Pauls Idee." Und damit verschwindet auch Franz.

Jan zieht in Windeseile seine Uniform an. Gut, dass die anderen beiden auch die Uniform tragen. Trägt nicht jeder. Teuer war sie, und seine Mutter hatte ihr Erspartes anzapfen müssen. Aber sie hatte es gern getan. Sie tut eigentlich immer alles für ihn. Wenn sie kann. Und sie will, dass er schick aussieht. Sie hatte gestrahlt, als er stolz in ihrer Wohnküche auf und ab marschiert war. Es war ihm egal gewesen, dass sie viel zu groß war. „Da wächst du rein“, hatte sie schnell im Laden gesagt. Dann war „Er“ gekommen. „Du sollst es einmal besser haben“ ist jetzt ihr Standardspruch. Er versteht sie dann nicht. Er ist zufrieden mit ihrem Leben in Berlin. Zumindest war er das. Aber das traut er sich ihr nicht zu sagen. Er weiß, dass in einigen Familien die Uniform nicht gern gesehen wird. Sehr zum Missfallen der Partei. In der Schule können die Lehrer, die nicht für die Sache sind, einem weniger, wenn man in Uniform ist. Wer kann es sich schon leisten, einen Uniformträger zu verprügeln? Jan grinst bei diesem Gedanken. Dabei fällt sein Blick auf die liebevoll arrangierte Sammlung von selbst-gebastelten Kriegsschiffsmodellen im Regal neben Franz' Bett. Die hat Franz wirklich gut hingekriegt. Daneben steht auf einem Schreibtisch ein halbfertig gebautes Modell. Jan hebt es kurz hoch. Alles ist sehr sorgfältig und genau gearbeitet. Von unten hört er Pauls Stimme: „Mach voran. Wir müssen los!“ Jan legt es vorsichtig wieder hin, wäscht sich kurz in der Waschschüssel und flitzt nach unten.

Schon im Flur hört er den Radiosprecher: „Gestern eröffnete Reichspropagandaminister Joseph Goebbels die sechzehnte Deutsche Radio - und Fernsehausstellung in Berlin.“ Er betritt die Küche. Im Radio beendet der Sprecher die Meldung: „Zukünftige Generationen werden vom Jahr 1939 als Wendepunkt von der Radio- zur Fernsehtechnologie sprechen. Weiter mit der Morgenmusik.“ Und schon erfüllt Gute-Laune-Morgenmusik mit flotten Schlagern den Raum. Jan kommt sich ein bisschen blöd vor. Franz und Paul sind schon fertig. Andererseits muss er so weniger Fragen befürchten. Tante Helena schaut ihn nicht merklich glücklicher an als gestern, aber Onkel Wilhelm hinter seiner Zeitung grinst breit. Jan nickt allen zu und setzt sich. Tante Helena schaut ihn mit zwei tiefen Falten auf ihrer Stirn unentwegt an.

„Guten Morgen“, kramt Jan aus seiner Benimmregeln hervor.

„Tut mir Leid, ich hab verschlafen."

„Das haben wir gemerkt." Tante Helena wendet sich wieder ihrem Frühstück zu. Jan wird klar, dass gutes Benehmen ziemlich anstrengend sein kann.

„Na, haben dir die anderen beiden einen Streich gespielt?", will Onkel Wilhelm wohlwollend wissen.

Jan nickt. „Ist aber nicht schlimm." Er nimmt sich gerade eine Brotscheibe, als Paul aufsteht.

„Dafür haben wir jetzt leider keine Zeit mehr. Wir müssen nämlich bis ins nächste Dorf. Ich gehe da auf die Mittelschule und Franz auf die Volksschule."

„Hier, hab ich dir gemacht." Franz legt Jan lächelnd eine Käseknifte auf den Teller.

Der Onkel faltet die Zeitung zusammen. „Geh einfach mit Franz in die Schule. Ich werde gleich alles regeln."

Jan kann nur nicken. Franz steht nun auch auf und packt ihre Butterbrotpakete in seinen Tornister. Jan trinkt noch schnell eine Tasse Kakao, nimmt sich das Butterbrot, und schon geht's durch die Hintertür in den Hof.

Sie radeln über die Landstraße. Paul vorneweg, Jan sitzt auf Franz' Gepäckträger. Er trägt Franz' Tornister auf dem Oberschenkel.

Jan genießt die warme Luft, die ihm um die Nase weht, und den blauen Himmel. Er blinzelt in die Landschaft. Felder, Wiesen und Wälder. Der gestrige Abend taucht wieder vor ihm auf. Zuerst der Friedhof, dann Susanne, die Hexe, und dann das doofe Foto und die Handschriften. Wahrscheinlich hat sein Onkel recht, und die Hexe ist verrückt. Und für die Handschriften gibt es eine logische Erklärung. Er wird Susanne beweisen, dass die Hexe Blödsinn geredet hat und sie sehr wohl seine Oma ist. Aber brauchen tut er eine bekloppte Oma nicht. Außerdem hat er ja jetzt einen netten Onkel.

Franz wird zusehends langsamer, steht auf im Sattel, um besser treten zu können. Paul dreht sich um, schüttelt den Kopf und fährt weiter. Die beiden bleiben zurück. Franz hält an. Er schnauft ein paar Mal kräftig. „Kannst du mal fahren? Wir schaffen es sonst nicht rechtzeitig."

Jan schüttelt den Kopf.

Franz schaut ihn schief an. „Warum nicht? Ich kann nicht mehr."

Jan wird verlegen. „Ich kann nicht Radfahren."

Franz schaut ihn ungläubig an.

„Ich hab kein Rad. Aber ich würd's gerne mal versuchen."

Franz nickt zufrieden. Jan klettert umständlich aufs Rad. Er stößt sich ab und fährt wackelnd ein paar Meter. Dann muss er wieder abspringen, um nicht im Graben zu landen. Franz setzt sich ins Gras und begutachtet Jans Bemühungen. Aber nach ein paar Minuten ist noch kein zufriedenstellendes Ergebnis erreicht, und Franz nimmt Jan das Rad etwas zu schnell wieder weg.

„Das lernst du richtig schnell", meint er. Er schaut ihn dabei nicht an: „Aber wir müssen jetzt." Mit frischer Kraft radelt Franz wieder los. Schließlich erreichen sie die Schule.

Das zweistöckige rote Backsteingebäude mit einem kahlen Schulhof davor und von einer hüfthohen Mauer umgeben liegt am Rand des kleinen Nachbardorfs. Kein Schüler ist mehr zu sehen. Franz quetscht sein Fahrrad zwischen die anderen Räder in einen Fahrradständer an der Mauer und flitzt in das Gebäude. Jan rennt hinterher. Aus einzelnen Klassen hört man ein heruntergerattertes französisches Alphabet, eine gestotterte „Glocke" und ein lustloses „Im Frühtau zu Berge...." Letzteres wird von dem Musiklehrer ungehalten mit dem Taktstock unterbrochen. Danach geht es mit wenig mehr Schwung wieder von vorne los. Schließlich bleibt Franz schnaufend vor einer Klassentür stehen. Er lauscht an der Tür.

„Ein Irrer kostet 4 Reichsmark am Tag, ein Krüppel 5,50, ein

Krimineller 3,50. Ein deutscher Beamter verdient 4 Reichsmark und ein ungelernter Arbeiter 2 Reichsmark am Tag", dröhnt er eine müde Männerstimme von drinnen heraus.

„Jemand sollte Strassberg melden. Er ist so was von grotten-langweilig." Jan schaut ihn fragend an. „Wirste schon merken." Franz legt seine Hand auf die Klinke.

„Wie viel kosten die 315.000 Irren in den Anstalten im Jahr?", fährt die Stimme fort.

Mit einem Seufzen drückt Franz schließlich die Klinke her-unter und öffnet die Tür. Ein Bild von Hitler hängt neben dem Kreuz an der Wand. Dicht gedrängt auf alten Bänken sitzen die Mädchen rechts, die Jungen links. Jan staunt. In Berlin gibt es nur reine Jungen- und Mädchenschulen. Wenige Jungen tragen eine Jungvolkuniform. Die meisten abgewetzte, kurze Hosen und öfters weitervererbte Hemden. Sogar einige nackte Füße lugen unter den Sitzbänken hervor. Jan entdeckt Susanne. Und besser noch: neben ihr ist der einzige freie Platz. Der andere ist in der ersten Reihe bei den Jungen. Der Lehrer steht steif vor der Klasse. Er ist nicht mehr jung, noch vom alten Schlag, mit wenig Haaren, einem Bauch und einem Kaiser-Wilhelm Bart und nicht viel größer als die Jungen. Während er aus dem Mathematikbuch liest, zuckt sein Mund angewidert.

Er schaut die beiden Jungen kurz an und fährt fort: „ …und wie viele Tage muss ein deutscher ungelernter Arbeiter dafür arbeiten?"

Kein Kind rührt sich. Alle schauen auf Franz und Jan.

Franz und Jan warten einen taktvollen Moment. Dann heben sie zum Gruß den rechten Arm: „Heil Hitler!"

Strassberg hebt verärgert kurz Schulter und Arm. Jan ist sich nicht sicher, ob es nicht vielleicht nur ein nervöses Zucken war. Er wartet, aber mehr kommt nicht. Strassberg lauert.

„Wir haben gestern Besuch bekommen. Das ist mein Cousin

Jan Wilke. Er kommt aus Berlin und soll erst mal mit mir in die Schule gehen", meldet Franz bestimmt und fügt dann doch noch hinzu: „Hat mein Vater gesagt."

„Und deshalb seid ihr zu spät?"

„Wir hatten nur ein Fahrrad." Franz schaut prüfend Strassberg an.

„Interessant. Und warum seid ihr nicht eher losgefahren?"

Weil Paul mir unbedingt einen Streich spielen wollte, denkt Jan.

„Mein Vater musste noch mit Jan reden", sagt Franz fest.

Jan ist erstaunt, wie schnell das Franz von den Lippen geht.

Strassberg scheint damit zufrieden zu sein. Wohl auch, weil er keine andere Wahl hat. Jan nickt schnell zustimmend.

Strassberg deutet auf den einzigen leeren Platz neben Susanne. Franz setzt sich auf seinen Platz in der ersten Reihe, und Jan schiebt sich auf den freien Platz neben Susanne.

Susanne legt ihr Schulbuch in die Mitte. Sie lächelt.

Jan hebt angedeutet die rechte Hand unter der Schulbank und versucht es mit einem lässigen „Heil und Sieg…." Sie guckt ihn entgeistert an und zieht ihr Buch wieder weg vom verdutzten Jan.

Strassberg fährt fort mit der Mathematikaufgabe. Er wendet sich an Franz: „Kehrmann?"

Franz steht zackig auf. „Herr Lehrer, mir war es leider nicht möglich die Hausaufgaben zu machen. Die HJ hat für die Witwen und Waisen gesammelt." Damit setzt er sich wieder.

Jan könnte dafür wetten, dass Franz leicht grinst. Zumindest hatte seine Stimme einen guten Schuss Genugtuung. Er dreht sich wieder zu Susanne, aber sie beugt sich so über ihr Buch, dass er keine Chance hat irgendetwas zu lesen. Also bleibt ihm nichts anderes übrig, als nach vorn zu schauen.

Strassberg dreht sich wieder nach vorn. „Nun gut, solange unsere Jugend springt, rennt und sammelt, wird Deutschland nicht untergehen." Franz grinst unverhohlen.

Dann nimmt Strassberg ein Stück Kreide und hält es Franz mit einem süffisanten Lächeln hin. „Dann rechne uns die Aufgabe doch einfach hier vor. Die ganzen Sammlungen wollen von Deutschlands Zukunft verwaltet werden." Widerwillig steht Franz auf und nimmt die Kreide.

Endlich ist Pause. Susanne hat die zwei Stunden über jeglichen Blick in Richtung Jan vermieden, und das will bei ihrem Temperament etwas heißen. Jan gesellt sich zu Franz und anderen Jungen. Schnell steht er im Mittelpunkt. In Berlin war noch keiner. Gut, Jan war auch noch nie in einem Dorf, aber das interessiert im Moment keinen. Sie quetschen ihn aus.

„Kann man von Straßenbahnen runter springen?"

„Geht ihr immer auf den Ku'damm zum Einkaufen?"

„Was ist größer: das Brandenburger Tor oder der Reichstag?"

„Gehst du jeden Sonntag in den Filmpalast?"

Aber so richtig punkten kann Jan bei ihnen erst mit seinen sehr bescheidenen Erinnerungen an die Olympischen Spiele in Berlin. „Und ich hab Jesse Owens und Luz Long im Olympiastadion gesehen." Jan genießt es. Endlich kann er mal wieder quasseln, ohne dauernd Angst haben zu müssen, sich zu verplappern. Ohne dass er es merkt, übertreibt er hier und da ein wenig, berichtet von Orten, die er höchstens in der Wochenschau gesehen hat, als wäre er selbst da gewesen. Hitler hat er natürlich auch schon gesehen. Was soll's. Seine Zuhörer sind gebannt, und widerlegen kann es ihm keiner. Susanne steht bei einer Gruppe Mädchen, die Seilchen springen. Aus dem Augenwinkel bemerkt Jan, dass Susanne zu ihm herüberschaut – wenn auch mit leicht gekrauster Nase.

Plötzlich zeigt ein Junge zum Tor. Alles dreht sich hin. Dort steht ein kleiner, schmächtiger Junge in abgelegten, zu kleinen und zu großen Sachen. Vielleicht acht Jahre alt. Er schaut sie mit seinen großen Augen an. Er lächelt nicht. Schaut nur. Vorsichtshalber tritt er einen Schritt zurück.

Franz hat eh genug von Jans Erzählungen. Kopfschüttelnd geht er auf den Jungen zu. „Na, wen haben wir denn da?" Dann fängt er an zu singen: „Krumme Juden ziehen daher, übers große, weite Meer ... ."

Der kleine Junge macht einen weiteren Schritt zurück.

Alle Jungen bis auf Jan, der das Lied nicht kennt, grölen nun mit:„ ...die Wellen schlagen zu, pitsch, platsch, die Welt hat Ruh, pitsch, platsch."

Jan schaut zu Susanne, aber deren Gesichtsausdruck hat sich nicht groß verändert. Er brüllt gutgelaunt: „Das machen wir mit denen in Berlin." Er bückt sich, hebt einen Kiesel auf und pfeffert ihn in Richtung des Jungen, trifft ihn aber nicht. Lachend folgen die anderen Jungs seinem Beispiel. Franz hebt einen faustgroßen Stein auf und wirft. Er kracht gegen die Mauer. Ein Kieselhagel prasselt nun nieder. Der kleine Junge flitzt davon, den Kopf mit seinen Armen schützend. Jan dreht sich stolz zu Susanne. Sie hat sich von der Mädchengruppe gelöst und steht nun trotzig mit verschränkten Armen mitten auf dem Schulhof hinter den Jungen.

„Sehr mutig. Sechs gegen einen Krümel."

Jan zuckt lässig mit den Schultern. Neugierig umringen alle die beiden. Sie funkeln sich an.

„Hab' dich nicht so. Ist doch nur ein Jude", versucht Jan sich zu rechtfertigen.

Susanne geht auf ihn zu und schubst ihn. „Das war feige..."

„Der hat hier nichts mehr zu suchen."

„...und gemein."

Nun schubst Jan sie zurück. Mädchen hin oder her.

Susanne platzt nun der Kragen, und zur Freude aller stürzt sie sich auf Jan und nimmt ihn in den Schwitzkasten. Jan, völlig überrumpelt, kann sich aber befreien. Nun gehen beide kämpfend zu Boden. Alle umringen sie johlend. So was hat es schon lange nicht mehr gegeben. Die Jungen feuern Jan an; die Mädchen, zuerst leise, dann immer lauter werdend, Susanne. Jan hat einen schweren Stand. Susanne ist zwar kleiner als Jan, aber wütend für zwei und gewappnet seit frühester Kindheit durch ihr Training mit ihrem großen Bruder Thomas. Jan liegt kurz auf dem Rücken. Susanne nutzt ihre Chance und setzt sich auf Jans Bauch. Franz schlägt sich laut lachend auf die Oberschenkel. Irgendwie gefällt ihm, dass Jan von Susanne vor allen vermöbelt wird. Alles johlt und grölt.

Plötzlich schießt Strassberg durch die Schüler in den Kreis und schnappt die beiden Streithähne an den Ohren. Sie lassen von einander ab. Langsam zieht er sie hoch.

„Zwei Stunden Nachsitzen. Beide", zischt er erbost.

„Mädchen", faucht Jan mit geheimer Zustimmung der männlichen Zuschauer. Strassberg quittiert dies sofort mit einem härteren Zug an Jans Ohr. Vor Schmerz reißt Jan den Mund auf, kann aber den Aufschrei unterdrücken.

„Blödmann", zischt Susanne unbeeindruckt zurück. Sie zuckt sofort unter Strassbergs festerem Zug zusammen. Die Mädchen schütteln verständnislos den Kopf und bewundern sie insgeheim. Der Lehrer führt beide unter allgemeinem Gemurmel durch die sich bildende Schneise ab. Die Zuschauer formen nach Geschlechtern getrennte Grüppchen und sind höchst dankbar, etwas derart Aufregendes geboten bekommen zu haben. Das will noch einmal in aller Ausführlichkeit diskutiert werden.

Am späten Nachmittag sitzen Jan und Susanne allein in der Klasse und schreiben. Vorsichtshalber in weit entfernten Ecken. Ihre Mägen knurren mittlerweile vernehmlich. Strassberg liest Zeitung am Lehrerpult. Jan kaut auf seinem Bleistift herum und grübelt über den Sinn des Nachsitzens. Bestrafen sich die Lehrer doch gleich mit. Er linst zu Susanne, die ihn demonstrativ ignoriert und fleißig schreibt. Eigentlich ignoriert sie ihn fleißig und schreibt dabei ein bisschen. Und kontrollieren müssen die Lehrer ja ihre Aufsätze auch noch. Also doppelte Strafe für die Lehrer. Jan grinst genüsslich bei dieser Vorstellung, fängt sich aber sofort wieder und prüft vorsichtig, ob Strassberg das gesehen hat. Der schaut tatsächlich in seine Richtung, verzieht aber keine Miene. Reumütig senkt sich Jan über seinen Aufsatz. Einen Augenblick später sieht Jan wieder hoch. Strassberg schaut auf seine Taschenuhr. Jan seufzt. Warum ist das alles so kompliziert hier? Seit er da ist, patscht er gekonnt von einer Schwierigkeit in die nächste. Strassberg steht auf und sammelt ihre Werke ein. Susanne packt in Windeseile ihre Sachen und stürmt aus der Klasse. Jan gibt Strassberg erst noch das geliehene Schreibzeug zurück. Missbilligend hält Strassberg Jan den angekauten Bleistift wieder unter die Nase. Jan hatte völlig vergessen, dass es ja gar nicht sein eigener Bleistift war. Dann verstaut Strassberg Stifte und Radiergummi betont umständlich in seinem Schreibtisch. Endlich kann Jan gehen und düst Susanne hinterher.

Die große Mittagshitze ist vorüber. Auf dem Schulhof sieht er Susanne schon bei der Mauer, wie sie ihr Fahrrad holt. Franz lümmelt sich im Schatten eines Baumes vor der Mauer und wartet auf Jan. Als Susanne in Franz' Nähe kommt, schnippt dieser ein Steinchen in ihre Richtung. Großzügig übersieht Susanne Franz. Als er Jan sieht, springt er auf.

Jan läuft geradewegs zu Susanne, ohne auf Franz zu achten. „Zicke." Was Besseres war ihm nicht eingefallen.

Susanne quittiert dies mit einem genervten: „Werdet doch einfach erwachsen." Sie schiebt ihr Fahrrad zum Tor. „Man verprügelt keine Schwächeren." Dann schaut sie die beiden Jungen an. „Auch keine Juden."

Die Beiden schauen sich mit einem verständnislosen Blick an. Tief drinnen wissen sie natürlich, dass sie Recht hat. Das mit den Schwächeren. Aber Juden? Dafür wird man nicht bestraft.

Nie und nimmer.

Jan wartet einen taktvollen Augenblick. „Ich musste über ‚Kameradschaft und Loyalität' schreiben", versucht er nachzubessern.

Susanne schweigt. Besser als eine Abfuhr.

Franz versteht nicht ganz, was dieser Gedankenaustausch bringen soll. Außerdem hat er freiwillig auf Jan gewartet. Sein Magen knurrt gewaltig. Und Jan bemerkt das nicht einmal.

Jan schaut zu Franz, der nun Susanne mit einem Blick ansieht, wie.... Jan kann das nicht richtig deuten, wie….

Jan dreht sich wieder zu Susanne. „Und du?"

Susanne schaut ihn verständnislos an. „Was interessiert dich das?"

Jan zuckt mit den Schultern.

Susanne steigt auf ihr Fahrrad. Sie bleibt vor ihm stehen. „Sind eigentlich alle Jungen in Berlin so blöd wie du?"

Jan nickt und lächelt.

Langsam wird es Franz zu dumm. Er holt sein Rad.

„Die Tugenden der deutschen Frau." Susanne lächelt nicht. Egal.

„Und was sind die?" Jan blinzelt in die Sonne.

„Die Tugenden der Frau sind, sich um Haus, Familie und Mann zu kümmern. Und viele Kinder zu kriegen", leiert Susanne herunter und damit fährt sie weg.

Auf dem Heimweg übt Jan wieder konzentriert Fahrradfahren. Es geht schon ganz gut. Franz läuft neben ihm her. Beiden läuft der Schweiß die Stirn und den Nacken hinunter. Keine Wolke ist am Himmel.

Schließlich meint Jan übermütig: „Setzt dich doch hinten drauf!" Er hält an.

Franz setzt sich hinter Jan. Jan versucht anzufahren, wackelt aber furchtbar hin und her. Franz muss sich mit beiden Händen am Gepäckträger festhalten und mit weit gestreckten Beinen das

Gleichgewicht halten. Sie kommen kaum vorwärts. Er springt ab. „Fahr erst noch ohne mich."

Jan fährt nun im Schritttempo. Franz wandert neben ihm her. Er stellt seinen Tornister auf den Gepäckträger. So muss er den wenigstens nicht tragen.

„Mein Papa hat das übrigens nicht so gern, wenn wir mit den Beckers reden." Franz schaut betont desinteressiert zum Horizont.

„Warum?" Jan wird nun hellhörig.

„Na, haste doch gerade selbst gesehen."

Jan schaut zu Franz, der sich dann doch zu ihm umdreht.

Jan schien manchmal ein bisschen begriffsstutzig zu sein. „Du stellst Fragen. Ist doch wohl klar, oder?"

Jan wartet.

„Wo soll's sie schon her haben? War schon ganz richtig, was der Strassberg ihr zu schreiben gegeben hat. Die ist immer ein bisschen anders als die anderen Mädchen."

Jan denkt an den Friedhof und muss Franz irgendwie recht geben.

Franz plappert fachmännisch weiter: „Alleine kommt sie nicht auf so komische Ideen. Hat sie von ihrem Alten. Sagt mein Papa."

Jan nickt zögernd. Dann fällt ihm was ein: „Aber du magst sie trotzdem?"

Franz wird ein bisschen rot. Dann schüttelt er entschlossen den Kopf.

Jan schaut ihn feixend von der Seite an. „Das sah aber eben ganz anders aus…"

Franz wird ein bisschen röter. „Aber du eben…."

Jan sieht sich nun seinerseits in Bedrängnis. „Ach, Quatsch. Hab sie nur ein wenig aufziehen wollen."

„Eben." Franz rettet sich wieder auf sicheres Terrain. „Und Papa will das nicht. Verstanden?"

Jan schweigt und hat eigentlich immer noch nicht verstanden, warum sie nicht mit Susanne reden sollen. Schließlich erreichen sie wieder das Dorf. Und schon fällt Jan das nächste Damoklesschwert ein, das noch über ihm baumelt. Ihm wird übel. Was natürlich auch daran liegen kann, dass er seit der Pause nichts mehr gegessen hat.

6

Franz lehnt sein Fahrrad im Hof an die Hauswand, und dann betreten beide durch die Hintertür das Haus. Im kühlen Flur ist alles still. Jan geht es augenblicklich besser. Vielleicht hat der Onkel es ja vergessen, Wichtigeres zu tun, hat niemanden erreicht oder…. Schon fliegt die Küchentür auf, und Onkel Wilhelm schaut die beiden missbilligend an.

Franz gibt Rapport und steht sogar ein bisschen stramm. Zumindest scheint es Jan so. „Da war der Judenjunge in der Pause. Und wir haben ihm nur gesagt, dass er nichts mehr in der Schule zu suchen hat. Der Lehrer hat nichts gemacht. Und Susanne hat den Juden verteidigt. Und dann hat Jan…"

Onkel Wilhelm winkt ab. „Lass das mal Jan selber erzählen."

Jan räuspert sich. Jetzt zieht er auch noch Susanne mit rein. „Ich fand es nicht richtig einen Juden zu verteidigen", berichtet er schließlich.

„Und dann?", fragt der Onkel.

„Wir haben uns geprügelt… "

„Geprügelt?"

Jan nickt verdrießlich. Mädchen zu verprügeln ist keine Heldentat. „Und mussten nachsitzen", beendet Jan den Bericht.

Zuerst schaut der Onkel streng. Dann wuschelt der Onkel Jan lächelnd durchs Haar. „Das hast du richtig gemacht."

Franz schaut seinen Vater fragend an.

Nun wendet sich Onkel Wilhelm an Franz. „Und es war richtig, dass du auf ihn gewartet hast. Ohne Kameradschaft kommt man nicht weit. Nicht im Frieden – und schon gar nicht im Krieg." Franz glüht förmlich bei diesen Worten. „Nun geh mal in die Küche. Ich muss mit Jan einen Augenblick alleine sprechen."

54

Franz zieht ab. Der Onkel wartet, bis Franz in der Küche ist. Sofort ist von dort eine Schimpftirade zu hören über Zuspätkommen und kaltes Essen, das wieder aufgewärmt werden muss.

Jan spürt sein Herz klopfen. Der Onkel dreht sich zu ihm. „Das kriegt Franz jetzt ab. Also, du bist mir ja ein Früchtchen. Du hast eurer Nachbarin großen Kummer bereitet!"

Jan schaut zu Boden. „Mama will diesen Mann heiraten. Der ist auch was in der Partei. So wie du. Und ist zu ihm nach München. Um alles vorzubereiten. Mich hat sie bis zum Sommer bei der Nachbarin gelassen. Dann hab ich es nicht mehr ausgehalten. Ich wollte doch nur mal das Grab meines Vaters sehen, bevor ich auch nach München fahre."

Der Onkel – Jan kann es kaum fassen – nickt verständnisvoll. „Nun hör mir mal zu. Was hältst du davon? Du gehst die beiden Wochen hier mit Franz in die Schule und bleibst über die Sommerferien bei uns. Anschließend fährst du zu deiner Mutter nach München. Ich hab das mit ihr so besprochen. Natürlich nur, wenn du willst."

Besser als bis zu den Ferien unter den Fittichen der schrulligen Nachbarin zu sein. Und er hätte genug Zeit sich noch ein wenig umzuschauen. Also strahlt er: „Das wäre schön."

Der Onkel fährt fort: „Aber eines muss du mir versprechen: Du wolltest das Grab deines Vaters sehen und du hast es gesehen. Und du hast deine Oma gesehen. Und dabei bleibt es. Du gehst da nie wieder hin. Tante Helena möchte das nicht. Tu ihr bitte den Gefallen. Versprochen?"

Jans Stirn kraust sich wohl, sein Onkel schaut ihn prüfend an. „Versprochen!", sagt Jan dann ernst.

„Und? Freust du dich?" Der Onkel strahlt ihn an.

„Ja, sehr", antwortet Jan etwas zu wohlerzogen.

„Im Übrigen ist es gut für Franz, einen gleichaltrigen Kameraden zu haben", fährt der Onkel fort. „Paul ist mit ihm etwas ungeduldig. Er will natürlich nur das Beste für ihn. Franz fehlt der Mumm. Na, das wirst du sicherlich schon gemerkt haben. Er braucht jemanden, nach dem er sich richten kann. Ein Vorbild eben."

Jan ist sich nicht sicher, ob es das wirklich ist, was er braucht.

Franz steckt seinen Kopf durch die Tür. „Kommt ihr?"

Der Onkel schiebt Jan in die Küche. Im Hintergrund dudelt das Radio leise neueste Schlager. Paul macht am Küchentisch seine Hausaufgaben, und Tante Helena ist an der Spüle mit dem Abwasch beschäftigt.

„Jan bleibt den Sommer über!", verkündet Onkel Wilhelm mit einer Stimme, als rechne er damit, jeder Anwesende werde in Jubel ausbrechen. Tante Helena schaut immer noch missmutig und Paul sieht nur kurz auf, aber Franz' Gesicht leuchtet, und er knufft Jan vergnügt in die Seite. Sie setzen sich an den Tisch, der noch für sie gedeckt ist. Paul geht zum Sommer von der Schule ab und will keinesfalls auf den letzten Drücker etwas vermasseln. Franz und Jan schlürfen eine leckere, dicke Erbsensuppe mit Brot und sogar einer Wurst darin. Wurst gibt es in Berlin selten, zumindest in dem Hinterhof, in dem Jan wohnt. Der Onkel setzt sich zu ihnen.

Franz blickt kopfschüttelnd von seinem Teller auf zu Paul: „Warum lernst du noch?"

„Meine Sache, Blödmann", patzt Paul zurück ohne aufzublicken.

„Paul!" Aus der Stimme des Onkels klingt eine gewisse Müdigkeit gegenüber derartigen Kleinscharmützeln.

„Wozu?" Franz schaut Paul keck an. Paul schweigt.

Franz frotzelt weiter. „Lohnt doch nicht."

„Natürlich lohnt es sich zu lernen." Paul schaltet einen Gang rauf. „Das hast du bloß noch nicht kapiert."

Franz schlürft laut einen Löffel Suppe.

„Franz!", ruft Helenas genervte Stimme von der Spüle „Benimm dich!" Franz grinst verlegen. Der Onkel schüttelt den Kopf.

Jan schaut vorsichtig von einem zum anderen und ist froh, einmal nicht im Fokus zu sein. Außerdem ist er immer noch hungrig, und die Suppe ist gut.

Franz sticht der Hafer. Außerdem ist er ja nicht mehr mit Paul allein. „Du machst erst die Lehre im Laden, und dann kommt sicherlich Krieg. Stimmt das nicht, Papa? Alle Erwachsenen im Dorf sagen, dass es Krieg gibt." Franz schaut prüfend zu Onkel Wilhelm. Auch Jan schaut Onkel Wilhelm an. In Berlin hatte er auch schon besorgte Stimmen gehört. Allerdings hinter vorgehaltener Hand.

Onkel Wilhelm kratzt sich am Kopf. „Könnte passieren…"

„Strassberg hat das auch gesagt", setzt Franz nach.

Paul schaut ihn hämisch an. „Strassberg hat keine Ahnung. Bis jetzt hat der Führer alles bekommen, was er wollte. Auch ohne Krieg." Er legt seinen Stift beiseite. Konzentrieren kann er sich nun sowieso nicht mehr.

„Ist doch egal. Wir schlagen alle. Deutschland ist unbesiegbar", plappert Franz drauf los.

Jan ist zwar auch der Meinung, dass keine Armee der Welt es mit Hitlers Soldaten aufnehmen kann. Schließlich will er auch mal einer werden. In seiner Klasse und an den Heimabenden redeten sie oft davon, wie toll Krieg wäre. Aber er hatte mal einem Nachbarn zugehört, der vom Großen Krieg erzählte. Wie seine Kameraden in den Gräben verreckten. Nicht viel älter als er. Kaum an der Front und schon tot. Reihenweise. Manche hätten nicht mehr als ein paar Tage überlebt. Eigentlich hätte er das melden müssen, aber schließlich hatte der Nachbar damals für Deutschland gedient, und deshalb hatte Jan eine Ausnahme gemacht. Obwohl–er war sich nicht sicher, ob das richtig war.

„Du quatscht nur wieder dummes Zeug", fährt Paul Franz an. Jan wacht aus seinen Gedanken wieder auf.

„Ist gar kein dummes Zeug... " Franz wähnt seinen Vater, seine Mutter, Jan, die gesamte Hitlerjugend, die Partei und ganz Deutschland hinter sich. „...oder glaubst du, dass wir verlieren?"

Paul packt brodelnd seine Sachen zusammen. Er kocht. „Natürlich verlieren wir nicht. Aber was ist nach dem Krieg, Schlauberger? Ich will Germanistik studieren, und dafür muss ich auf's Gymnasium. Und wenn ich erst noch 'ne Lehre machen muss, dann tu ich das." Letzteres sagt er mit düsterem Blick auf seinen Vater.

„Ich habe dir erklärt, dass eine Lehre sinnvoll ist, und dass einer den Laden fortführen muss. Ein Studium ist teuer und verschwendete Zeit", seufzt Onkel Wilhelm. „Und damit Schluss jetzt."

Paul lehnt sich trotzig zurück. „Franz ist auch noch da."

Sofort sitzt Franz kerzengerade: "Ich will zur Marine!"

Dafür erntet er einen verächtlichen Blick von Paul. „Lern erst mal schwimmen!" Dann wendet er sich an Onkel Wilhelm: „Und du bist noch da und Mama. Wie viele sollen sich denn im Laden noch die Füße platt stehen?"

„Hast du schon vergessen, dass ich an erster Stelle Ortsgruppenleiter bin?" Jan meint zu sehen, wie Onkel Wilhelms Gesichtsfarbe sich intensiviert. Trotzdem antwortet der Onkel nun bemüht ruhig. „Seit letztem Jahr haben wir doppelt so viele Kunden, vergiss das nicht."

Unterdes nimmt Paul seine Sachen und steht auf. „Die Kröte darf zur Marine, und ich soll hier versauern?"

Jan ist baff. Er hatte noch nie jemandem widersprochen.

„Du bleibst gefälligst sitzen, bis wir alle aufstehen!", knurrt der Onkel mit warnendem Unterton. Paul knallt seine Sachen wieder auf den Tisch und setzt sich.

Franz hat ein kaum merkliches, zufriedenes Grinsen im Gesicht.

„Autsch." Franz reibt sich sein Bein. Paul hat ihm unter dem

Tisch mit voller Wucht vors Schienbein getreten.

„Ist jetzt hier bald Ruhe?" Tante Helena donnert kategorisch dazwischen – ohne sich umzudrehen – direkt gegen die Wand. „Was sollen bloß die Leute denken?"

Jan wendet sich hochkonzentriert seinem Teller zu. Derartige Tumulte ist er von den ruhigen Mittagsgesprächen mit seiner Mutter nicht gewohnt. Höchstens, dass sie mal was durch die Wände von den Nachbarn mitgehört hatten. Aber das hatte sie immer amüsiert; das war weit weg. Hier war er mittendrin.

Der Onkel entschließt sich, Franz zu ignorieren.

„Jetzt erzähl uns doch etwas von Berlin", wendet sich der Onkel endgültig Jan und einem aus seiner Sicht erfreulicheren Thema zu.

Jan spürt, wie ihm das Blut zu Kopf steigt. „Was denn?"

„Wie ihr lebt, zum Beispiel."

Jan schaut zu Franz, der immer noch in Gedanken bei seinem Bein ist, und Paul, der leise weiter köchelt. Dann wieder zum Onkel, der ihn als einziger aufmunternd anstrahlt.

„Also, Mama und ich leben in zwei Zimmern." Jan findet diese Tatsache erwähnenswert, wo doch sein Freund Gerd mit fünf Geschwistern und den Großeltern auch nur zwei Zimmer hat. Alle schauen ihn perplex an.

„Habt ihr keine eigene Wohnung?", fragt Paul.

Die Küche teilt sich seine Mutter sogar mit den anderen beiden Familien auf der Etage. Ein Badezimmer gibt es nicht, und die Toilette für alle ist eine halbe Etage tiefer. Das erzählt er nun besser nicht. Jan schüttelt den Kopf. „Mama verdient in der Näherei nicht genug. Ist aber nicht schlimm. In Berlin ist weniger Platz als hier." Und dann fügt er hinzu: „Vorne an der Straße ist eine Kneipe. Der Goldene Stern. Da ist immer mächtig viel los."

Der Onkel räuspert sich. Das schien nicht die richtige Antwort gewesen zu sein. „Und, Jan, so wie ich deine Mutter kenne, hat sie dir doch bestimmt alle Sehenswürdigkeiten in Berlin gezeigt?", fragt er nun hastig, um ihn auf sicheres Terrain zu bugsieren.

„Einmal im Monat nimmt meine Mama mich mit in ein Museum. Oder eine Ausstellung."

„Du hast doch sicherlich schon den Reichstag gesehen?"

Jan nickt.

„Und das Brandenburger Tor?"

Jan nickt wieder.

„Und den Funkturm?"

„Den Langen Lulatsch?"

„Ja, genau den." Der Onkel lacht.

„Nö, da war ich noch nicht drauf."

Jan fragt sich, ob der Onkel ihn nach allen Sehenswürdigkeiten einzeln fragen würde. Da würde er ziemlich schnell fertig sein und es würde peinlich werden. Berlin war groß und sie arm. „Wir gehen gerne in den Zoo", ergänzt Jan, um durch diese freiwillige Information das Thema abzuschließen. Eigentlich waren sie nur damals oft in den Zoo gegangen, als seine Mutter mit jemandem von der Zooverwaltung befreundet war.

Jan beschließt, in die Offensive zu gehen. „Woher kennst du denn meine Mama?"

Onkel Wilhelm lächelt. „Als ich Tante Helena geheiratet habe, lebte deine Mutter auch noch hier. Das war bevor sie nach Berlin gezogen ist."

„Warum ist sie dann, als mein Vater gestorben war, nicht wieder zurückgekommen?", rutscht es Jan heraus. Eigentlich hatte er nur laut gedacht.

„Da musst du deine Mutter selbst fragen, aber ich glaube, sie hatte genug von dem kleinen Dorf, und Stadtluft macht halt frei – wie man so sagt."

Jan versucht sich krampfhaft an irgendetwas zu erinnern, was seine Mutter ihm von ihrem Elternhaus erzählt hat. Viel war es nicht gewesen. Es hatte ihn auch nicht interessiert. Blöd. Jetzt hätte er etwas drum gegeben. Und Schule und Jungvolk hatten ihn dann auch komplett in Beschlag genommen.

Onkel Wilhelm erkennt, dass ein neues Gesprächsthema her muss. „Du bist doch sicherlich gerne Pimpf."

Franz horcht auf.

„Ja, gefällt mir sehr gut." Jan nickt.

„Erzähl doch mal." Der Onkel lehnt sich zurück.

„Tja. Also. Mittwochs sind die Heimabende und Samstags Sport. Manchmal kommen welche von der HJ vorbei und sie erzählen uns, was wir später machen können. Am tollsten finden wir die von der Flieger-HJ. Aber es ist schwer, da rein zu kommen."

„Möchtest du?"

„Ja, das muss toll sein. Die haben richtige Segelflieger."

Mit „Samstag machen wir jetzt immer den ganzen Tag Sport" versucht Franz sich an der Unterhaltung zu beteiligen.

„In Berlin trainiert ihr ernsthaft?" Onkel Wilhelm ignoriert den Versuch und scheint wirklich an Jans Leben interessiert zu sein.

Jan denkt kurz nach. Er ist ganz gut in Sport und immer einer der Geschicktesten. Eigentlich ist er jeden Nachmittag unterwegs. Und regelmäßig geht er mit den anderen ins Schwimmbad. Also nickt er.

Franz blickt von Jan zu seinem Vater. „Wir sind auch nicht ohne."

Onkel Wilhelm übergeht auch diesen den Einwand großzügig.

Franz beginnt laut zu singen: „Die Fahne hoch! Die Reihen fest geschlossen! SA marschiert mit ruhig festem Schritt..."

Onkel Wilhelm platzt der Kragen: „Musst du dich wie ein Baby benehmen?"

Helena, die inzwischen in den Laden gegangen war, steckt ärgerlich den Kopf durch die Tür: „Was ist denn nun schon wieder?"

Jan konzentriert sich wieder auf seine Suppe, was nun ziemlich schwer ist, da der Teller leer ist. Im Topf ist noch etwas, aber er traut sich nicht, jetzt etwas zu nehmen.

Sie geht zum Spülbecken und räumt hektisch den Abwasch weg: „Habt ihr euch schon mal überlegt, wie das im Laden wirkt, wenn euer Geschrei laut und deutlich zu hören ist?"

„Franz benimmt sich wie immer daneben. Jan ist unser Gast. Dein Sohn müsste langsam mal etwas mehr Disziplin zeigen", verdeutlicht Onkel Wilhelm präzise die Sachlage. Franz dreht mit hochrotem Kopf den Löffel in seiner Hand.

Jan kratzt ganz leise auf seinem Teller. Als er merkt, dass Tante Helena ihn genervt anstarrt, leckt er seinen Löffel ab und legt ihn leise neben den Teller.

Onkel Wilhelm lässt nicht von Franz ab, wohl auch um seine Lautstärke zu rechtfertigen. „Und überhaupt: Kannst du jetzt endlich schwimmen?"

Franz schüttelt sacht den Kopf.

Paul wackelt ungeduldig auf seinem Stuhl hin und her. „Er versucht es ja."

Onkel Wilhelm beschließt die Sache in die Hand zu nehmen. „Ich werde mal mit Thomas reden. Der soll ihn ab jetzt richtig ran nehmen. Sonst wird das nie was."

Jan guckt fragend von Franz, über Onkel Wilhelm – Tante Helena übergeht er – zu Paul. Paul flüstert zu Jan: „Das ist der Fähnleinführer hier." Als Jan seine rechte Augenbraue hochzieht, fügt Paul noch hinzu: „So viele sind wir nicht wie ihr in Berlin. Er schmeißt den Laden hier."

„Lass ihm noch etwas Zeit!", wirft Helena ein.

„Zeit? Dein Sohn ist zwölf! Zwölf!", erwidert Onkel Wilhelm ärgerlich.

„Er ist noch nicht erwachsen!"

„Aber ein Kind ist er auch nicht mehr! Wir reden hier von

etwas, was ich mit fünf konnte. Und damit Schluss!"

Empört schmeißt Tante Helena das Messer, dass sie gerade in der Hand hat, in das Spülbecken und geht zurück in den Laden.

Paul schaut nun Onkel Wilhelm herausfordernd an: „Das wäre ja mal etwas völlig Neues, dass du freiwillig mit einem der Beckers sprichst."

„Lass das mal meine Sorge ein", knurrt Onkel Wilhelm. Dann wendet er sich wieder komplett freundlich Jan zu: „Und was ist dein erster Eindruck von Großebardeloh?"

Jan ist von dieser Wandlung schwer beeindruckt. So sehr, dass er sofort die Frage vergessen hat. „Was?"

„Wie gefällt dir unser Dorf?"

„Es ist viel kleiner als Berlin."

„Was hast du denn erwartet?", patzt Paul. Franz schmollt.

„Paul! Es reicht mir langsam mit euch beiden", fährt Onkel Wilhelm Paul an und fügt erklärend für Jan hinzu: „Paul leidet noch ein bisschen darunter, dass er sein Zimmer nun mit zwei Pimpfen teilen muss."

Jan fragt sich, ob Erwachsene nicht zuhören können oder wollen.

„Wie ich sehe, ist jeder fertig." Paul mimt den genervten Ton Onkel Wilhelms. „Kann ich nun aufstehen?"

„Was hast du vor?", fragt Onkel Wilhelm mit einem Hauch von Interesse.

„Na, was schon. Nach draußen. Fußball spielen." Er wartet das Nicken Onkel Wilhelms ab, nimmt seine Sachen und verlässt die Küche.

Vor dem Haus spielen Paul und drei weitere Jungen Fußball. Franz und Jan schlendern aus dem Laden auf die Straße. Jan schaut aus lauter Gewohnheit nach links und rechts.

Franz kichert. „Auf was wartest du?"

Jan zuckt verlegen mit den Schultern. Klar, hier kommen keine

Autos, und Fußgänger auch nur gelegentlich. Pferdefuhrwerke wohl schon eher. Paul hebt die Hand und unterbricht damit ganz selbstverständlich das Spiel. Dann winkt er die beiden zu sich her. Jan spielt gerne Fußball. Auf Franz' Gesicht ist abzulesen, dass alles, was nun folgt, eine Katastrophe werden wird. Und aus den Gesichtern der anderen Jungen ist zu schließen, dass sie ähnliche Befürchtungen haben. Paul stellt Jan die Mitspieler vor: Bert, Heinz und Thomas, den schon beim Mittagstisch erwähnten Fähnleinführer. Jan schaut Thomas von oben bis unten an. Das muss Susannes Bruder sein. Er trägt als Bäckerlehrling immer noch seine weißen Bäckersachen. Da er schon arbeitet, ist er sich seiner Führungsrolle bewusst. Die anderen sind auch schon bei der richtigen HJ und nicht begeistert, nun zwei Pimpfe mitspielen lassen zu müssen. Paul zuliebe halten sie still.

Thomas begrüßt Jan mit Handschlag und einem gewinnenden Lächeln. „Susanne ist meine kleine Schwester. Sie hat mir schon von dir erzählt."

„Lasst uns drei zu drei spielen", schlägt Paul vor. „Jan spielt mit mir und Thomas. Franz spielt bei euch mit."

Bert stemmt seine Arme in die Seiten: „Ihr beide und Jan gegen uns beide und die Niete? Da haben wir ja schon jetzt verloren."

„Also gut", beschwichtigt Thomas. „Dann spiele ich mit dir und Franz. Heinz spielt dann mit Paul und Jan."

Bert nickt, Paul nickt, Heinz nickt auch, Jan nickt, Franz nickt nicht; er sieht jetzt schon geschlagen aus.

Es geht los. Jan lässt sich nicht die Butter vom Brot nehmen und noch weniger den Ball vom Fuß. Franz hingegen kriegt keinen einzigen Ball. Alle sind flinker als er. Thomas stachelt ihn fortwährend an, aber jeder einzelne Stachel bleibt stecken. Zusätzlich wird Franz' Elend mit jedem Schulterklopfen und der unverhohlenen Bewunderung der anderen für Jan größer. Jan weiß nicht, ob Franz ihm nun leid tun sollte. Er selber spielt halt abends Fußball mit den anderen Jungen aus dem Viertel, sogar wenn er schon den ganzen Nachmittag mit dem Jungvolk unterwegs war.

Thomas spielt einen geschickten Pass zu Franz, der diesen komplett verschläft. Thomas flucht derart, dass selbst der Wirt des Goldenen Sterns rot geworden wäre.

Da erscheint Tante Helena mit einem leeren Korb in der Ladentür. Thomas verstummt sofort, aber Tante Helena achtet nicht auf die Fußballspieler und geht hinüber in die Bäckerei. Mühsam erspielt Thomas sich den Ball erneut. Jan sieht zu Franz, der etwas anderes als das Ballspiel beobachtet. Jan folgt seinem Blick. Durchs Bäckereischaufenster ist Susanne zu sehen, wie sie Tante Helena bedient. Thomas hat nun genug. Er hebt den Fußball auf und pfeffert ihn Franz an den Kopf. Franz schießen Tränen in die Augen. Der Ball rollt Jan vor die Füße und Jan dribbelt um Thomas und versenkt ihn lässig ins Tor. Thomas ist zuerst verdutzt, aber dann nickt er anerkennend. Jan grinst vergnügt. Er schaut zu Franz. Eigentlich hatte er das für Franz gemacht, aber der macht heulend auf dem Absatz kehrt und rennt zurück ins Haus.

Jan zuckt resigniert mit den Schultern. Wenn er sich so benimmt, kann er ihm auch nicht helfen. Er dreht sich zu Susanne. Sie hat ihn jetzt auch bemerkt. Sofort konzentriert sie sich wieder auf ihre Kundin.

Thomas schiebt Jan am Nacken in Richtung Bäckerei. „Na, los" Jan schaut in die grinsenden Gesichter der anderen Jungen. Bert mimt einen Tiger im Sprung; Heinz einen Kuss. Das kann er nicht auf sich sitzen lassen; als ob er Schiss hätte, in einen Laden zu gehen. Eine Wahl hat er allerdings auch nicht, oder sie werden ihn ewig damit aufziehen. Also betritt er kurzerhand und mit trockener Kehle den Laden.

Die Klingel an der Holztür mit dem kleinen Holzbäcker, der ein Schild 'Geöffnet' trägt, meldet fleißig, dass jemand den Laden betritt. Ein schöner Laden, denkt Jan. Alles ist adrett. Er wartet neben der Tür. Hübsch gemalte Schilder machen Appetit auf die einzelnen Waren. Hinter der dunkelbraunen Holztheke gibt es ein Regal mit verschiedenen Brotsorten, und auf der Theke Tabletts mit lecker aussehenden Kuchenstückchen auf rot-weiß karierten Deckchen. In der Auslage im Schaufenster liegt aber kein richtiger Kuchen, sondern knallbunt bemalter aus Holz. Sogar eine Hochzeitstorte mit Brautpaarpüppchen steht in der rechten Ecke. Im Laden gibt es zwei kleine Holztische und ein paar Stühle. An einer Wand hängt ein Schild, das den Kunden über die Möglichkeit informiert, hier bei Bedarf auch Fleisch, Eier und Kartoffeln frisch vom Bauern zu erwerben. Auch das Malen von Werbeschildern, Tapezier- und Gartenarbeiten und der Verkauf von frischer Milch und Käse werden angepriesen. Wahnsinnig viel Geld mit Brot und Kuchen schien ein Bäcker in so einem kleinen Dorf nicht zu verdienen.

Susanne bedient übereifrig Tante Helena, die jetzt Jan bemerkt: „Was willst du denn hier?"

Ja, was will er hier? Jan kratzt sich am Kopf. „Ich…äh…" .

Tante Helena sieht ihn einfach nur an und Jan, dem sonst immer was einfällt, fällt nichts ein. Gar nichts.

„Also?" Tante Helena wird ungeduldig.

Plötzlich geht die Tür an der hinteren Seite, wohl zur Backstube, auf. Ein Mann mit braunen Haaren und gewitzten Augen in Bäckerkleidung stolpert herein. Theatralisch hält er sich eine Hand vor die Stirn und verzerrt das Gesicht. „Das war's! Ich will fortan kein Mann mehr sein." Tante Helena rotiert erschrocken zu dem Bäcker zurück und lacht. Jan guckt irritiert kurz zu Susanne. Diese weiß nicht, ob sie lachen oder vor Scham in den Boden versinken oder zumindest hinter der Theke abtauchen soll.

Jetzt zückt der Mann ein Riesenmesser. Dann öffnet er die Hose, zieht etwas längliches Fleischfarbenes heraus und schneidet es schwungvoll durch. Mit schmerzverzerrtem Gesicht schreit er auf. Tante Helena kreischt. Jan ist starr vor Schreck. Grinsend hebt der Mann den Kopf. Tante Helenas Kreischen geht fließend in prustendes Lachen über. Jan versteht nun gar nichts mehr. Er schaut zu Susanne, die knallrot geworden ist und liebend gern in Timbuktu wäre. Auch wenn sie nicht genau weiß, wo das ist. Sie verschwindet hinter der Theke.

Der Mann hält strahlend das fleischfarbene Etwas hoch und erklärt stolz sein Meisterstück der Komödie: "Das ist ein Würstchen!".

Er wirft beide Teile in elegantem Bogen in den Abfalleimer neben der Theke. Ziemlich selbstverständlich legt der Mann den Arm um Tante Helena: „Bist du mir böse?"

Aber diese winkt lachend ab. Dann will sie zahlen, aber Susanne ist noch nicht aufgetaucht. Sie legt zwei Münzen auf die Theke und geht gutgelaunt, ohne Jan weiter zu beachten, hinaus.

Jan hat sich keinen Millimeter vom Fleck bewegt. Der Mann kommt auf ihn zu: „Du bist bestimmt Jan. Susanne hat mir schon viel von dir erzählt."

„Hab ich gar nicht", kommt es hinter der Theke zurück. „Das war peinlich, Papa."

„Hast du wohl, Sonnenschein." Der Mann wendet sich zu Jan: „Hat sie wohl. Alles. Das ist ihr jetzt nur ein bisschen unangenehm. Wie du sie auf dem Friedhof gesehen hast. Nun, komm schon raus. Das ist unhöflich einem Gast gegenüber!"

Jan schaut zu Susanne, deren roter Kopf hinter der Theke wieder auftaucht. Susanne zieht wütend ihre Schürze aus und marschiert zur Tür in Richtung Backstube.

Der Mann fängt sie geschickt ab und setzt sie einfach auf die Theke. „Tut mir leid, Sonnenschein. Das war ein dummer Erwachsenenwitz. Ich mach es auch nicht wieder. Versprochen."

Susanne nickt, wieder eine bisschen rosafarbener.

„Was hältst du davon, Jan, wenn ich dich jetzt zu Kaffee und

Kuchen einlade?" Der Mann zwinkert Jan zu.

Jan schaut unsicher zu Susanne. Begeistert sieht sie gerade nicht aus, nickt aber schließlich doch.

Die Tür zur Backstube entpuppt sich als Tür zu einem langen, dunklen Flur mit Türen zur Küche, zur guten Stube, zum Bad und einer engen Treppe nach oben. Ganz hinten geht es wohl in die Backstube. Überall riecht es lecker. Der Mann schickt Susanne in die Küche zum Kaffee kochen. „Mach aber den Guten!"

Jan schiebt er weiter in die kleine Backstube. In der Mitte steht ein Holztisch mit Schubladen unter der Platte, rechts ein Eisengestell mit Kuchenblechen und Kuchen. Daneben ein Spülstein. In der hinteren weiß gefliesten Wand ist ein Kohleofen mit zwei Fächern in die Wand gebaut, davor steht auf einem Gestell ein schmales Brett. Darauf werden wohl die Brote abgelegt. Zwei Brotschieber lehnen in einer Ecke und warten auf ihren nächsten Einsatz. Auf der linken Seite erhellen den Raum eine Tür zum Hof und ein Fenster, in dem ein Fliegenfänger baumelt. Jan kann den Hof nebenan mit dem Schuppen sehen. Außerdem gibt es eine runde, fest montierte Blechschüssel mit Rührbesen und ein großes Regal mit allerlei Dingen, die man wohl zum Backen braucht.

„Ich bin Adrian", unterbricht der Mann Jans Besichtigung und streckt ihm freundlich seine Hand entgegen.

Reflexartig will Jan den rechten Arm heben und ihm „Heil Hitler" entgegen brüllen, aber Adrian fängt sie geschickt ab. Etwas eingeschüchtert schüttelt Jan sie. „Angenehm", fällt ihm noch ein.

Adrian beugt sich zu Jan leicht vor: „Pass mal auf, Jan. Ich möchte dir schnell etwas Wichtiges sagen. Hör mir jetzt ganz gut zu: Manchmal ist es besser, vergangene Dinge ruhen zu lassen."

Jan schaut ihn mit großen Augen an.

„Du verstehst, was ich meine?"

Jan fängt an zu nicken, schüttelt aber dann den Kopf.

Adrian vergewissert sich, dass Susanne noch nicht kommt.

„Susanne hat mir erzählt, dass du das Grab deines Vaters besucht hast."

Da kann Jan noch folgen. Also nickt er artig.

„Vergiss, was dir Frau Schwarz erzählt hat."

Jans Gesicht ist ein einziges Fragezeichen.

„Die Hexe."

„Aber sie…"

„Deshalb muss es nicht richtig sein. Verstehst du jetzt?"

Jan hält den Kopf schief. Nein. Er versteht nichts, aber ihm ist klar, dass das die falsche Antwort ist. Also nickt er wieder. „In Ordnung, Herr Becker."

„Nicht Herr Becker. Adrian."

Das will Jan nicht so recht von den Lippen. Also sagt er lieber nichts.

„Versprochen?"

„Versprochen"

„Großes Indianerehrenwort?"

„Großes Indianerehrenwort."

Schon kommt Susanne mit einem Tablett um die Ecke, darauf eine Kanne mit echtem Bohnenkaffee, Milch und Zucker. Adrian holt drei große Tassen und stellt sie auf den Tisch. Dann schneidet er von einem Plattenkuchen die Kanten ab, legt sie auf den Tisch und fordert Jan und Susanne elegant auf, sich zu setzen. Adrian gießt ihnen Kaffee ein und schaut sie an. Jan blickt verstohlen zu Susanne. Die schaut auf ihren Kaffee. Also nimmt er sich erst mal ein Stück Kuchen. Mit vollem Mund spricht man ja nicht.

Nur scheint Adrian dieses Gebot nicht zu kennen. „Susanne hat gesagt, du bist ein waschechter Berliner?"

„Kein waschechter. Er kommt doch von hier", brummt Susanne.

„Na gut, dann eben nur Berliner", korrigiert sich Adrian.

Jan stopft sich noch mehr Kuchen in den Mund.

„Erzähl uns Landvolk doch mal ein bisschen von der großen,

weiten Welt." Adrian lächelt ihn aufmunternd an. Susanne nibbelt griesgrämig an ihrem Kuchenstück herum. Adrian lehnt sich entspannt zurück.

„Berlin ist riesengroß. Das kann man gar nicht ganz kennen." Mittlerweile kriegt Jan Übung darin. „Großebardeloh ist so winzig."

Adrian scheint noch mehr hören zu wollen.

„Ich hab' den Reichstag und das Brandenburger Tor gesehen. Und ich war schon auf der Museumsinsel. Da gibt es einen weißen, griechischen Tempel und ein altes, blaues Tor mit Löwen drauf. Und im Zoo war ich." Vielleicht kann er den Zoo etwas ausweiten. „Da gibt's Löwen, Tiger, Kamele, Bären, Lamas, Wölfe, Affen, Zebras, Elefanten, Nashörner, Vögel…"

„Und du warst im Olympiastadion", unterbricht Susanne ihn hämisch. „Und hast Luz Long und Jesse Owens gesehen." Sie sieht ihn prüfend an. Adrian schaut ihn nun auch interessiert an.

Jan wird rot. Er schaut kurz zu Adrian, dann zu Susanne. Seine Kehle ist auf einmal ziemlich trocken; der Kuchen pappt am Gaumen. Er starrt auf den Kuchen in seiner Hand und trinkt erst mal einen Schluck.

„Hast du in der Schule erzählt", ergänzt Susanne nun.

Jan nickt kaum merklich.

„Und du hast Hitler gesehen!", setzt sie unbarmherzig nach.

Jan wird nun ganz klein. Da hatte er sich ja was Schönes eingebrockt. Er rutscht auf seinem Stuhl herum, aber weg kommt er so auch nicht. Also gibt er sich geschlagen. „Hab ich nur so gesagt." Er schaut zu Adrian, der aber gar nicht böse aussieht, und zu Susanne, die ihn nicht mehr ganz so prüfend anschaut. Er beißt noch einmal sicherheitshalber von seinem Kuchen ab. Und hat sich prompt verschluckt. Er kriegt einen Riesenhustenanfall. Es dauert eine Weile, bis er sich wieder beruhigt hat.

„Möchtest du mal Hitler sehen?", fragt Adrian ihn verschmitzt.

Jan schaut ihn verdutzt an und weiß nicht, ob er nicken oder den Kopf schütteln soll.

Adrian springt auf, taucht einen Pinsel in einen Topf mit flüssiger Schokolade, pinselt sich einen Schnauzer und teilt sein Haar zu einem strengen Seitenscheitel. Schnell holt er ein paar Brötchen aus einem Korb. Irritiert verfolgt Jan Adrians Tun. Susanne kichert. Irgendwie sieht Adrian wirklich wie Hitler aus mit seinem Schnauzer und dem Haar.

Adrian stellt sich in Führerpositur vor die Brötchen auf dem Tisch. „Deutsche Volksgenossen und -genossinnen! Ihr seid auserwählt! Eure heroische Aufgabe ist:... " Adrian sortiert die Brötchen in Reih und Glied. „...euch selbst zu opfern. Ihr gebt euch für das deutsche Volk! Männer wie Frauen, Kinder mit kleinen, dreckigen, ungewaschenen Händen und... mich!" Dann nimmt er ein Brötchen und beißt rein. Susanne und Adrian prusten los. Jan starrt beide an.

Die Tür fliegt auf, und kochend steht Thomas in der Tür. „Deine Stimme ist bis auf die Straße zu hören", schreit er, „Ich müsste dich melden."

Augenblicklich wird Adrian fuchsteufelswild. „Du Spielzeugsoldat? Mich melden? Du Grünschnabel weißt ja noch nicht einmal, was Krieg bedeutet. Und jetzt raus hier, bevor ich mich vergesse!"

Aber Thomas hält Adrians Blick stand. Jan hält es nicht mehr aus, quetscht sich an Thomas vorbei und stürmt hinaus. Bloß raus. Thomas bedeutet Susanne mit einem Wink, sie solle Jan folgen. Äußerlich protestierend – sie lässt sich nicht gerne von Thomas herumkommandieren – ‚aber innerlich froh, jetzt aus der Backstube zu kommen, flitzt Susanne Jan hinterher. Adrian wendet sich seiner Arbeit zu. Dabei wischt er mit einem Tuch noch seinen Schnauzer weg. Thomas schlägt mit der Faust auf den Türrahmen.

„Die Pause ist um. Vom Spielen wird man nicht satt", sagt

Adrian ruhig, aber Thomas geht einfach nach oben.

Susanne schießt aus der Bäckereitür, prallt gegen eine ältere Kundin, entschuldigt sich und fliegt weiter Jan hinterher, der schon auf den Treppenstufen zum Laden ist. „Warte mal!"

Er bleibt stehen. Sie schaut sich kurz um, ob jemand in Hörweite ist. Niemand da. Dann wirft sie einen kurzen Blick in den Laden. Tante Helena bedient gerade jemanden.

„Erzähl bitte nichts." Susanne klingt ein wenig flehend.

Genau das hatte Jan vor gehabt. Das war nicht richtig gewesen! Mehr als das. So was hatte er noch nirgendwo gesehen. Was bildete sich dieser Adrian ein?

„Bitte."

„Na, hör mal!", empört er sich. Die Kundin schiebt sich zwischen beiden durch.

„Bitte", flüstert Susanne.

„Macht dein Vater das öfters? In Berlin geht man dafür in den Knast. Aber hier gibt es wahrscheinlich nicht mal den!"

„Bitte!" Susanne meint es ernst.

Er nickt unsicher. „Du brauchst dich gar nicht zu wundern, dass mein Onkel was gegen euch hat. Recht hat er."

Susanne antwortet nicht und geht.

Jan beißt sich auf die Lippe und läuft hinter ihr her. „Entschuldigung, kannst ja nichts dafür." Er zögert einen Moment. „Kann ich mit dir mal reden?"

Onkel Wilhelm erscheint in der Tür. Seine Finger trommeln auf dem Türrahmen. „Jan! Abendessen und dann ab, Schularbeiten machen!"

Jan kann nur noch „Tschüss" flüstern und folgen. Onkel Wilhelm verschließt den Laden. Er mustert Jan ernst.

„Ich bin eingeladen geworden. Von dem Bäcker. Tut mir Leid. Ich geh mir mal die Hände waschen", beeilt Jan sich zusagen. Er hatte gar nicht gewusst, wie praktisch gutes Benehmen sein kann.

Es ist schon dämmrig. Im Schlafzimmer machen die Jungen sich spät abends fertig zum Schlafengehen. Jan schaut aus dem hinteren kleinen Fenster in den Hof. Gleich neben dem Holzzaun steht auf der Seite der Bäckerei ein großer Kirschbaum. Dahinter ist die Backstube als Anbau mit der Tür und dem Fenster. Daneben klebt noch ein kleiner Schuppen an der Hauswand, und drüber ist ein Fenster. Susanne sitzt auf der Fensterbank und lässt ihre Beine auf das Schuppendach baumeln. Sie hat einen Zeichenblock auf den Knien und malt. Unauffällig winkt Jan ihr zu. Schließlich sieht sie ihn und winkt ihn zu sich her. Wie soll er das denn machen? Er dreht sich um. Franz und Paul liegen schon im Bett. Beide lesen. Paul ist in ein Theaterstück von Schiller – Jan hatte nicht gewusst, dass man Theaterstücke auch lesen kann – vertieft und Franz blättert in einem Buch über die Marine. Er schließt das Fenster. „Ich muss noch mal mit Onkel Wilhelm reden." Ohne eine Antwort der beiden abzuwarten, flitzt er hinunter. Leise schleicht er durch die Hintertür in den Hof, klettert über den Zaun in den Kirschbaum, auf die Backstube und läuft bis zum Schuppen. Es ist jetzt schon ziemlich dunkel. Unverdrossen malt Susanne immer noch. Er setzt sich neben sie – auf ihre Wachsmalkreiden. Er springt auf. Das fehlte noch, dass seine schöne Uniform bunte Flecke kriegt. Susanne macht ihm Platz. Er versucht zu erkennen, was sie malt.

„Unser Kirschbaum bei Nacht", flüstert sie.

„Aber du kannst doch gar nichts sehen", erwidert Jan ganz leise.

„Ich mach gleich Licht und dann sehe ich ja, was ich gemalt habe."

Ein bisschen merkwürdig findet Jan die Landleute schon.

„Was wolltest du eben?"

„Weißt du, alle sind sehr nett zu mir hier. Außer Tante Helena vielleicht. Ich mach ja auch jede Menge Arbeit. Aber warum will jeder, dass ich nicht zum Friedhof gehe? Oder mit der Hexe rede?"

73

Susanne schaut hoch. „Weiß ich nicht."

„Ich hab drüber nachgedacht. Wenn sie wirklich verrückt ist, ist es doch egal."

„Stimmt." Susanne nimmt sich eine neue, unbekannte Farbe.

„Das kann doch nur bedeuten, dass sie Angst haben, dass ich etwas höre, was ich nicht hören soll."

„Stimmt."

„Was ist, wenn die Hexe recht gehabt hat?"

„Womit?"

„Das ich nicht ihr Enkel bin? Vielleicht wissen alle, was sie gesagt hat: nämlich, dass ich dem Dorfjuden ähnlich sehe, und ich soll's nicht rauskriegen."

Susanne malt gewissenhaft, aber sie hört wohl genau zu.

„Nicht, dass ich glaube, was die Hexe gesagt hat. Ich will nur sichergehen."

Susanne schweigt.

„Kennst du den?"

Susanne schweigt immer noch.

„Sehe ich dem Dorfjuden ähnlich?"

Susanne weicht ein bisschen aus. „Och, alle Leute sehen sich ähnlich, wenn man's genau nimmt."

„Sehe ich ihm nun ähnlich oder nicht?"

„Ein bisschen."

Das war genau die Antwort, die Jan nicht hören wollte. „Kannst du mir zeigen, wo der Rosenstolz wohnt?"

„Warum?"

„Ich will ihn nur mal selber sehen. Ob ich ihm wirklich ähnlich bin."

Susanne denkt kurz nach. „Ja, mach ich."

„Es ist nur: ich hab deinem Papa versprochen, nicht hinzugehen. Und meinem Onkel auch."

„Richtig versprochen?" Susanne schaut ihn an.

„Großes Indianerehrenwort."

Susanne kratzt sich am Kopf. „Hui. Schwierig. Versprochen ist versprochen und wird nicht gebrochen."

Beide denken einen langen Augenblick nach.

Schließlich meint sie ganz vorsichtig: „Ich denke, so eine Sache ist wichtiger als ein Versprechen."

Jan ist erleichtert und hofft, dass sie mit ihrer Einschätzung Recht hat. „Danke. Ich werde beweisen, dass die Hexe dummes Zeug geredet hat. Das lass ich nicht auf mir sitzen. Ich muss wieder rüber. Bevor noch jemand merkt, dass ich nicht im Haus bin. Gute Nacht, dann."

„Gute Nacht."

Ganz vorsichtig tastet sich Jan wieder durch den Kirschbaum hinunter, durch den Flur und ins Bett.

„Was wolltest du denn von Papa?", brummt Franz verschlafen aus seinem Bett.

Jan weiß zuerst nicht, wovon er spricht. Aber dann fällt es ihm wieder ein und er antwortet nur: „Ich hab ihn gefragt, ob ich nicht besser fahren soll, wenn ich Tante Helena soviel Arbeit mache."

Das leuchtet Franz nicht so ganz ein, aber er ist zu müde um sich darüber Gedanken zu machen. Und auch Jan, dem eigentlich wirre Gedanken vom mysteriösen Rosenstolz im Kopf herumschwirren, schläft sofort ein.

7

Jan blinzelt in die Sonne. Thomas und Paul boxen und demonstrieren dabei verschiedene Techniken. Jan langweilt sich zwar nicht; aber ewig lange zugucken ist auch nicht gerade sein Ding. Heute Morgen hatten sie eine Wanderung gemacht. Es war verdammt heiß. Da muss man halt durch, wenn man später ein guter Soldat werden will. Dann hatten alle ihre Butterbrote gegessen und aus ihren Wasserflaschen getrunken. Jetzt sitzen alle Jungen des Dorfs und der Umgebung nur in ihrer kurzen Hose auf einer Lichtung im Kreis um die beiden Kämpfer. Jan versucht, das spannend zu finden, was Thomas und Paul da veranstalten. Eigentlich ist Samstag sein Lieblingstag. Samstag heißt in ganz Deutschland: Sport und HJ. Außer, man ist so blöd und geht nicht hin. Dann muss man in die Schule.

Nur geht ihm soviel im Kopf rum. Und schon ist er wieder da. Dieser neue Gedanke: Juden dürfen nicht in die HJ. Der war heute beim Marschieren zum ersten Mal aufgetaucht. Er schiebt ihn weg. Vielleicht ergibt sich nachher eine Gelegenheit, mit Susanne zu sprechen. Und dann endlich einen Blick auf diesen Rosenstolz zu werfen. Er hatte versucht, das Ganze zu vergessen. Klappte nur nicht. Irgendwo müssen die Mädchen ja ihre Turnübungen machen. Jan ertappt sich bei der Idee, dass es vielleicht ganz nett wäre, den Mädchen dabei zuzusehen. Die letzten Tage waren ziemlich blöd. Nur Schule, Hausaufgaben, irgendwas im Laden schrubben und Fußball. Sogar das Auto hatten sie gewaschen. Franz hatte wegen des Ruderboots gequengelt, aber Onkel Wilhelm war hart geblieben: erst in den Sommerferien. Jan war's egal. Er hatte versucht, sich wieder zu Susanne zu schleichen, aber Tante Helena hatte ihn im Hausflur erwischt. Einen Moment überlegte er, ob er sagen sollte, dass er schlafwandelte. Das fand er dann doch zu doof, und so hatte er gesagt, dass er nicht einschlafen könne, was auch nicht wesentlich intelligenter war, da die Jungen erst vor einer halben Stunde nach oben gegangen waren. Sie hatte ihn streng angesehen, und er ging schnurstracks wieder nach oben. Zumindest war die Schulwoche geschafft und das ohne irgendwelche Strafarbeiten. Sogar Strassberg war von Jans Wissen angetan. Sehr zum Leidwesen von Franz, der bis auf Mathematik ein sehr guter Schüler war. Susanne träumte viel, wusste nie, wo man war, und das mochte Strassberg ganz und gar nicht. Es schien ihr aber egal zu sein, was Strassberg von ihr dachte. Strassberg schien generell jede Art Schulbildung für Mädchen als Zeitverschwendung zu betrachten. Dumm war sie nicht. Sie tat gerade so viel, dass sie durchkam.

„Die Bismarck ist 251 Meter lang und 36 Meter breit. Sie kann 30 Knoten fahren und hat 2230 Mann an Bord. Toll was?", flüstert Franz ihm leise zu.

Das reißt Jan aus seinen Gedanken. „Was?"

„Hörst du mir nicht zu?" Franz ist empört. „Die Bismarck."

„Franz!", brüllt Thomas ihn an.

Franz dreht sich irritiert und unter dem allgemeinen Gelächter zu Thomas. Gleichzeitig schlägt Paul in dem Moment zu. Thomas geht zu Boden. Franz kichert leise. Jan knufft Franz in die Seite. Thomas rappelt sich wieder hoch. Blut tropft aus seiner Nase, und seine Lippe ist geplatzt. Paul kramt ein Taschentuch hervor. Thomas winkt zuerst ab, aber nimmt es schließlich doch. Blutend marschiert er zornig auf Franz zu. „Jetzt pass mal auf... "

„Du kannst mir gar nix. Mein Vater wird deinem Vat…", kriegt Franz noch raus.

Thomas zieht Franz energisch am Arm hoch. „Du kleine Ratte", zischt Thomas und zerrt ihn in die Mitte.

Franz stolpert hinterher.

„Dein Vater will, dass ich dir mal ordentlich in den Arsch trete! Kann er haben."

Franz schaut in die schweigende Runde. Panik steigt in ihm auf.

„Jetzt boxen wir beide!" Thomas hebt beide Arme hoch.

Bleich hebt Franz langsam die Arme. Die Jungen fangen an zu lachen. David gegen Goliath, aber diesmal hat Goliath zwei Augen und David keine Chance, denkt Jan. Waren das nicht Juden?

Inzwischen feixen ein paar Jungen. Franz versucht grimmig zu schauen. Er tänzelt um Thomas. Immer mehr Jungen johlen. Thomas trifft ihn absichtlich ganz leicht. Franz boxt zurück, fabriziert aber nur Luftlöcher. Alles tobt.

„Lass ihn in Ruhe!" Entschlossen steht Jan auf und stellt sich zwischen die beiden. Im Nu ist alles mucksmäuschenstill.

Ohne Jan anzusehen sagt Thomas bestimmt: „Setz dich wieder hin."

„Tu ich nicht." Jan reicht es.

„Setz dich wieder hin!"

Thomas mustert Jan. „Das Schwache muss ausgemerzt werden. Franz wird nie ein guter HJ-ler, wenn jeder auf seine Schwäche Rücksicht nimmt. Willst du das?"

Franz schaut auf. „Ist schon gut, Jan."

Thomas dreht sich wieder zu Franz. Einige Jungen feuern Thomas an.

„Man macht seine Kameraden nicht lächerlich." Jan bleibt trotzig stehen.

„Franz ist sein Vater zu Kopf gestiegen", erklärt Thomas.

„Ja, und dir deiner." Jan beißt sich sofort auf die Zunge.

Thomas' Kopf wird mit atemberaubender Geschwindigkeit feuerrot. Jan fragt sich kurz, ob er platzen könnte.

„Ist dein Vater auch ein hohes Tier, dass du glaubst, hier so eine dicke Lippe riskieren zu könne?"

„Das geht dich nichts an!", gibt Jan zurück.

„In der HJ sind alle gleich. Da zählt nicht, was der Vater macht!"
Die beiden schauen sich unnachgiebig an. Langsam hebt Jan
die Arme zum Kampf gegen den mindestens einen Kopf größeren Thomas. Der nimmt die Herausforderung an. Blitzschnell
schlägt Jan zu. Thomas kippt um. Alle blicken überrascht zu Jan,
und der verdutzt zu dem auf dem Boden ausgestreckt liegenden
Thomas. Jan linst kurz zu Franz; er befürchtet schon, dass Franz
wieder alles hinschmeißt und wegläuft, tut er diesmal aber nicht.
Franz schaut deprimiert aus, aber beim Anblick des ausgestreckten Goliaths auch ein wenig erleichtert.

Thomas kommt wieder zu sich.

Paul raunt ihm leise zu: „Scheint heute nicht dein Tag zu sein."
Und um die Wogen zu glätten, wendet er sich an alle: „Wir spie-
len jetzt erst mal Völkerball." Unter allgemeinem zustimmendem
Gemurmel erheben sich die Jungen.

Franz flüstert zu Jan: „Fand ich ja gut, dass du das für mich
gemacht hast. Bist ein echter Kamerad. Brauch ich aber nicht. Ich
komm schon so klar." Jan ist sich da nicht so sicher; klopft ihm
aber auf die Schulter.

Die ersten Sterne tauchen am Himmel auf. Die Jungen sitzen
um ein Lagerfeuer auf der Waldlichtung und rösten Brotstücke
– gestiftet von Adrian – auf Holzspießen. Dazu gibt es einen
Topf mit Butter und einen mit Schmalz, das sich jeder mit dem
Fahrtenmesser auf sein Brot schmieren kann. Paul hat noch ein
paar Flaschen Milch organisiert. Daraus haben sie sich in einem
großen Topf Kakao gemixt, aus dem alle mit ihren Metallbechern
trinken. Thomas kühlt sein etwas verunstaltetes Gesicht mit einem
nassen Lappen. Franz hatte Jan erzählt, dass sie das jeden Samstag
im Sommer zum Abschluss machen und HJ-Lieder singen. Jan ist
ein bisschen neidisch auf die Jungen hier – er kennt Lagerfeuer
nur von seiner ersten und bisher einzigen HJ-Fahrt. Er mag die

Stimmung und die Kameradschaft. Ihm fällt wieder Jo ein. Der durfte nie zu den Pimpfen. Er tat ihm damals leid, aber er war halt Jude. Pauls Brot geht in Flammen auf und gleichzeitig verbrennt Franz sich die Zunge. Beide fluchen wie die Rohrspatzen, und alles krakeelt. Jan kriegt einen Lachanfall. Dabei fällt sein Brot vom Holzstab an den Rand der Glut. Schnell versucht er, es wegzufischen, verbrennt sich die Finger und schleudert es ein paar Meter durch die Luft. Jetzt prustet Franz los. Unter grölendem Gelächter aller sucht Jan es im Gebüsch. Er muss mitlachen und findet es zum Glück ziemlich unversehrt. Als er sich wieder aufrichtet, meint er in einem Busch vor ihm ein Gesicht zu sehen. Schließlich kommt er mit sich überein, dass er sich wohl getäuscht haben muss. Er setzt sich wieder auf seinen Platz. Das Feuer prasselt, und er spürt die Wärme auf seiner Haut. Ein größerer Junge hat seine Gitarre dabei und klimpert etwas.

Thomas setzt sich zwischen Jan und Franz. „Tut mir leid, Jan. Hab mich da wohl etwas gehen lassen."

„Schon gut", meint Jan. Er will sich nicht mehr damit abgeben; die Stimmung war grad so schön.

„Ich wollte deinen Vater nicht beleidigen", ergänzt Thomas.

„Sein Vater ist tot", sagt Franz leise.

„Was?" Thomas legt eine Hand auf Jans' Arm. „Das tut mir leid."

„Walter Schwarz. Jan ist der Enkel der Hexe", fügt Franz erklärend hinzu.

„Ist schon in Ordnung. Ich hab ihn ja gar nicht gekannt", erklärt Jan.

Als Thomas ihn dann fragend mustert, fügt er noch hinzu: „Er ist kurz vor der Hochzeit gestorben. Ich war aber schon unterwegs. Sieht so aus, als ob ich bald einen neuen kriege. Was aus der Partei." Jan versucht zu grinsen, aber es will ihm nicht so recht gelingen. „Meine Mutter will im Herbst heiraten."

Schließlich machen sie sich auf den Heimweg. Es ist beinahe Vollmond und somit nicht stockdunkel. Eigentlich sogar fast hell. Die Jungen sind insgeheim ziemlich dankbar dafür, auch wenn das keiner zugeben würde; wäre undeutsch. Die baldige Aussicht auf seine Pritsche ist verlockend und beflügelt Jan. Als sie in den Hof einbiegen, fängt Tante Helena sie in der Tür ab, und nach einer kurzen Inspektion dirigiert sie die drei erst in den Hof. Dort warten zwei Eimer mit kaltem, aber erfrischendem Wasser, und sie schrubben sich ordentlich. Nach einer erneuten Begutachtung sind sie endlich so sauber, dass sie ins Haus und in die Nähe der weißen Laken gelassen werden.

Am nächsten Morgen, es ist später Sonntagvormittag, bleiben die Kirchbänke der Jugendlichen wie jeden Sonntag leer, da zuerst Exerzieren und danach Marschieren angesagt ist. Jan kennt das aus Berlin, und die, die zum Gottesdienst gehen, werden schief angeguckt. Seine Mutter macht sich nichts aus Kirche und er ebenso wenig. Nach einem Gewaltmarsch sind sie auf dem Rückweg. Jan ist mächtig stolz auf sich, dass er ohne Probleme mithalten konnte. Er hat immer das Gefühl, dass er hier ganz Berlin vertreten muss, und die anderen gucken auch hin und wieder zu ihm rüber, wie er sich macht. Thomas und Paul gehen voreneg. So geht es in Zweierreihen singend in Richtung Dorf. Jan und Franz marschieren ganz am Ende. Statt des zackigen und schwungvollen Schrittes, mit dem sie losgezogen sind, ist es nun eher ein Stolpern – vor Müdigkeit und wegen der Schlaglöcher, die sich wie umgedrehte Maulwurfshügel aneinanderreihen. Das macht das Ganze etwas unelegant, findet Jan. Der eine oder andere humpelt vorsichtig wegen einer Blase am Fuß. Jammern gilt nicht. Diese Blöße will sich auch keiner geben. Jan fragt sich, warum sie singen. Und es kommt wirklich selten vor, dass er sich bei der HJ was fragt. Es ist niemand da, der sie hören könnte, und hundemüde, wie sie sind, ist es eher gut, dass sie keiner hören kann. Thomas würde bei Nachfrage wahrscheinlich sagen: „Ein deutscher Junge verkündet seine Ideale zu jeder Tages- und Nachtzeit." Soldaten im Krieg wären schön blöd, wenn sie singen würden. Allerdings macht Jan das Singen Spaß, wenn sie in Berlin durch die Straßen marschieren. Dann drehen sich die Leute zu ihnen um, und wenn sie ihre Fahne dabeihaben, muss jeder am Straßenrand sie grüßen. Sonst gibt's Dresche. Schon ist die Silhouette des Dorfes in der Ferne zu sehen. Der Junge vor ihm dreht sich um. Jan hat eine völlig falsche Strophe heruntergeleiert. Also bemüht er sich, dasselbe nun der richtigen anzutun. Auch will er endlich mit Susanne reden, und nicht nur abends mal winken. Vielleicht ergibt sich ja heute eine Gelegenheit. Franz stößt ihn vorsichtig in die Seite und legt den Zeigefinger auf den Mund. Jan schaut ihn irritiert an und wird schon von ihm hinter den nächsten Busch gezogen. Sie beobachten die anderen, wie sie sich langsam entfernen. Keiner hat etwas bemerkt.

„Bist du bescheuert?"

Franz deutet mit dem Kopf in Richtung Thomas. „Wenn der glaubt, dass ich immer artig hinter dem her dackele, hat der sich geschnitten."

Jan schaut den anderen nach. Sie warten, bis die Gruppe außer Sichtweite ist. Dann setzen sie sich am Wegrand in die Böschung. Jan kratzt sich am Kopf. „Er ist aber nun mal der Fähnleinführer."

„Ja, und er findet es jammerschade, dass wir hier nur so wenige sind und er sich sogar mit Pimpfen abgeben muss. Er spielt gerne den großen Macker. Aber zu Hause sagt er nicht mal seinem Vater Bescheid. Er stinkt ihm gewaltig, sagt er. Er macht aber nichts dagegen."

„Was ist denn mit seinem Vater?", fragt Jan betont unauffällig.

„Mein Papa sagt, er ist volkszersetzend. Nur weil er im Großen Krieg gewesen ist, hat mein Vater noch nichts unternommen.

Ansonsten wäre er fällig", erklärt Franz und lehnt sich lässig zurück.

Jan stimmt Franz zu. Richtig war das nicht, was Adrian da machte. Ganz und gar nicht. Susanne hatte richtig Pech mit ihrem Vater. Er übte einen sehr schlechten Einfluss auf sie auf. Das stand fest. Da machten auch die gespendeten Brote nichts.

„Für Susanne ist das blöd", meint Jan schließlich.

Franz sieht ihn einen Moment von der Seite an. „Magst du sie?"

„Nö." Jan will das Thema gar nicht erst aufkommen lassen.

Franz schubst ihn betont kameradschaftlich. „Natürlich tust du das."

Jan kneift ein Auge zu. „Du guckst ihr aber richtig nach. Hab ich gesehen." Wenn Franz es will, soll er es kriegen.

„Tu ich gar nicht." Nun ist Franz in der Defensive und sucht händeringend nach einem Angriffspunkt.

„Und das, wo Adrian volkszersetzend ist. Zu blöd", setzt Jan nach. Treffer, versenkt. Jan sonnt sich zufrieden in seiner Schläue.

Franz ist einen Moment verlegen. Da hat Jan ihn erwischt. Jetzt fällt ihm was auf. „Seit wann nennst du denn Herrn Becker Adrian?"

Jan kommt in Verdrückung. Der ging eindeutig an Franz. Da hatte er nicht drüber nachgedacht. „Ich war drüben. Nach dem Fußballspiel. Da wo du weggelaufen bist. Das hat er mir aufgedrängt." Das sollte reichen. Er wartet. Und richtig. Franz möchte an das Fußballspiel nicht mehr erinnert werden. Sie sitzen einen Moment schweigend da; ihre Gruppe ist nun zwar nicht über alle Berge, aber doch wohl schon in ihr Dorf abgebogen. Jan und Franz hoffen, dass es im allgemeinen Auflösungsgewühl nicht auffällt, dass sie nicht mehr dabei sind.

Auf einmal hören sie etwas aus der entgegengesetzten Richtung. Leise Marschschritte. Sie ducken sich ins hohe Gras. Eine kleine Gestalt biegt leise pfeifend im Marschrhythmus um die Kurve.

Sie war der Gruppe gefolgt. Erst als sie näher kommt, erkennen sie, wer es ist: der Judenjunge vom Schulhof.

„Salomon", flüstert Franz leise. „Diesmal kriegen wir ihn."

Wie auf ein Zeichen springen Franz und Jan hervor. Panisch versucht der kleine Junge zu fliehen, aber gegen die viel größeren Jungen hat er keine Chance. Sie halten ihn fest. Salomon tritt um sich und versucht sie zu beißen.

Franz spürt Wut in sich aufflackern. Weil die kleine Ratte keine Angst vor ihm hat.

„Jetzt zeig ich dir mal, wie ein guter deutscher Junge boxt", brüllt Franz. Er tritt zurück und hebt die Arme. Jan lässt Salomon los. Der will türmen, aber Jan schubst Salomon vor Franz. Dem ersten Treffer kann Salomon noch ausweichen, beim zweiten fällt er um. Wie ein Käfer liegt er da. Doch er tritt wie wild nach Franz, und der kriegt ihn nicht zu packen. Schließlich trifft Salomon Franz da, wo es weh tut. Franz knickt zusammen.

„Ihr kämpft immer unfair!", schreit Jan und tritt zu. Er trifft Salomon am Oberschenkel. Dann in die Seite. Einmal, dann noch einmal. Darf man. Soll man sogar. Ist ja ein Jude. Franz rappelt sich mit Tränen in den Augen hoch. Salomon krabbelt ein paar Meter. Jan hält Salomon fest und setzt sich schließlich auf ihn drauf. Er quetscht mit seinen Knien seine Oberarme ein wenig.

„Weißt du, woran man einen Juden erkennen kann?", flüstert Franz schließlich, als er sich etwas erholt hat.

Jan schüttelt den Kopf, Salomon schaut verwirrt zu Franz.

„Die schneiden Jungen den Pimmel ab!", prustet Franz los, stolz auf sein Wissen.

Das hat Jan nicht gewusst. Erstaunt blickt er auf Salomon hinunter. Panisch schaut der zwischen den Jungen hin und her.

„Los, wir gucken nach", krächzt Franz voller Tatendrang. Irgendwie muss Salomon ihn auch an den Stimmbändern getroffen haben.

Also springt Jan auf, zerrt Salomon vom Boden hoch. Franz

öffnet Salomon kurzerhand die viel zu große Hose und zieht sie runter. Die Hose fällt ihm auf die Füße.

Halbnackt steht Salomon vor ihnen. Jan tritt einen Schritt zurück.

„Der ist noch dran." Franz ist sichtlich enttäuscht.

Jan legt den Kopf schief. „Sieht aber trotzdem anders aus."

Da, wo Jan Salomon in die Seite getreten hat, färbt sich ein roter Fleck. Der wird ganz schön weh tun, denkt sich Jan. Jo wurde auch öfter verprügelt. In dem Moment steigt Salomon einfach aus seiner Hose und rennt halbnackt weg. Franz prustet los. Auch Jan lacht mit; es sieht wirklich zu blöd aus.

„Du hättest ihn trotzdem noch festhalten sollen." Franz steht immer noch ein wenig gekrümmt.

Jan sagt zuerst nichts. Jo. Klar. Sie hatten ihn immer fertiggemacht. Jan hatte sich aber zurückgehalten. Solange die anderen es nicht bemerkt hatten. Er muss irgendwas sagen. „Das ist 'ne halbe Portion!", sagt er schließlich.

„Komm. Jetzt zeigen wir es denen richtig", beschließt Franz. Aber zuerst nimmt er Salomons Sachen und wirft sie lachend in den stinkenden Modder des Straßengrabens.

Franz führt Jan ein Stück zurück, dann biegen sie in einen Feldweg ein, und zum Schluss robben sie entlang einer Hecke zu einem kleinen Bauernhof in bedauernswertem Zustand. Prunkstück ist ein großer Gemüsegarten neben dem Haus. Im Stall brüllt kein Vieh; der Platz für den Misthaufen ist verwaist. Es gibt einen dreistöckigen Kaninchenstall an der Wand mit mindestens einem Dutzend Kaninchen. Niemand ist zu sehen. Einzig ein paar Hühner und ein Hahn scharren im Hof. Zielstrebig robbt Franz im Schutze von Büschen und hohem Gras in Richtung Garten. Jan folgt ihm dicht. Er fragt sich, was Franz vorhat. Der glüht vor Vorfreude. Schließlich bedeutet Franz Jan zu warten und schleicht zum Kaninchenstall. Leise öffnet er die Käfige.

Dann greift er hinein und setzt ein Kaninchen nach dem anderen auf den Boden. Über all hoppeln nun gefleckte und hellbraune Kaninchen. Dann läuft Franz zu Jan zurück. Gleich vor ihnen stehen drei Wälle von fast reifen Bohnen. Franz richtet sich etwas auf und schaut in Richtung Haus. Jan tut es ihm nach. Da bewegt sich etwas hinter einem Fenster.

Franz zeigt auf die Bohnenstangen. „Angst?"

Jan braucht einen Moment bis er versteht, was Franz meint. Er schüttelt mit dem Kopf. „Quatsch."

„Los!", kommandiert Franz. Er springt auf und beginnt, die Pflanzen herunter zu reißen. Jan fackelt nicht lange und tut es ihm mit Feuereifer nach. Schon fliegt die Haustür auf und ein Mann, ungefähr in Onkel Wilhelms Alter, rast auf sie zu. Er stolpert über ein Kaninchen. Die Tiere stieben in alle Richtungen auseinander. Franz lacht laut auf, auch Jan muss grinsen. Das sieht wirklich lustig aus. Der Mann flucht laut. Eine junge, hübsche Frau kommt hinter dem Mann aus dem Haus und läuft entsetzt auf ihr ruiniertes Bohnenfeld zu. Der Mann nimmt die Verfolgung der Jungen wieder auf.

„Der kann uns gar nichts", raunt Franz Jan zu, lässt trotzdem alles liegen und rast mitten durch den Salat in Richtung Feldweg.

„Wer ist das denn?" Jan dreht sich im Laufen interessiert um.

Schnell wie sie sind, und ohne Kaninchen vor den Füßen, haben sie ruckzuck einen sicheren Abstand zu ihrem Verfolger.

„Der Dorfjude, wer sonst", bringt Franz im Laufen heraus.

Irgendwas macht bei Jan „Klick." „Der Rosen...Rosen…"

„Rosenstolz", beendet Franz den Satz.

Jan bleibt stehen. Er muss stehen bleiben. Er muss genau schauen. Er steht da und schaut sich den Mann, der auf ihn zu rennt, an. Die alte Hose, das Hemd, die Schuhe – alles zerschlissen. Der Mann hat keine dunklen Haare. Er hat helle, so wie er. Das Gesicht sieht gepflegt aus. Der Mann ist sichtlich irritiert von dem Jungen, der einfach vor ihm stehenbleibt.

„Lauf weg, du Blödmann", brüllt Franz aus dem Hintergrund. Er wartet hinten an der Hecke und fragt sich, was in Jan gefahren ist.

Der Mann bleibt vor Jan stehen. Jan schaut ihm ins Gesicht. Er will es wissen. Blaue. Er hat blaue Augen. Und Jan auch.

„Warum?" Rosenstolz zeigt wütend auf seine vernichtete Ernte.

„Die waren es. Die haben mich verhauen, Papa", kräht eine Kinderstimme von der Tür her. Salomon.

„Pass auf, wenn wir dich das nächste Mal erwischen!", schreit Franz aus sicherer Entfernung. „Zeig uns doch an, Scheißjude!"

Rosenstolz packt Jan fest an der Schulter. „Hat dir niemand gesagt, dass man das Hab und Gut anderer Leute achtet?"

Der Bann fällt von Jan ab. „Ja, aber Juden dürfen nichts haben." Er windet sich aus Rosenstolz' Griff und tritt zu. Er trifft Rosenstolz' Schienbein. Der stöhnt auf. Jan tritt zur Sicherheit noch mal feste vor das andere und rennt weg. Er rast an Franz vorbei.

„Der kann uns nichts. Warte!" Franz schaut noch einmal zu den Rosenstolz; Rosenstolz hinkt zu seiner Frau zurück, um den Schaden zu begutachten. Salomon fängt bereits das erste Kaninchen wieder ein. Franz dreht sich um und folgt fröhlich pfeifend Jan.

Zum sonntäglichen Mittagessen sind sie nicht nur zu spät, sondern auch ziemlich dreckig. Also geht es erst wieder in den Hof zum Waschen. Jan sagt nicht viel. Er sieht Rosenstolz ähnlich. Sogar sehr. Das muss Franz doch auch aufgefallen sein. Er beobachtet Franz über die Schulter.

Aber der trocknet sich gerade ab und strahlt ihn an. Dann runzelt er die Stirn. „Warum bist du eben denn wie blöd stehengeblieben?"

Gute Frage. Franz schaut ihn forschend an.

„Er sah so arisch aus", fällt Jan schließlich ein. „In Berlin sehen Juden eben wie Juden aus." In Berlin hatte er sich kaum Juden angeguckt. Zumindest keine Erwachsenen. Jo natürlich, aber auch erst, als Jo schon aus der Schule geflogen war. Richtig heißt es ja entfernt. Kam aber auf dasselbe hinaus. Er meinte, Unterschiede gesehen zu haben; keine großen, aber da waren doch welche gewesen. Und danach hat er ihn nicht mehr getroffen. Vielleicht hat er in der Eile bei Rosenstolz auch nicht richtig hingeguckt. Wie kriegt er bloß diese blöden Gedanken aus dem Kopf? Jemand tippt ihn auf die Schulter.

Es ist Franz. „Was ist? Mama hat uns reingerufen.“

Hatte er nicht gehört. Er nickt, zieht sein Hemd an, nimmt seine Sachen und folgt Franz ins Haus.

Nach dem Essen geht Franz nach oben, um an seinem Modellschiff zu bauen. Jan trollt sich unauffällig in den Hof. Nur die Hexe hatte gesagt, dass er wie eine Satansbrut aussieht. Seine Mutter hatte nie was gesagt. Auch kein Lehrer in der Schule. Onkel Wilhelm und Tante Helena ist es nicht aufgefallen. Auch Adrian nicht. Und sonst keinem. Er dreht sich noch einmal um, schaut noch einmal schnell in den Flur. Keiner da. Auch sonst sieht er keinen. Dann jagt er zurück zu Rosenstolz' Haus. Vorsichtig kriecht er heran. Er versteckt sich im Gebüsch und späht durch die Blätter. Rosenstolz und seine Frau bemühen sich, den Schaden zu reparieren. Selbst Salomon hilft gewissenhaft. Die Erwachsenen reden laut, fast zornig, miteinander. Jan kann nur Fetzen verstehen.

„Der Junge kann dort wenigstens in eine Judenschule gehen.“ Das ist die Frau. Salomons Mama wohl.

„Mein Junge kommt nicht in ein Waisenhaus“, brummt Rosenstolz.

Dann wenden sie sich ab und er schnappt nur noch Wörter auf: „Synagoge“, „Ausland“, „schlimm werden“ und „Ich war im Krieg. Das zählt was.“

Salomon sagt gar nichts. Irgendwann ist der Schaden behoben. Na ja, nicht ganz. Ein trauriges Bündel unrettbarer Pflanzen mit einer ansehnlichen Sammlung fast fertiger Schoten liegt neben dem Beet. Jan versucht, sich Rosenstolz' Gesicht einzuprägen und Einzelheiten zu erkennen, aber er ist viel zu weit weg. Plötzlich ist irgendwas neben ihm. Er schreckt zusammen. Ein Mümmelmann. Sitzt neben ihm und kaut friedlich einen Grashalm. Stupst ihn vorsichtig mit seinem weichen Schnäuzchen an. Jan streichelt einmal über das weiche Fell. Dass Leute so was Niedliches essen. Können auch nur Juden. Er starrt noch einmal in Richtung Rosenstolz. Dann schleicht er sich davon.

Als er wieder in den Hof einbiegt, sitzt Susanne wieder auf ihrer Fensterbank und malt. Sie winkt. Da alles im Hof ganz friedlich ist, klettert er den Kirschbaum hoch, auf das Dach der Backstube und den Schuppen. Er setzt sich neben Susanne.

„Hallo."

„Hallo."

„Was malste?"

„Den Kirschbaum."

„Aber den hast du doch schon gemalt."

Susanne zuckt mit den Schultern.

Jan lehnt sich zurück. „Ich hab ihn gesehen."

„Wen?"

„Rosenstolz natürlich."

„Ach so. Den. Und?"

„Was und?"

„Na, was denkst du jetzt über das, was die Hexe gesagt hat?"

Jan zuckt ratlos mit den Schultern. „Er sieht nicht jüdisch aus."

Susanne schaut ihn an. „Wie sieht denn ein Jude aus?"

„Wie ein Jude eben aussieht."

Susanne schaut Jan an. „Hier gibt es nur drei. Und die sehen aus wie wir. Sagt Papa."

„Und da ist Adrian sich sicher?"

„Na hör mal, er ist mit Rosenstolz in die Schule gegangen."

Jan grübelt einen Moment. „Sehen die so aus wie wir, oder

sehe ich so aus wie die?"

Susanne schaut ihn an. „Wie sieht denn ein Jude in Berlin aus?"

„Nicht wie ein Arier", erklärt Jan selbstbewusst.

„Alle?", fragt Susanne nach.

Wie viele hat er denn gesehen? Nicht allzu viele. Eigentlich wenige. Sicher einfallen tut ihm die Mutter von Jo. Und die hatte eine Hakennase. Er ist sich sicher, dass sie eine hatte. Und Jo auch. Jos Gesicht war aber seit dem letzten Jahr vor seinem inneren Auge verblasst. Und seine Mutter hatte er auch nur ein Mal gesehen, als er zu Jos Geburtstag zu Kaffee und Kuchen in ihrer gemütlichen Wohnung eingeladen war. Als einziges Kind. Sonst war keiner gekommen.

„Die Frau von dem Rosenstolz und Salomon haben braune Haare", denkt Susanne laut.

Jan nickt. Ein Hoffnungsschimmer, aber helfen tut ihm das nicht.

Susanne denkt weiter nach. Dabei schaut sie mit tiefen Falten auf der Stirn schräg über den Kirschbaum in den blauen Himmel. „In unserer Klasse sieht eigentlich kaum einer wie ein richtiger Arier aus."

„Kommst du da runter!", Onkel Wilhelm brüllt ihn von unten an.

Jan murmelt schnell ein „Wiedersehen" zu Susanne und klettert den Baum wieder runter. Der Onkel sieht in streng an. Dann fängt er breit an zu grinsen und gibt ihm einen freundschaftlichen Nackenschlag. „Kannst du dir nicht eine andere Freundin suchen?"

Jan ist mal wieder erstaunt.

Sein Onkel fährt unbeirrt fort. „Es gibt sicherlich noch andere süße Mädchen in deiner Klasse." Damit stürmt er, die Hand fest in Jans Nacken, in Richtung Hintertür.

Jan stolpert neben ihm her. „Sie kann doch nichts für ihren

Vater."

Der Onkel öffnet die Tür und hält sie ihm auf. Jan ahnt, dass das, wenn ein Erwachsener es für ein Kind tut, immer ein klares Zeichen der baldigen Niederlage ist. „Nett, dass du zu ihr stehst. Franz könnte sich wirklich an dir ein Beispiel nehmen. Aber ich habe den beiden den Umgang mit nebenan außerhalb der HJ verboten. Daran wirst auch du dich halten müssen. Und jetzt komm rein."

Kurz vor dem Schlafengehen, muss Jan noch einmal auf die Toilette. Er kommt an der offenen Schlafzimmertür von seinem Onkel und seiner Tante vorbei. Niemand ist drinnen. Sein Blick fällt auf einen großen Spiegel über einer Kommode neben Tante Helenas Bett. Er hat Tante Helena noch nie geschminkt gesehen, und es steht auch keine Kosmetik auf der Kommode. Seltsam. Seine Mutter schminkt sich gern. Aber doll auffallen soll's nicht, sagt sie immer. Langsam geht er zum Spiegel und schaut sich an. Von vorn. Ein blonder deutscher Junge mit blauen Augen in gerade ziemlich schmuddeliger Jungvolkuniform schaut ihm entgegen. Wenn er sich nicht besser in Acht nimmt, ist seine Uniform am Ende der Ferien ruiniert. Seine Mutter wird das gar nicht lustig finden. Uniformen sind nicht billig, und Geld haben sie nicht viel. Auch wird ihr es unangenehm sein, „ihn" um Geld für den „Langen Lulatsch" zu bitten. So nennt „er" ihn. Dabei ist Jan gar nicht so groß. Beim Sport müssen sie sich am Anfang der Stunde der Größe nach aufreihen, und er steht immer in der Mitte. Aber „er" findet es unheimlich witzig, ihn „Langen Lulatsch" zu nennen, und seiner Mutter zuliebe lacht Jan dar-über. Aber eine Uniform braucht er. Unbedingt. Jo braucht auch keine, schießt es ihm durch den Kopf. Was wäre denn, wenn er tatsächlich eine Satansbrut wäre – würde seine Mutter ihn dann noch wollen? Er ist ja so schon eine Bürde. So hatte ihn zumindest seine blöde Nachbarin genannt, als er allein mit ihr war, und ihn ermahnt, folgsam zu sein, damit seine Mutter endlich in geordnete Verhältnisse käme. Und er hatte sich zusammengerissen. Jeder hatte ihm gesagt, es wäre doch toll, einen neuen Vater zu bekommen. Und dann noch so einen schicken. Mag ja sein. Aber er wollte dann zumindest einmal das Grab seines richtigen Vaters sehen. Wenn er ihn schon nicht kennenlernen konnte. Und nun steckt da vielleicht gar nicht sein Vater drin. Dann...ja, was wäre dann? Wer wäre er dann? Er dreht sich ins Profil und versucht seine Nase zu sehen. Er schielt. Er befühlt seinen Nasenrücken. Schließlich legt er seinen gestreckten Zeigefinger darauf. Ganz glatt. Kein Huckel.

„Was machst du da?" Tante Helena steht plötzlich hinter ihm.

Jan nimmt die Hand runter. Tante Helena schaut ihn im Spiegel an.

„Nichts." Was anderes fällt ihm nicht ein, und es ist die dämlichste Antwort, die man geben kann. Ihm wird komisch. Schlecht. Schlecht vor Angst. Jan spürt Tränen aufsteigen. Sag was. Sag schon was. Sonst heulst du hier los. Sie schaut ihn immer noch an.

„Meine Uniform ist ganz dreckig", schluchzt er los. „Mama hat gesagt, die muss halten, bis ich rauswachse." Er hätte am liebsten gesagt: „Ich will kein Jude sein. Bitte sag mir, dass das nicht stimmt." Aber das kann er doch nicht. Und nicht ihr. Dann würde sie ihn endgültig rausschmeißen. Und seine Mutter ihn hassen. Ob er dann ins Waisenhaus käme?

Tante Helena nimmt ihn in den Arm. „Bald hast du einen neuen Vater, und der kauft dir bestimmt eine schöne."

Warum sonst sollte seine Mama ihm nichts von seinen Verwandten erzählt haben? Vielleicht hasst Tante Helena Mama. Er kann nur nicken. Er möchte sie so gern fragen, warum er nicht zum Friedhof und zur Hexe gehen soll.

Aber da wendet sie sich schon ab. „Und jetzt ab, marsch in die Federn."

„Tante Helena, warum darf ich nicht zur Hexe gehen?" Er wischt sich eine Träne ab.

Sie dreht sich abrupt um. Es war die falsche Frage. „Ich muss dir nicht alles erklären. Diese Frau erzählt böse und falsche Dinge über uns. Sie macht uns schlecht im Dorf. Und in einem Dorf, noch dazu wenn man ein Geschäft hat, ist man auf seinen guten Ruf angewiesen. Denk auch mal an deinen Onkel. Und jetzt will ich kein Wort mehr davon hören. Hast du verstanden?"

Jan nickt. „Entschuldigung."

Tante Helenas Mund entspannt sich leicht. Dann geht sie.

Unruhig wälzt Jan sich auf seiner Pritsche umher. Sie knarrt. Franz dreht sich im Schlaf um. Er hat eben schon gemurrt und wurde wach, als Jan sich zu heftig umdrehte. Draußen zieht ein Gewitter heran. Es grummelt in der Ferne. Also dreht sich Jan vorsichtiger um, was ihn aber eher am Müdewerden hindert. Vor seinen Augen tanzen die Hexe, Salomon und Rosenstolz. Und die Bohnen mit den Kaninchen. Seine Mutter hat ihm nie viel von seinem Vater erzählt. Eigentlich gar nichts. Und jetzt ahnt er, weshalb. Deshalb wollte sie nicht, dass er hierher kam. Ob sie jetzt genauso unruhig im Bett liegt wie er? Voller Angst, dass er etwas herausfinden könnte? Und dann die Schande, eine Satansbrut zu haben. „Er" würde sie sitzen lassen. Ganz klar. Keine Frage. Der würde nie bei ihr bleiben. Wieder in die Fabrik müssen? Das Fenster steht offen, der Flügel schlägt leicht an den Rahmen. Damit Franz nicht wieder aufwacht, schlüpft er von der Pritsche, um es zu schließen. Jan schaut über den Schuppen in die Ferne. Der ganze Himmel leuchtet für eine Sekunde grell, dann ist wieder alles schwarz. Jan zählt. Eins, zwei, drei.... Er kommt bis dreizehn. Dann grummelt es. Das Gewitter ist noch weit weg. Dreizehn ist eine Unglückszahl. Jetzt fängt er auch noch mit dem Quark an. Wieder leuchtet es. Da war ein Schatten neben der Backstube. Jan späht angestrengt in die Nacht. Als es wieder leuchtet, ist nichts mehr da. Jan schließt leise das Fenster und legt sich wieder hin. Wenn es blitzt, tanzen Franz' Boote im Regal. Er schaut ihnen zu. Nach einer Weile schläft er erschöpft ein.

8

Die nächsten Tage vergehen wie im Flug. Nächste Woche ist
Ferienanfang. Letztes Jahr noch hatte er sich wahnsinnig auf
das HJ-Lager gefreut. Und es war herrlich. Dieses Jahr ist alles
anders. Kein HJ-Lager, und seine ganze Welt ist irgendwie verkehrt. Widerstandslos hatte er sich in den festen Tagesrhythmus
der anderen aus Schule, Mittagessen, Schularbeiten, Helfen,
Fußball oder HJ, Abendessen und Lesen eingefügt. Er will die
Wahrheit herausfinden. Aber wenn er weiter auffällt, wird er vielleicht sofort zu seiner Mutter geschickt. Also besucht er in den
wenigen Nischen, die ihm bleiben, abwechselnd Susanne und
Rosenstolz. Zu Susanne traut er sich nur noch, wenn der Onkel
wegen der Partei mit dem Auto weg ist, und nach der Schule trödelt er absichtlich lange, damit Franz denkt, er will mit Susanne
nach Hause gehen. Dann haut Franz wütend ab. Das funktioniert natürlich nur, wenn Susanne nach ihnen aus der Schule
kommt. Aber in Wirklichkeit läuft er dann zu den Rosenstolz
und beobachtet sie. Meist ist dann auch einer der Erwachsenen
im Garten. Salomon hilft immer. Verstehen kann er nicht viel.
Dazu ist er zu weit weg. Aber sie gehen sehr liebevoll mit Salomon
um. Manchmal streiten sie. Und vertragen sich jedes Mal wieder.
Einmal war die Frau in Tränen ausgebrochen. Sie hatte Unkraut
gezupft. Er hatte was geschrien, und das hatte sogar er verstanden: „Und wo sollen wir hin? Wir haben nichts mehr, was wir verkaufen können." Aber sie hatte nicht geantwortet, nur geweint.
Dann hatte er sie in den Arm genommen. Nie sieht er sie woan-
ders. Nie im Dorf. Sie sind ja auch Juden. Mit denen will eh keiner
reden. Auch um Jo haben alle einen großen Bogen gemacht. Sollte
besser mit anderen Juden spielen.

Jetzt, am letzten Montag vor den Ferien, nehmen sie in der letzten Stunde in Biologie Rassenkunde durch. Es ist ein richtig heißer Tag. Die Sonne brennt durch die Fenster, und es ist keine Wolke weit und breit zu sehen. Die Schüler kämpfen gegen ihre Müdigkeit an und sitzen lustlos in den Bänken. Einzig Strassbergs strenger Blick hält sie noch wach genug, dass sie nicht Opfer einer seiner beliebten Strafaktionen werden. Die meisten sehen ihr Ziel für den heutigen Nachmittag klar vor Augen: den Fluss. Nur Jan sitzt kerzengerade und hochkonzentriert auf seinem Platz. Zuerst hatten sie gegenseitig ihren Schädelumfang gemessen. Der von Juden soll im Stirnbereich kleiner sein. Susanne hatte natürlich einen Dickschädel. Typisch. Jan meinte gemerkt zu haben, dass Susanne bei ihm mit leicht zittrigen Händen maß, und beide waren erleichtert, dass er hier im unteren Mittelmaß lag. Wenigstens noch in der Mitte. Er hatte mitleidig zu denen geschielt, die ganz unten waren.

Zu einem hatte Strassberg bemerkt: „Auch wenn du kein Jude bist; bei deinem Schädel sind keine besseren Leistungen zu erwarten. Zu etwas anderem als Hilfsarbeiter reicht es eben nicht." Der Junge glotzte ihn nur mit offenem Mund an. Nach kurzem Nachdenken hatte Strassberg dann hinzugefügt: „Mach dir nichts draus. Zum Befehle Ausführen reicht es allemal, und unser Führer braucht immer Männer wie dich." Daraufhin hatte der Junge gestrahlt und begeistert den Kopf seines Nachbarn vermessen.

Nun steht Strassberg mit seinem Zeigestock vor einer bunten Karte mit verschiedenen Köpfen von Menschen und einer groben Karte von Europa. Franz hatte Jan vor der Schule erklärt, er hätte seinem Vater erzählt, dass Strassberg dieses – Franz' Meinung nach – wichtige Thema bisher noch nicht ausführlich behandelt hätte. Onkel Wilhelm musste ebenso ausführlich mit Strassberg gesprochen haben. Und genauso ausführlich kaut Strassberg die Kennzeichen der einzelnen Rassen durch. Franz folgt zufrieden

Strassbergs Ausführungen. Strassberg seinerseits ignoriert ihn.

Als Strassberg Susanne den Rücken zudreht, stößt sie Jan leicht unter der Bank an. Jan dreht sich vorsichtig zu ihr. Eigentlich will er ausnahmsweise nicht von ihr gestört werden.

Sie flüstert: "Thomas war gestern bei mir. Er hat mich gefragt, was ich von deinen Eltern weiß. Aber so komisch. Richtig verhört. Er muss uns mal belauscht haben."

„Was hast du ihm gesagt?"

„Nix. Bin ja nicht blöd."

„Meine Tante sagt, die Hexe ist alt und lügt. Ist egal, was die sagt", antwortet Jan leise.

„Er ist Fähnleinführer."

„Es ist egal, was die Hexe sagt! Sagt jeder."

„Wenn Thomas was wissen will, kriegt er es auch raus." Das klang jetzt ein wenig schnippisch.

„Ich bin keine Satansbrut", zischt Jan sauer, aber er merkt, dass er selbst unsicher ist, und genauso hört es sich auch an.

Derweil wendet sich Strassberg wieder der ganzen Klasse zu. Jan spürt, wie er Kopfschmerzen bekommt; es surrt in seinem Schädel.

„Nun, wer kann mir jetzt den Unterschied zwischen der Arischen Rasse und den Juden sagen?", beendet Strassberg seinen Vortrag.

Jans Hand schießt nach oben.

„Wilke", fordert Strassberg mit zufriedenem Kopfnicken Jan auf – froh, wenigstens einen begeisterten Zuhörer zu haben.

Jan steht drahtig auf. „Der Arier ist fleißig, gehorsam, unbestechlich und ein Patriot; der Jude gierig, korrupt, egoistisch. Und ein Verräter." Jan setzt sich wieder.

Strassberg ist sichtlich zufrieden. „Wilke, sehr gut. Wie viele Unterrassen der weißen Rasse kennt ihr? Becker?"

Susanne dreht sich erschrocken zu Strassberg um und steht

langsam auf. Jan merkt, dass Susanne überhaupt nicht weiß, was Strassberg gefragt hat. Er lehnt sich kaum merkbar zu ihr hinüber.

Strassbergs Laune bekommt augenblicklich einen Dämpfer. „Man bekommt fast den Eindruck, dass du nicht aufgepasst hast."

Susanne starrt auf ihre Tischplatte.

„Die Antwort steht nicht auf deinem Pult", kommt es von vorne.

Jan flüstert ihr so leise es geht zu: „Die nordische Rasse."

„Die nordische Rasse", sagt Susanne eine Spur zu erleichtert. Dann geht ihr auf, dass das ja erst eine war. Wieder taucht ein Hauch der Verzweiflung auf ihrem Gesicht auf.

Strassberg, selbst erschöpft von der Hitze, geht den Weg des hoffentlich geringeren Widerstands: „Wilke, willst du es uns sagen?"

Wieder Jan steht schnell auf. „Die westische, die dinarische, die ostische, die ostbaltische und die fälische Rasse." Dann setzt er sich ordnungsgemäß wieder.

Strassberg kommt nun eine Idee. „Sehr gut. Wilke, komm einmal her."

Leicht irritiert geht Jan nach vorne und stellt sich neben Strassberg vor die Klasse.

Strassberg wendet sich an die Schüler: „Versucht einmal herauszufinden, zu welcher Rasse er gehört."

Die Kinder regen sich, da nun Jan nicht antworten kann, langsam. Denkerfalten tauchen auf den bisher entspannten Gesichtern auf. Bloß sich eine Antwort überlegen, irgendeine, bevor man drangenommen wird und böse auffällt.

Ein Junge kräht: „Fälisch!"

Strassberg beschließt, Gnade vor Recht ergehen zu lassen und gibt sich milde: „Nicht reinrufen! Nein, fälisch ist er nicht. Schaut doch seinen Schädel an." Der Junge nickt und starrt auf Jans Schädel.

Die Klasse starrt auf Jans Schädel. Jan starrt zurück.

„Sieht er nicht aus wie ein Jude?", frohlockt Strassberg.

Einige Kinder glucksen.

Jan wird flau. Richtig flau. Er dreht sich zu Strassberg um. „Ich bin kein Jude", sagt er leise.

„Will jemand was sagen?" Strassberg hat Jans Einwand nicht gehört.

„Ich bin kein Jude!", sagt Jan jetzt lauter und drohender.

Jetzt hat ihn jeder gehört. Die Klasse ist still und schaut abwechselnd Jan und Strassberg an.

„Du kannst dich wieder setzen, Wilke." Strassberg versucht die aufkommenden Wogen zu glätten. Er hat keine Lust auf widerspenstige Kinder bei diesem Wetter. Aber Jan bewegt sich nicht.

Sichtlich irritiert fügt Strassberg ein energisches „Setz dich" nach.

Jan rührt sich noch immer nicht. „Ich bin kein Jude!" Er hat einen merkwürdig starren Gesichtsausdruck. Dass alle in anschauen, bemerkt er nicht. Einzig Susanne ahnt, was mit Jan los ist.

Strassberg packt ihn am Arm. „Was ist los mit dir? Ich habe nur eine Frage gestellt. Du bist nordisch, verstanden?"

Nordisch. Strassberg hat nordisch gesagt. Jan nimmt Strassberg und den Klassenraum langsam wieder wahr.

„Ich unterrichte keine Juden, und ich sollte das wohl wissen. Und jetzt setz dich sofort hin."

Jan nickt, bewegt sich aber nicht.

Strassberg zerrt Jan zu seinem Tisch. Jan setzt sich schwerfällig. Leises Gemurmel ist hören.

Als Strassberg – nun mit Schweißperlen auf der Stirn – sich wieder umdreht, stößt Susanne sacht Jan an, aber Jan sitzt nur da und schaut vor sich hin.

Strassberg entscheidet, dass heute genug Rassenlehre gemacht wurde, und beendet die Stunde mit einigen Rechenaufgaben. Das Einmaleins ist eindeutig.

Nach der Schule trabt Franz neugierig neben Jan aus dem

Schulgebäude. In dem Moment, wo sie ins Freie treten, prallen sie gegen eine Wand aus brütender Hitze.

„Mensch, was war denn mit dir los?" Franz schlägt Jan auf den Rücken.

Nun taucht auch Susanne neben ihm auf.

„Mir war auf einmal schlecht", versucht Jan sich rauszureden. „Ich hab nicht verstanden, was er gemeint hat."

Franz nickt mitfühlend. „Warte, ich hol mein Fahrrad." Er flitzt los, um es zu holen.

Susanne schaut Jan prüfend an.

Jan weicht ihrem Blick aus. „Ich hätte fast derbe Schwierigkeiten gekriegt."

„Das glaub ich auch", antwortet Susanne. „Das darf dir nicht wieder passieren. Du weißt…"

Schon kommt Franz mit seinem Fahrrad an.

„Ach, ich will heute alleine nach Hause gehen", murmelt Jan.

„Bei dem Wetter laufen?", fragt Franz verblüfft. Jan bleibt hartnäckig. Franz mustert Susanne und gibt auf. Er zuckt scheinbar gleichgültig die Schultern und fährt los.

Susanne holt ihr Fahrrad und schiebt neben Jan.

„Was weiß Thomas denn?" Das Surren in Jans Kopf fängt wieder an.

„Ich weiß nicht. Er war ziemlich sauer und hat mich über dich ausgequetscht. Er hat mich gelöchert, was ich von dir weiß. Und wer deine Eltern sind. Ich hab auf doof gemacht und ihm ganz lang vom Friedhof, deiner Mutter und dem Schwarz erzählt."

Das hörte sich nicht gut an. Thomas würde nicht locker lassen, und vor allem würde er keine Satansbrut in der HJ dulden. „Ich geh alleine zurück, ja?" Jan fühlt sich ziemlich leer an.

Jan trödelt verschwitzt über Feldwege in Richtung Großebardeloh. Endlich kommt er an den Abzweig des Wegs, der zu den Rosenstolz führt. Als er niemanden sieht, schlägt er ihn ein.

Er nähert sich vorsichtig und setzt sich hinter ein Gebüsch. In der Mittagshitze sind selbst die Juden nicht zu sehen. Wieso hat Strassberg ihn nach vorn genommen, gerade ihn? Vielleicht hat er ja doch etwas, was Strassberg an einen Juden erinnert. Ein Lehrer muss doch wissen, wie Juden aussehen. Und dann wusste Strassberg nicht, wie er sich wieder rausreden sollte. Und dann hat er einfach gesagt, er wäre nordisch. Von der Klasse konnte ihn ja sowieso keiner auf den Fehler aufmerksam machen. Er muss jetzt endlich rauskriegen, ob er eine Satansbrut ist, oder nicht. Hier tut sich nichts. Enttäuscht schleicht er zurück.

Seinen Heimweg setzt er am Flussufer fort. Große Bäume stehen dicht am Wasser. Es ist schattig, und ein leichter Wind weht. Das Wasser glitzert verführerisch. An einer sandigen Stelle zieht er zuerst Schuhe und Strümpfe aus. Er tastet sich ins Wasser. Augenblicklich, als er das angenehme, kalte Wasser an seinen Beinen spürt, fühlt er sich besser. Er schaut sich kurz um. Das Ufer ist unübersichtlich und mit Schilf und niedrigen Büschen bewachsen. Er kann niemanden entdecken. Schnell zieht er sich ganz aus, legt seine Uniform sorgfältig ins Gras und taucht im Wasser unter. Herrlich. Misstrauisch beäugt er die träge Strömung etwas weiter weg. Er bleibt im hüfthohen Wasser. Auf den Boden setzt er sich lieber nicht. Wer weiß, was da lauert. Er will ja nicht so aussehen wie Salomon und muss grinsen. Gerade, als er wieder ans Ufer will, hört er ein Planschen und Jauchzen. Es kommt von weiter stromabwärts. Vorsichtig, nur mit dem Kopf aus dem Wasser, arbeitet er sich leise durch das Schilf. Schließlich sieht er sie. Rosenstolz und Salomon. In einiger Entfernung tauchen sie um die Wette. Rosenstolz lässt Salomon gewinnen, aber Salomon ist nicht schlecht. Rosenstolz wirft Salomon hoch, und der kleine Junge klatscht ins Wasser. Beide lachen und sehen glücklich aus. Ob Juden das hier dürfen? Schwimmen? Die dürfen doch sonst nirgendwohin. Kino oder Schwimmbad. Jan spürt, wie etwas in ihm hochkocht. Juden dürfen das nicht. Er ertappt sich dabei, dass er neidisch auf den Kleinen ist. Dabei ist er der Arier, und die sind die Juden. Ein Arier kann doch nicht auf einen Juden neidisch sein. Vielleicht ist er ja kein Arier. Da war er wieder. Dieser Gedanke. Dann schwappt ein neues, komisches Gefühl in ihm hoch. Dann wären das ja seine Leute. Und er dürfte mit ihnen schwimmen. Er beobachtet sie noch ein bisschen. Schließlich dreht er sich vorsichtig um und tastet sich lautlos zurück. Zurück bei seinen Sachen, zieht er sich möglichst lautlos im Sitzen an. Etwas berührt ihn von hinten am Rücken. Streicht an ihm entlang. Er erstarrt. Mit der Hose um seine Füße kann er nicht aufspringen. So hopst er kurz über den Boden und dreht sich um. Vor ihm steht die Katze von der Hexe und miaut. „Du blödes Vieh", flüstert Jan. Er streichelt sie. Die Katze genießt es sichtlich und gibt Köpfchen. Schnell zieht er sich an und taucht in der Deckung des Uferbewuchses unter. Es ist längst Nachmittag. Tante Helena wird ziemlich sauer sein. Hinter sich hört er noch eine ganze Weile die fröhlichen Stimmen von Rosenstolz und Salomon.

Als er in die Dorfstraße einbiegt, fällt ihm ein Plakat an einer Hauswand auf. Es ist nicht sehr groß, gerade so wie zwei Hefte. Eine kleine Figur und ein Judengesicht sind darauf gemalt. Damit auch jeder weiß, dass das hakennasige, gemeine Gesicht ein Jude sein soll, steht dick „Jude!" drunter. Und die Figur klaut etwas aus einer Handtasche. „Warnung", steht drunter. Jan reißt das Plakat ab, faltet es und steckt es ein. Jemand tippt ihn auf die Schulter. Er fährt zusammen. Blitzschnell versucht er einen triftigen Grund zu finden, warum er das gemacht hat. Als er sich umdreht, steht da die Hexe. Scharf schaut sie ihn an.

„Wenn Sie Ihre Katze suchen, die hab' ich am Fluss gesehen", krächzt Jan erschrocken. Einen Augenblick sagt sie nichts. Jan steht dicht vor ihr. Ein derart runzliges Gesicht hat er in Berlin noch nie gesehen. Mit ihrem dunklen Rock, der Schürze und dem

Kopftuch sieht sie wirklich aus wie die Hexe aus seinem alten Märchenbuch. Allerdings sehen hier viele alte Frauen so aus. Es sind wohl doch eher die Warzen und das verkniffene Gesicht, die aus ihr eine Hexe machen und keine nette, alte Frau.

„Warum geben Sie nicht zu, dass Sie meine Oma sind?", rutscht es Jan heraus.

Aber die Hexe antwortet nicht. Sie packt ihn am Kinn, dreht ihn nach links und rechts und lacht. „Genau wie er früher." Dann spuckt sie auf den Boden: „Satansbrut." Und verschwindet um die Ecke. Jan ist schlecht. Sie macht keinen dummen oder verrückten Eindruck. Ganz im Gegenteil. Sie ist alt. Sie weiß, was früher passiert ist. Und deshalb wollen Onkel Wilhelm und Tante Helena ihn nicht zu ihr lassen. Nicht, weil sie verrückt ist, nein – weil sie die Wahrheit kennt.

Irgendwie hat es der Tag in sich. Jan biegt ziemlich geschafft um die Ecke in den Hof. Gott sein Dank ist keiner da. Er hat keine Lust reinzugehen, sich Tante Helenas Genörgel anzuhören und sich gleichzeitig irgendwas Plausibles zu überlegen, wo er denn gewesen sein könnte. Hunger hat er auch nicht. Er steht etwas verloren im Hof. Pitsch. Etwas trifft ihn am Kopf. Jan fasst vorsichtig mit der Hand an die Stelle; es könnte ja eine Wespe sein. Noch mal. Dann hört er ein Kichern. Na klar. Susanne sitzt im Kirschbaum. Heute ist ihm sogar Onkel Wilhelm egal. Er klettert zu ihr hoch. Noch kommt man gut von den dicken Ästen an die Kirschen ran. Also futtern sie Kirschen und spucken die Kerne in hohem Bogen aus. Susanne kichert, aber Jan ist nicht der Stimmung mitzulachen.

„Haste keine Angst, dass uns dein Onkel hier sieht?"

Er zuckt mit den Schultern.

Sie kraxelt zu ihrem Fenster und winkt ihm zu folgen. Sie klettert in ihr Zimmer, und zum ersten Mal betritt er ihr Reich. Sie lässt sich auf ihr Bett plumpsen und strahlt ihn an. Es ist ein sehr kleines Zimmer mit einfachen Möbeln, aber das Regal, das Bett und der Schrank sind rot angestrichen, und es wirkt richtig gemütlich. Ein kleiner, bunter Teppich liegt auf dem braunen Holzboden. An der Wand hat sie ein paar von ihren Bildern aufgehängt, eigentlich sind sie ganz hübsch, aber Jan kann nicht so richtig sagen, was sie da eigentlich gemalt hat. Bunt sind sie. Jan setzt sich neben sie. Er holt das Plakat heraus und legt es aufs Bett, deutet auf das Papier. Sie faltet es auf.

„Seh' ich so aus?", fragt Jan leise.

Susanne examiniert ihn genau. „Du hast keine Hakennase", meint sie abschließend.

Wenigstens etwas.

Dann nimmt sie einen Stift aus der Stiftdose von ihrem Nachttisch.

„Dreh dich mal um." Sie deutet auf die Wand. Jan tut, was sie sagt und hört die feinen Kratzgeräusche des Stifts.

„Ich hab die Hexe noch mal getroffen. Sie hat mir wieder gesagt, dass ich wie der Rosenstolz aussehe."

„Aha."

„Sie weiß bestimmt was."

„Und was willst du machen?"

„Weiß nicht. Ich weiß nicht, wen ich fragen könnte."

„Das ist blöd. Du könntest Papa mal fragen."

„Der hat mir schon gesagt, dass ich nichts weiter machen soll."

„Oh."

„Aber ich muss doch wissen, wer mein Vater ist."

„Aber bis jetzt war es dir doch auch egal."

„Ja, aber jetzt ist es mir nicht mehr egal. Ich glaub, ich geh noch mal zur Hexe. Vielleicht sagt sie mir ja doch was."

„Pass bloß auf. Thomas war richtig komisch."

„Wie komisch?"

„Komisch eben. Jetzt ist es fertig. Kannst dich umdrehen."

Jan ist wie vom Blitz getroffen. Susanne strahlt. Auf dem Plakat ist nun eindeutig Strassberg zu sehen, und groß steht „Warnung" und „Jude" drunter. Er muss laut lachen.

Die Tür geht auf, und Thomas steht im Zimmer. Susanne kann gerade noch das Plakat unter ihr Kissen schieben. Beide schauen Thomas erschrocken an.

„Hab' ich mir doch gedacht, dass du hier bist. Deine suchen dich schon überall. Mach dich vom Acker." Und nach einem Augenblick „Was macht ihr da eigentlich?"

„Nix, was Große machen würden", gibt Susanne schlagfertig zurück.

Thomas schüttelt den Kopf und verlässt den Raum. Jan faltet das Plakat wieder zusammen und steckt es ein.

Wieder taucht Thomas auf. „Du bist ja immer noch hier."

„Geh am besten durch den Laden", meint Susanne nachdenklich.

Jan nickt, rutscht vom Bett und geht vor einem übelgelaunten Thomas die Treppe hinunter.

Kurz bevor er den Fuß der Treppe erreicht, drückt Thomas ihn gegen die Wand. „Was war heute eigentlich in der Schule?"

„Nichts."

„Hab' da so was gehört."

„Mir war schlecht."

„Ah. Ich hab' da noch was anderes gehört."

Jan beschließt, dass Angriff die beste Verteidigung ist. „Man muss nicht immer alles glauben, was man so hört."

Thomas tippt mit dem Zeigefinger auf Jans Brust. „Ich halte mein Dorf sauber. Verstanden?"

„Ja, mach das."

„Und Susanne lässt du ab jetzt in Ruhe."

„Du bist doch auch mit Paul befreundet."

„Das ist was anderes."

„Das ist überhaupt nichts anderes. Ich bin ein guter Hitlerjunge und kein Halbjude."

Thomas grinst. „Wer hat hier was von Juden gesagt?"

Jan beißt sich auf die Lippe. „Ich bin kein Jude."

„Ja, das hast du heute schon in der Schule gesagt. Bist du einer?"

„Nein!", brüllt Jan und boxt Thomas so fest in den Bauch, dass er einen Schritt nach hinten ausweicht. Jan schlüpft durch die Lücke und ist weg.

Als er den Laden betritt, taucht Onkel Wilhelm aus der Büchereiecke auf und baut sich vor ihm auf. „Wo warst du?"

Jan schaut auf den Boden, er sucht eine Antwort, findet aber keine.

Der Onkel seufzt. „Ich hatte dich doch gebeten, nicht mehr hinüberzugehen."

„Hast du noch nie mit Adrian gesprochen?"

„Menschen ändern sich." Dann wechselt Onkel Wilhelm eine Spur zu schnell das Thema. „Franz hat mir von der Schule erzählt."

„Es tut mir leid. Mir war schlecht. Ich hab' den Lehrer nicht verstanden." Das ist ja auch irgendwie die Wahrheit. Dann schaut Jan zur Flurtür. Er will weg. Jedoch fällt ihm noch etwas ein. Er will wissen, wie der Onkel reagiert. „Ich bin doch kein Jude."

Zu seiner großen Überraschung schlägt der Onkel ihm freundschaftlich auf die Schulter. „Natürlich nicht. Ist schon in Ordnung. Es war heute auch wirklich heiß. Aber du musst in Zukunft besser in der Schule aufpassen. Und wenn dir schlecht ist, musst du es dem Lehrer sagen. Verstanden?"

Jan nickt. Erleichtert.

„Na, geh in die Küche. Essen steht noch auf dem Tisch. Tante Helena ist auch nicht böse. Sie versteht, dass du einfach mal einen schlechten Tag gehabt hast."

Jan marschiert in die Küche und hofft, dass der Onkel Tante Helena richtig eingeschätzt hat. Onkel Wilhelm hat da seiner Meinung nach schon öfter danebengelegen.

9

Ein paar Tage später hat er Glück: Paul ist mit Thomas unterwegs und Onkel Wilhelm in den Nachbarort gefahren. Er muss dort etwas für die Partei erledigen und hat sogar Franz mitgenommen. Franz hatte gequengelt, Jan sollte doch mitkommen. Obwohl das Angebot wirklich verlockend war, hatte Jan verzichtet. Er müsse noch Schularbeiten machen und das Gedicht lernen. Das stimmte zwar, aber er wollte die Hexe besuchen. Die Gelegenheit wollte er sich nicht entgehen lassen.

Jan liegt auf seiner Pritsche und versucht, sich das blöde Gedicht zu merken. Die Versuchung war sehr groß gewesen, zuerst zur Hexe zu laufen, aber sicherer war es – für alle Fälle –, das Gedicht drauf zu haben. Es geht um einen Jungen, der Schiss im Moor hat. Toll. Irgendwann kann er es. Halbwegs. Schnell noch die Matheaufgaben, und dann runter. Jetzt muss er es an Tante Helena in der Küche vorbei schaffen. Er schleicht zur Hintertür.

„Wo willst du hin?" Erwischt. Tante Helena lugt durch die Küchentür.

„Mal schau'n, ob ich jemand zum Fußballspielen finde."

„Bist du fertig?"

„Ja. Kann alles. Willst du mal hören?"

„Dafür habe ich keine Zeit. Feg' bitte den Hof erst. Dann kannst du spielen gehen."

Das war ja gerade noch gutgegangen. „Ja, mach ich, Tante."

Jan spurtet in den Schuppen, nimmt den Reisigbesen und fegt nach bestem Wissen und Gewissen alles vom Hof auf die Straße.

Dann flitzt er in Richtung Friedhof und von dort zum Haus der Hexe. Es sieht schon wie ein Hexenhaus aus. Irgendwie.

Er klopft an und wartet. Das scheint ihm höflicher zu sein.

Schlurfen. Schließlich geht die Tür einen Spalt auf.

„Guten Tag." Jans Mut schwindet beim Anblick eines der unfreundlichsten Gesichter des Dorfes.

„Geh weg."

Er druckst einen Moment herum, bis er die Frage heraus hat. „Warum nennen Sie mich Satansbrut?"

Die Hexe kneift ihre Augen etwas zusammen. „Weil du eine bist. Geh."

„Walter Schwarz war aber mein Vater. Das hat meine Mutter gesagt."

„Mein Junge hat mit dir nichts zu schaffen. Und ich auch nicht. Verschwinde."

„Sie sind meine Oma!"

„Hau ab!"

„Aber... "

Die Hexe murmelt irgendetwas und schließt die Tür.

Wütend tritt Jan dagegen: „Das ist gemein... "

Die Hexe reißt die Tür mit einen Schürhaken bewaffnet auf: „Ich will mit dir und deinesgleichen nichts zu tun haben... ", und dann schlägt sie nach ihm.

Jan stolpert zurück und läuft weg.

Auf dem Weg zurück fühlt er sich leer und müde. So kommt er nicht weiter. Mit der Hexe kann man nicht reden. Er macht noch einen Umweg über den Friedhof. Susanne ist nicht da. Er schaut auf das Grab; das Hochgefühl, das er bei seinem ersten Besuch hatte, ist weg. Wenn das nicht sein Vater ist, braucht er auch nicht sein Fahrtenmesser. Es liegt tatsächlich noch da. Er steckt es wieder ein und trollt sich.

Der nächste Tag in der Schule ist erfreulich ereignislos. Einfach nur ein langweiliger Tag. Außerdem sind bald Ferien. Jeglicher Ehrgeiz wird für den Herbst aufgespart. Nach der Schule kann

Jan Franz nicht abschütteln. Also machen sie sich gemeinsam auf den Heimweg. Jan besteht darauf, Rad zu fahren, und jetzt kriegt er es auch hin, wenn Franz sich auf den Gepäckträger setzt. Franz schwadroniert ununterbrochen von der Marine und Jan ist dankbar, dass er ihm nicht gegenüber sitzt. So reicht es, hin und wieder ein: "Ja?" oder „Ach so" einzuflechten, und Franz ist zufrieden.

„Ich war noch nie am Meer", gesteht Jan schließlich.

Franz schweigt einen Moment. „Wir waren letztes Jahr in Binz." Und dann erzählt Franz von Binz, vom Hotel, dem Strand und dem Meer. Und wie sie mit kleinen Booten zu den Kreidefelsen gefahren sind.

Jan fragt sich, wieso Franz dann immer noch nicht schwimmen kann. Aber er hält die Klappe, hatte er doch letztens mit Tante Helena auch einen wunden Punkt getroffen. Schließlich fällt es Franz doch auf, dass Jan nichts zur Unterhaltung beiträgt.

„Was ist?", fragt er. „Du sagst ja gar nichts?"

„Nix. Hab dir zugehört."

Franz antwortet nicht. Es kommt wohl nicht oft vor, dass jemand ihm zuhört.

Am frühen Abend, als Paul liest und Franz an seinem Modellschiff bastelt – Tätigkeiten, bei denen für beide eine Art Nichtangriffspakt gilt –, schlendert Jan in den Hof, und als niemand, nicht einmal Susanne, zu sehen ist, trollt er sich in Richtung Rosenstolz. Er liegt hinter einem Busch am Waldrand. Daniel Rosenstolz hat die Wiese gemäht und harkt jetzt zusammen. Sonst ist niemand zu sehen. Vorsichtig robbt Jan sich längs des Waldrandes halb um das Haus. Die Hinterseite kennt er noch nicht. Und hier gibt es drei kleine Fenster. Eins steht offen. Er pirscht sich heran und schaut über den Fenstersims. Sein Herz klopft gewaltig. Schäbige Wände, mit selbstgemalten Kinderbildern verziert. Abgenutzte Möbel. Eine Anrichte, ein kleiner Tisch mit vier Stühlen, ein Ofen und ein Regal mit Töpfen.

Die Frau kocht. Neben ihr steht eine Schale mit Gemüse. Jan versteht nicht viel vom Kochen, eigentlich gar nichts, aber dass das keine dicke Suppe wird, glaubt er schon beurteilen zu können. Müde sieht die eigentlich noch junge Frau aus. Jan versucht eine Hakennase auszumachen. Mit viel gutem Willen klappt das schon. Wahrscheinlich genauso wie bei ihm. Aber sie hat braune Haare. Das ist eindeutig jüdisch. Er hat blonde. Die meisten in seiner Klasse haben keine blonden Haare. Auf der Anrichte liegen ein paar Briefe. Jans Gehirn fängt an zu rattern. Und er hat eine blendende Idee. Die Frau dreht sich irritiert um. Sie ahnt bestimmt, dass er da ist. Man weiß immer, wenn jemand einen anguckt. Jan rutscht runter und drückt sich an die Hauswand. Er glaubt zu fühlen, wie sie über ihm aus dem Fenster starrt, aber er traut sich nicht, hochzublicken. Er wartet. Er horcht. Schließlich rutscht er zur Seite bis zur Hausecke. Er schaut herum. Niemand da. Schnell springt er auf und rennt in den Wald.

Jan schlendert über einen Waldweg. Mittlerweile kennt er hier die Wege ganz gut. Dieser hier führt zum Fluss. Er hat beschlossen, sich diesen Umweg in der Abenddämmerung zu gönnen. Er muss seine Idee in Ruhe überdenken. Er biegt um die Ecke in einen dichten Tannenwald. Glitzernd taucht der Fluss zwischen den Tannen am Ende des Weges auf. Aber mitten auf dem Weg beansprucht etwas anderes seine Aufmerksamkeit: barfuß, mit einer Angel über der Schulter und einem Eimer in der Hand: Salomon. Salomon lässt Angel und Eimer fallen – zwei tote Fische flutschen in den Dreck – und flitzt zurück. Jan saust, ohne groß nachzudenken, hinterher.

Es dauert keine Minute, da kann Jan den kleineren Jungen packen.

„Lass mich los!", keucht Salomon verzweifelt, ohne diese Möglichkeit allerdings ernsthaft in Betracht zu ziehen.

Jan fasst ihn an beiden Schultern und weiß einen Moment lang nicht, was er eigentlich will. Seine Idee ist noch ziemlich unfertig. Egal. Er schiebt ihn gegen den nächsten dicken Baumstamm am Wegesrand und hebt drohend die rechte Faust.

„Großer Brauner Bär mit Mächtiger Pranke hat keine Angst!" Salomon schaut ihm trotzig in die Augen.

„Was?"

„Großer Brauner Bär mit Mächtiger Pranke hat keine Angst vorm Weißen Mann!"

„Hör zu, du Hosenscheißer. Und du sagst kein Wort zu deinem Vater. Sonst erlebt der sein blaues Wunder. Also, ich…" In dem Moment, wo Jan eine Gedankenpause macht, tritt Salomon nach Jans Schienbein. Jan springt einen Schritt zurück. Salomon taucht unter Jans Arm hindurch. Der Kleine rast los, Jan hinterher. Allerdings kommt Jan nur ein paar Schritte weit. Er rutscht auf einem der Fische aus und fällt ziemlich schmerzhaft auf seine Hüfte. Als er sich wieder aufgerappelt hat, ist Salomon verschwunden. Jan gibt einen Stoßseufzer von sich. Dann packt er die Fische – der eine ist ziemlich zermatscht – wieder in den Eimer und legt alles an den Wegrand. Er wird ihn sich schon holen, denkt er. Er stutzt. Wenn Salomon sieht, dass er die Sachen so für ihn beiseite gelegt hat, wird er Jan in Zukunft nicht mehr ernst nehmen. Also schüttet Jan die Fische wieder auf den Weg und drapiert Eimer und Angel daneben. Er wischt sich seine Hände an der Hose ab und macht sich auf den Heimweg.

Der Weg führt bis zum Steg, und gleich dahinter biegt er zum Dorf hin ab. Gerade noch in Gedanken bei Salomon, sieht Jan zu seiner Freude Susanne darauf sitzen; ihre Füße baumeln im Wasser und sie malt den prächtigen Sonnenuntergang. Wahrscheinlich in grün. Er schlendert bewusst lässig auf sie zu.

„Hallo!", ruft er rücksichtsvoll von weitem, damit sie sich nicht erschrickt, wenn er plötzlich hinter ihr steht.

Sie dreht sich um und lächelt. „Was machst du denn hier?"

„Nachdenken."

Auf Susannes Stirn tauchen zwei Denkfalten auf.

„Über Rosenstolz. Ich weiß jetzt, wie ich beweisen kann, dass ich kein Jude bin." Er strahlt sie an und wartet einen Moment. Er ist so von seiner Idee überzeugt, dass er deren Verkündung richtig auskosten will. „Wenn ich einen einzigen Brief von Rosenstolz hätte, könnte ich den mit dem von meiner Mutter vergleichen."

Susanne schaut ihn immer noch an.

Das irritiert ihn nun etwas. Er setzt sich neben sie und zieht seine Schuhe aus. „Und dann kann ich die Handschrift vergleichen." Er findet das einleuchtend. „Dann weiß ich es." Er streckt seine Füße neben ihr ins Wasser. Es ist angenehm kühl. Er planscht ein wenig.

„Könnte klappen", sagt Susanne schließlich. „Und wie willst du einen Brief von Rosenstolz bekommen?"

„Ich hab' einen Plan."

Susanne wartet. Sie malt ein paar Striche. Jan lag richtig mit seiner Vermutung. Grün.

„Kann ich nicht sagen. Ist geheim."

Susanne schaut ihn wieder mit diesem prüfenden Blick an. Aber diesmal reagiert Jan nicht. Sie nickt nur und wendet sich wieder ihrem Bild zu. Jan beißt sich auf die Lippen. Es ist nicht richtig, sie nicht einzuweihen, allerdings kann er ihr schlecht von Salomon erzählen. Irgendwann würde er ihn schon erwischen. Das würde sie nie gut finden.

„Ich erzähl es dir, wenn es geklappt hat", fügt er hinzu. So doll findet er seinen Plan auf einmal doch nicht. Aber was soll's, was anderes fällt ihm nicht ein.

„Was ist denn, wenn die beiden Schriften gleich sind?" Susanne malt eifrig weiter, als hätte sie ihn irgendwas Belangloses über Berlin gefragt.

„Was?"

„Na, die von Rosenstolz und die von dem Liebesbrief?"

In Jans Magen verkrampft sich etwas. „Ach was. Glaub ich nicht. Völlig unwahrscheinlich. Ich will nur sichergehen." Jan macht eine Pause und deutet auf das Bild. „Das ist hübsch." Er hat keine Lust, sich jetzt mit Susanne weiter darüber zu unterhalten. Alles schien gerade so einfach zu sein. Susanne malt den Sonnenuntergang, aber sie nimmt zielsicher Farben, die man ihr im Kunstunterricht verboten hätte. Oder weshalb man sie zum Augenarzt geschickt hätte. Oder noch schlimmer.

„Vielleicht hatte deine Mutter zwei Freunde. Schwarz und …."

Susanne kann ein richtiges Miststück sein, stellt Jan fest und betrachtet sie ungläubig.

Susanne malt seelenruhig weiter. „Kommt vor."

Jan schüttelt den Kopf. Wenn er sich doch so sicher wäre, wie er tut. Susanne zuckt mit den Schultern. „Aber es könnte doch sein... "

„Wäre dir das denn egal, wenn mein Vater ein Jude wäre?"

Susanne legt den Kopf zur Seite. Dann zuckt sie mit den Schultern. „Wir hatten mal einen Hund. Einen Mischling. Der war viel schlauer als der Dackel von Strassberg."

„Heißt was?" Jan versteht nicht so richtig, was sie ihm damit sagen will.

Susanne taxiert ihn; so, als er ob er da was Entscheidendes verpasst hätte. Endlich dämmert es ihm. Oder er glaubt es zumindest. Er nickt zum Beweis. "Was ist mir ihm passiert?"

„Ein Jäger hat ihn erschossen."

„Mein Vater ist kein Jude, und damit basta." Jan hat jetzt endgültig keine Lust mehr, darüber zu reden. Susanne wendet sich wieder ihrem Bild zu.

Plötzlich spürt sie etwas in ihrem Rücken und kreischt auf. Es hätte nicht viel gefehlt, und sie und ihre Malsachen wären ins Wasser gefallen. Etwas maunzt unschuldig. Die Katze der Hexe steht hinter ihnen.

Susanne wird kreidebleich. „Das ist die Hexe!", flüstert sie mit erstickter Stimme.

Jan lacht los. „Ach, Quatsch." Er streichelt die Katze.

„Lass das." Susanne sitzt mittlerweile auf der äußersten Kante des Stegs.

„Na, gut."

Jan schiebt sie sacht weg. Die Katze streicht noch einmal kurz an seinem Arm entlang und verschwindet dann im Unterholz. Jan dreht sich wieder um.

„Es gibt nur einen Weg, den Zauber der Hexe zu brechen." Susanne spricht vorsichtshalber so leise, dass die Katze sie nicht hören kann. Jan schaut sie an. „Die Katze muss ein Kreuz auf dem Rücken haben."

„Ein Kreuz?", fragt Jan zweifelnd.

Susanne nickt eifrig. „Ja, dann kann die Hexe nicht mehr in die Katze hineinschlüpfen."

Jan nickt eifrig zurück, auch wenn er das ganze für Schwachsinn hält.

Susanne packt ihre Malsachen vorsichtig in ihren Leinenbeutel. „Sollen wir mal bei Rosenstolz vorbeischauen?"

Er ist perplex.

„Vielleicht ist die Idee ganz gut. Dann weißt du es. Ich hab da eine Idee, wie wir einen Brief kriegen."

Jan nickt überrascht und steht auf.

Susanne und Jan pirschen sich längs auf Rosenstolz' Haus zu. Sie halten inne und beobachten es, aber nichts ist zu sehen. Schließlich huschen sie am Waldrand in einiger Entfernung um das Haus herum. Als immer noch niemand zu sehen ist, nehmen sie Kurs auf das Haus. Das Küchenfenster steht noch offen. Sie hocken sich unter das Fenster und lauschen. Eine Männerstimme und eine Frauenstimme schreien sich an. Salomon quält sich durch Frau Holle.

Susanne formt mit ihrem Mund: "Rosenstolz."

Die Frau brüllt: „Deine Schuld. Der Junge weiß ja noch nicht einmal, was es heißt, ein Jude zu sein. Außer, dass alle ihn hassen."

„Ist nicht so schlimm, Mama", sagt Salomon leise.

„Lies weiter, Salli."

„Er ist Deutscher." Das war Rosenstolz.

„Er gehört in eine Schule. Und in eine jüdische Gemeinschaft."

„Ich bin hier aufgewachsen! Ich kenne hier jeden!"

„Aber die kennen dich nicht mehr!"

Vorsichtig heben Jan und Susanne den Kopf so weit, dass sie gerade über den Fenstersims gucken können. Salomon sitzt wie ein Häufchen Elend über das Märchenbuch gebeugt und versucht, die beiden Streithähne neben ihm zu ignorieren. Jan deutet vorsichtig auf die Anrichte mit den Briefen. Susanne nickt und zupft an Jans Hemd. Sie ducken sich wieder, krabbeln ein Stück und verschwinden wieder an den Waldrand. Dort angekommen, kramt Susanne in ihrem Beutel. Schließlich findet sie, was sie gesucht hat. Ihr ansehnliches Proviantpäckchen. Sie öffnet es. Kuchenkanten. Jan schaut sie fragend an.

„Ich geh jetzt nach vorne und klingele. Ich sag: ,Mein Vater schickt mich. Dass hier ist von ihm'. Und währenddessen hast du Zeit, die Briefe zu holen. Wir müssen sie ihnen aber schnell wieder zurückgeben."

„Aber wird er dir glauben?"

Susanne legt den Kopf zur Seite. „Ich denke schon. Das Haus da, wo sie jetzt wohnen, gehörte meinen Großeltern."

„Deine Großeltern lassen Juden bei sich wohnen?" Jan ist entsetzt.

„Meine Großeltern sind tot. Es steht leer. Na ja, es ist uralt. Mein Papa sagt, da will sowieso keiner mehr wohnen. Feucht und so. Er hat es ihnen gegeben, weil sie Kriegskameraden waren."

„Wer?"

„Mein Papa und der Rosenstolz. Im Großen Krieg. Ich glaub, dein Onkel war auch dabei. Und der Schwarz."

„Wobei?"

„Mann, bist du schwer von Kapee. An der Front. 1918. In Frankreich irgendwo. Also, was ist?"

Jan kann nur noch nicken. Er gibt es nicht gern zu, aber er ist schwer beeindruckt von diesem Plan. Noch dazu von einem Mädchen. Also trennen sie sich. Susanne macht sich auf den Weg zur Vordertür. Vorsichtshalber geht sie durch den Wald ein Stück zurück, damit sie über den Weg kommen kann. Falls sie jemand entdeckt. Jan schleicht sich wieder von hinten zum Küchenfenster. Die Erwachsenen streiten sich immer noch. Irgendwie tut ihm Salomon leid; so zwischen den Fronten. Das Problem hat er mit seiner Mutter nicht. Sie verstehen sich immer prächtig. Ihm fällt sein neuer Vater ein. Ob er auch irgendwann so wie Salomon dazwischensitzen würde? Oder was, wenn seine Mutter seinen neuen Vater auf einmal lieber hat als ihn? Er schiebt diese Gedanken erst mal weg. Susanne klopft an der Vordertür. Augenblicklich schweigen die beiden Erwachsenen. Jan wagt kaum zu atmen. Jetzt hört er, wie eine Tür geöffnet wird. Er linst vorsichtig in die Küche und sieht durch die nun offene Flurtür Rosenstolz und Susanne mit der Tüte. Die Frau schaut den beiden zu, und auch Salomon verfolgt das ganze kerzengerade. Wild gestikulierend preist Susanne den Kuchen an. Als Salomon das mitbekommt, taucht er zwischen Wand und Frau vorbei und schmiegt sich an Rosenstolz. Zu Jans Freunde folgt nun auch die Frau und stellt sich zu den anderen. Jan ist so gebannt von dem Ganzen, dass er fast vergisst, wozu er eigentlich da ist. Langsam richtet Jan sich auf und legt lautlos ein Bein auf die Fensterbank. Er stützt sich darauf und will über sie ins Zimmer gleiten. Susanne öffnet gerade ihre Papiertüte und präsentiert Rosenstolz den Inhalt.

Blitzschnell schnappt Salomon sich die Tüte und dreht sich um in Richtung Küche. Jan kann sich nur noch rückwärts aus dem Fenster katapultieren. Er hofft, nicht auf einem Stein oder rostigen Nagel zu landen und versucht sich mit der rechten Hand abzustützen. Er fällt auf den Rücken und knickt dabei mit dem Handgelenk um. Ein Stich geht durch seinen Handrücken, und nur mit Mühe kann er verhindern, dass ihm ein Schmerzenslaut entfährt. Er hört, wie Rosenstolz derbe mit Salomon schimpft. Susanne verabschiedet sich überlaut. Schnell quetscht Jan sich mit nur einer Hand an die Hauswand. Nicht, dass er noch wie ein Käfer auf dem Rücken von jemandem drinnen gesehen wird. Von der Hausecke prescht er dann in den Wald. Schließlich trifft er sich mit Susanne auf dem Weg.

„Und?", fragt sie hoffnungsvoll.

„Nix und. Hat nicht geklappt." Jan betastet vorsichtig mit der gesunden Hand das schmerzende Handgelenk.

„Wie, hat nicht geklappt?"

Warum müssen Mädchen immer alles so haarklein wissen. Jan zuckt mit den Schultern. „Ich war fast drin. Dann kam Salomon angeschossen."

Susanne schaut ihn schief an.

„War 'ne gute Idee", versichert Jan.

„Hat bloß nicht funktioniert", beendet Susanne und spricht damit Jans Gedanken aus. Schweigend gehen sie in Richtung Dorf. Jan dreht seine schmerzende Hand. Sie tut weh, aber es scheint nichts gebrochen zu sein. Susanne beobachtet ihn fragend dabei.

„Bin drauf gefallen", erklärt Jan.

Sie kommen wieder ins Dorf und verschwinden im Bäckereiladen. Niemand ist im Laden, allerdings auch keine Kundschaft.

„Ich bin's!", ruft Susanne laut im kleinen Flur.

„Wo warst du?" Das ist Thomas' Stimme aus der Backstube.

„Draußen."

„Wo draußen?"

„Draußen halt."

„Was hast du da gemacht?"

„Nichts Besonderes."

„Und was hast du an nichts Besonderem gemacht?"

Ohne einen Laut von sich zu geben, flucht Susanne, was das Zeug hält. Jan findet das witzig. Er hätte zu gerne die Flüche gehört. Aber sie schiebt ihn die Treppe hoch. Jan verschwindet leise in die erste Etage.

„Das geht dich gar nichts an", antwortet Susanne.

„Das geht mich sehr wohl was an."

„Ich. Habe. Ge. Malt! Zufrieden, Oberaufpasser?"

Jan hatte immer die anderen Kinder in seiner Straße mit den vielen Geschwistern beneidet. Bisher.

Susanne beißt sich auf die Unterlippe.

„Alleine?" Die Tür der Backstube geht auf. Thomas – in Arbeitskluft – steht weiß bemehlt vor ihr. „Ich will nicht, dass du mit dem gesehen wirst. Verstanden?"

„Du hast mir gar nichts zu sagen. Wo ist Papa?"

„Irgendwo ein Zimmer tapezieren. Ich sag…"

Susanne hat nun genug und dreht sich zur Treppe. Thomas hält sie am Arm fest.

„Lass mich in Ruhe. Wenn Papa mir das sagt, gut. Du bist nur mein Bruder." Damit dreht sie ihren Arm aus seinem Griff und stapft nach oben. „Außerdem weißt du gar nichts", fügt sie etwas leiser hinzu.

Mit „Ich will nur dein Bestes!" beendet Thomas offiziell das Gespräch. Was anderes kann er nicht durchgehen lassen. Nicht als Erwachsener, und schon gar nicht als Fähnleinführer.

Susanne wartet oben auf dem Treppenabsatz, bis die Tür unten geschlossen wird. Dann geht sie erleichtert in ihr Zimmer;

nur um Jan nicht darin vorzufinden. Sie macht auf dem Absatz wieder kehrt. „Jan?", flüstert sie leise. Keine Antwort. Sie öffnet die Tür zum Elternschlafzimmer. Da ist er nicht. Das hätte sie auch gewundert. Dann die letzte verbleibende. Und tatsächlich. Mitten in Thomas' Zimmer steht Jan angewurzelt und schaut sich die mit HJ-Sachen und Fotos voll gepflasterten Wände an.

„Mensch, komm hier raus." pfeift Susanne ihn an.

„Ja." Jan zögert. „Hat dein Bruder die Fotos auf den Fahrten alle selber gemacht?"

Susanne nickt.

„Der ist ja ganz schön weit rumgekommen" Jan gerät richtig ins Schwärmen. „Wo ist das denn?" Jan zeigt auf ein Bild mit Palmen. Er hat noch nie eine richtige Palme gesehen. Das muss sehr schön sein, so in echt. Vor blauem Himmel. Und nicht in Schwarzweiß.

Susanne hat nun genug. „Komm jetzt endlich hier raus." Sie packt ihn unsanft am falschen Handgelenk.

Jan zischt vor Schmerz durch die Zähne.

Susanne lässt seine Hand los. „'Tschuldigung. Jetzt komm endlich." Sie fasst ihn am Hemdsärmel und zerrt ihn hinter sich her in ihr Zimmer.

Jan setzt sich auf ihr Bett. Susanne lauscht noch einen Moment in den Flur. Dann schließt sie die Tür.

„Was macht deine Hand?", erkundigt sie sich.

Jan bewegt sie vorsichtig. Tut doch noch anständig weh.

„Warte, ich mach dir einen Verband." Susanne verschwindet aus dem Raum. Jan betrachtet ihre bunten Bilder. Sie gefallen ihm schon wesentlich besser als beim letzten Mal. Gut, alles ein bisschen bunt, und nicht so, wie es in Wirklichkeit ausschaut, aber interessanter als alles, was er jemals in irgendeiner blöden Kunststunde gesehen hat. Von unten hört er Stimmen. Adrian. Dann Thomas. Sie schreien sich an. Er kann nicht verstehen, worüber. Familien mit mehr als zwei Leuten sind doof. Susanne kommt mit einer großen Pappschachtel herein. Sie setzt sich neben ihn und öffnet sie. Drinnen liegt ein verstaubtes Sammelsurium von Fläschchen, Pflaster, einem zerfledderten Erste-Hilfe-Buch, Beutel mit Tee, eine Wärmflasche, Verbänden, losen Tabletten, einer rostigen Schere und Dosen. Zielsicher nimmt Susanne einen Verband, und Jan ist insgeheim froh, nichts Schlimmeres zu haben. Sorgsam verbindet sie ihm dann das Handgelenk. Es ist ein bisschen geschwollen. Beide sagen nichts. Jan gefällt das, wie sie sich um ihn kümmert. Verstohlen schaut er sie an. Ernst ist sie dabei und gewissenhaft. So sehr, dass sie gar nicht bemerkt, dass er sie anschaut. Schließlich ist sie fertig und packt alles wieder in die Schachtel.

Sie beißt sich auf die Lippe. „Vergiss das doch einfach."

„Was vergessen?" Jan versteht zuerst nicht, wovon sie redet.

„Na, das mit den Briefen und Rosenstolz."

Jan kräuselt die Stirn.

„Das gibt nur Schwierigkeiten."

„Ich will herauskriegen, ob mein Papa ein Jude ist."

„Und dann?"

„Dann weiß ich es."

„Und dann?"

„Wie und dann?"

„Was machst du dann?"

„Nichts. Er wird es nicht sein. Ganz einfach. Ich will es nur sicher wissen."

„Und wenn doch?"

Jan schüttelt lachend den Kopf. Susanne bleibt hart.

„Und wenn doch?"

Jans gute Laune verfliegt. Er starrt vor sich auf die Bettdecke.

„Ist er nicht", sagt er ganz leise.

Die Tür geht auf. Thomas steht im Türrahmen. „Also doch!"

120

Susanne springt auf. „Das ist mein Zimmer. Und das ist mein Besuch!"

Thomas marschiert auf Jan zu. Jan steht auf. Susanne versucht sich vor Thomas zu stellen, aber der schiebt sie einfach weg.

„Raus!" Thomas baut sich vor Jan auf.

„Was hast du gegen mich?", muckt Jan auf.

Thomas schweigt. Dann packt er Jan blitzschnell im Nacken, drückt ihn nach unten und schiebt ihn zur Tür. „Wir machen morgen eine anstrengende Schnitzeljagd. Ich will nur, dass du ausgeruht bist."

Als Thomas Jan auf den Flur schiebt, brüllt Adrian von unten: „Was ist da los?"

Thomas lässt Jan los, der sofort zurück in Susannes Zimmer will, aber Thomas verbaut ihm den Weg und antwortet im Ton des gehorsamen Sohnes: „Nichts. Jan ist hier oben. Ich hab ihn nur erinnert, dass er die Schnitzeljagd morgen nicht verpassen soll."

Jan beugt sich dem Stärkeren, und läuft – mit einem kurzen Blick auf Susanne – nach unten. Er hört noch, wie Thomas Susanne übel anfährt: „Wenn ich den noch einmal hier sehe, dann kriegst du echt Schwierigkeiten."

Susanne wäre nicht Susanne, wenn sie nicht mit: „Nicht so große wie du." antworten würde.

Dann knallt eine Tür, und Jan steht unten im Flur vor Adrian. Der betrachtet ihn nachdenklich. „Alles in Ordnung?"

Jan nickt.

„Thomas meint es nicht so", fügt Adrian hinzu.

Jan ist zwar nicht ganz klar, was Thomas nicht so meinen könnte, aber er nickt wieder und lächelt. Adrian tätschelt ihm väterlich die Schulter. Kurz überlegt er, ob er vielleicht mit Adrian reden soll. Aber dann fällt ihm Adrians Hitlervorstellung ein und er geht schnell durch die Bäckerei hinaus. Er hat keine Lust auf eine zufällige Begegnung mit Onkel Wilhelm im Hof und endlose

Belehrungen darüber, wo er zu sein hat und wo nicht, oder auf ermahnende Blicke. Ihm reicht es für heute. Morgen steht die Schnitzeljagd der HJ an, und Jan schwant, dass das noch ganz übel werden kann. Thomas hat die Jagd auf ihn eröffnet. Und er muss sich selber und ihm beweisen, dass er zu Recht zur HJ gehört.

10

Jan steht in der zweiten Reihe auf einer Wiese ein Stückchen neben dem Fluss. Es ist Nachmittag, aber immer noch warm. Wie die Orgelpfeifen stehen sie da; in Berlin sind die Jungenschaften immer fast gleich hochgeschossen. Hier nicht. Der jüngste ist zehn, der älteste mit seinen immerhin schon sechzehn Jahren ist Thomas. So stehen sie schon nun seit einer Viertelstunde. Bis jetzt war es noch angenehm. In Berlin sind die Jungenschaftsführer immer nur ein bis zwei Jahre älter. Jan findet das gut. Jugend muss durch Jugend geführt werden, heißt es immer. Allerdings meinen die dann ihre neuen Untergebenen richtig drillen zu müssen. Da wird keine Pfütze ausgelassen, und wehe dem, der nicht mitkommt. Jan hat eigentlich nichts gegen ein bisschen Drill. Er ist zu flink und zu kräftig, als dass schon jemand versucht hätte, ihn aufs Korn zu nehmen. Außerdem will er selbst Jungenschaftsführer werden. Und er hat er sich fest vorgenommen, ein guter zu werden. Zumindest wollte er das und hätte es auch geschafft, wenn nicht der Umzug nach München anstehen würde. Thomas hingegen hält ihnen erst mal einen Vortrag über Kameradschaft. Reden kann er gut. Er macht nun einen Schwenk zu den Tugenden eines deutschen Jungen. Jan wird gleich ein bisschen wärmer. Thomas schaut verächtlich hin und wieder zu ihm rüber. Allerdings steht Franz neben ihn. Es kann auch sein, dass er ihn meint. Jan schielt zu Franz. Der sieht zufrieden und keck Thomas an. Fast schon siegessicher. Eine Schnitzeljagd steht an. Franz kann da nicht gut sein. Nicht nach dem, was Jan bisher von ihm gesehen hat. Auf einmal nimmt Jan war, dass Thomas schweigt. Alles ist still. Als er zu Thomas schaut, steht dieser plötzlich vor ihm und faucht ihn an. Ob er nicht einmal fünf Minuten zuhören könne. Jan nickt. Thomas hat recht. Das war blöd von ihm.

„Zwanzig Liegestütze!", brüllt Thomas ihn an.

Ohne eine Miene zu verziehen, geht Jan augenblicklich zu Boden und beginnt. Thomas zählt laut mit. Wenn auch die letzten drei etwas schwerer gehen, will Jan Thomas nicht die Genugtuung geben, ihn auch nur irgendwie erwischt zu haben. Verschwitzt steht er auf, schaut Thomas kurz an, dann ohne zu lächeln geradeaus. Thomas bleibt noch einen Augenblick vor ihm stehen, aber er weiß nicht so recht, womit er ihn packen kann. Thomas beschließt die Sache zu vertagen und winkt Paul zu sich her. Paul schnappt sich einen Beutel, der am Rande liegt, nimmt einen Stapel Karten heraus und stellt sich neben Thomas.

„Also, in jeder Karte liegt ein Zettel mit den ersten Koordinaten. Die sind bei allen verschieden. Wenn ihr dort angekommen seid, sucht einen Umschlag mit den nächsten Koordinaten. Die sind dann bei allen gleich. Und dort ist wieder ein Umschlag mit den letzten Koordinaten. Dort ist unsere Fahne versteckt. In Zweiergruppen", kommandiert Thomas ein bisschen zu zackig.

„Sollen wir zusammen gehen?", hört Jan eine Stimme. Er dreht sich um. Franz strahlt ihn an. Siegessicher. Jan nickt. Franz holt sich eine Karte, fummelt im Gehen einen kleinen Zettel heraus. Überall stehen Jungen über die Karten gebeugt. Franz drückt Jan den Zettel in die Hand. Jan starrt auf die Koordinaten und will nach der Karte greifen, aber Franz greift Jans Arm und zieht ihn hinter sich in Richtung Ufer.

„Du weißt doch gar…", bringt Jan raus und will stehen bleiben, aber Franz lässt nicht los. „Komm, schon. Können wir gleich machen."

Jan schaut kurz zu den anderen Jungen, die immer noch mit den Karten beschäftigt sind. Einzig Paul und Thomas schauen ihnen kopfschüttelnd hinterher. Zielsicher stapft Franz einen

Trampelpfad am Ufer entlang. Eine Zeitlang sagt er nichts. Er lächelt.

Als die anderen außer Sichtweite sind, bleibt Jan mit einem Ruck stehen. „Lass uns endlich auf die Karte gucken."

Franz schaut Jan lässig an und gibt ihm die Karte. Dann holt er einen weiteren kleinen Zettel aus seiner Hosentasche und gibt ihm den. „Hier. Viel Spaß. Kannst ja nachkommen." Damit wandert er weiter.

Jan hockt sich hin und breitet die Karte aus. Nach dem Sonnenstand richtet er die Karte aus. Zumindest ungefähr. Er sucht die Koordinaten. Auf den Zetteln sind unterschiedliche. Franz stapft unbeirrt in Richtung der Koordinaten seines Zettels. Schnell packt Jan die Karte wieder zusammen und rennt Franz hinterher.

„Was soll das heißen?", fragt Jan außer Atem. Er hält Franz die Zettel und die Karte hin.

Franz sagt nichts, nimmt aber die Karte wieder an sich. Jan zieht Franz am Ellenbogen herum.

„Wart's ab. Vertrau mir. Ich weiß, was ich mache", erklärt Franz.

Nach einer halben Stunde biegt Franz in den Wald ab. Kurze Zeit später erreichen sie eine Lichtung.

„Also gut. Du suchst da vorne. Ich hier", bestimmt Franz.

Jan nickt langsam. Er versteht nicht, was hier vorgeht. Aber er hat ein ungutes Gefühl. Jan widmet sich einem größeren Flecken mit hüfthohem Farn. Franz zwängt sich vorsichtig zwischen Brombeerranken und Buschwerk. „Hast du was?", ruft er mit dem Kopf den Boden absuchend.

„Nein", antwortet Jan. Und dann ist es auf einmal vor ihm. Ein Gesicht. Salomon hockt mitten im Farn. Jan überlegt kurz, ob er Franz rufen soll.

„Ich hab dich letztens bei unserem Haus gesehen", sagt Salomon leise.

„Was tust du hier?", zischt Jan zurück.

„Ich will mitspielen."

„Du wirst von dem ersten, der dich findet, ganz fürchterlich verhauen."

Salomon streckt ihm einen Umschlag entgegen. „Ich glaube, ihr sucht das hier."

Jan wirft einen unsicheren Blick in Richtung Franz, aber der ist völlig zwischen den Büschen verschwunden und flucht wie ein Rohrspatz. Er hängt wohl irgendwo fest.

Jan öffnet den Umschlag. Es sind die nächsten Koordinaten.

„Du kannst nicht mitspielen. Jetzt hau ab."

Salomon schüttelt trotzig den Kopf.

„Das geht nicht." Jan schwankt. Das ist seine Chance. „Also gut. Ich komm heute Abend zum Steg. Und dann spielen wir."

Salomon schaut ihn zweifelnd an. „Aber nur du."

„Ja, und jetzt lauf weg."

Salomon springt auf und flitzt los.

„Und lass dich nie wieder hier erwischen!", brüllt Jan ihm hinterher.

Salomon dreht sich im Laufen erschrocken um, sieht aber nicht nur Franz Kopf, der auf einmal im Strauchwerk auftaucht, sondern auch Jans flehendes Gesicht. Er dreht sich um und verschwindet im Dickicht.

Franz ist baff. „Warum hast du den denn laufen lassen?"

Jan stapft mit dem Umschlag in der Hand auf die Lichtung. „Ich verhaue keine Kinder."

„Ach?"

„Ja, ach."

„Seit wann... " Franz sieht den Umschlag. „Du hast ihn!" Er kämpft sich zu Jan und will nach dem Umschlag greifen. Jan zieht ihn weg.

„Was hast du vor?" Jan schaut Franz fordernd an.

„Also, die Sache ist die…", fängt Franz an und schnappt blitzschnell den Umschlag aus Jans Hand. Dann setzt er sich auf den Boden, breitet die Karte aus und sucht mit dem Zettel den Punkt. Er gibt ein lautes „Ah–ja" von sich, faltet die Karte selbstgefällig wieder zusammen, steht auf und kommandiert zu Jan: „Da lang!"

„Was soll das?" Jan ist sauer.

„Willst du nun gewinnen?", ist die einzige Antwort. Franz hält es nicht für notwendig, sich umzudrehen. Jan überlegt einen kurzen Moment, ob er Franz nicht einfach in den Hintern treten soll. Aber nun will er wissen, was Franz sich ausgedacht hat.

Zielsicher steuern sie auf den zweiten Punkt zu. Er liegt weit hinter dem Dorf, vom Fluss weg, mitten auf einer großen Wiese. Nach kurzer Suche im hohen Gras finden sie den Umschlag. Franz stößt einen Triumphschrei aus, verstummt aber schnell, weil Jan nicht mit einfällt und Jan sowieso die letzte Zeit nichts gesagt hat. Franz zuckt mit den Schultern und hockt sich wieder über die Karte.

„Hätten wir nicht langsam irgendwann irgendeinen sehen müssen?" Jan findet das mehr als merkwürdig. Schließlich haben sie einiges an Strecke zurückgelegt und keine andere Gruppe auch nur in der Ferne gesehen.

Franz hört nicht zu. „Ich hab's", lässt er Jan wissen. „Und…", er macht eine dramatische Pause: „ …wir werden nicht nur die ersten, sondern auch die einzigen sein."

Jan wird flau. Franz hat sich da irgendwas ausgedacht, um als Held dazustehen, und er steht neben ihm, aber Helden werden sie gewiss nicht. „Was hast du gemacht?"

Franz grinst nur blöd. Blöd und siegessicher.

„Sag mir jetzt endlich, was du gemacht hast!" Jan ist stinksauer. Auf sich.

Franz wandert selbstgefällig mit einem breiten Grinsen weiter. „Gleich. Die Fahne muss in der alten Mühle sein."

„Was für 'ne Mühle?", fragt Jan halb interessiert. Wenn Franz irgendein Junge in Berlin gewesen wäre, hätte er ihn auf der Stelle verdroschen. Aber so. Ein paarmal versucht Franz ein Gespräch anzufangen, aber Jan antwortet einfach nicht mehr.

Sie nähern sich wieder dem Fluss. Jan schlägt nach einer Bremse. Schließlich bleibt Franz unvermittelt stehen: „Das ist sie: die „Mühle der gebrochenen Herzen." Jan rückt hinter ihm auf. Ein Stückchen vor ihnen liegt dicht am Wasser ein zweistöckiger Backsteinbau. Das mit Unkraut bewachsene Wasserrad steht wohl schon lange still, das Glas in den Fenstern ist zerschlagen, die Tür hängt schief in den Angeln und das Dach ist halb eingesunkenen.

„Wieso heißt die so?" Jan fragt sich, ob wohl bei diesem Anblick den Geistern aller Müller, die hier mal gearbeitet haben, die Herzen gebrochen sind.

Franz marschiert unbeirrt weiter. „Man erzählt sich, dass sich hier früher ein Liebespaar getroffen hat. Aber der Mann war schon verheiratet. Dann hat sie ein Kind bekommen. Der Mann, ganz Schuft, hat sie daraufhin verlassen. Sie musste weg aus dem Dorf und ist gestorben."

„Und was ist mit dem Kind passiert?"

Franz lacht weltmännisch: „Na, das ist natürlich auch gestorben."

Sie umgehen ein größeres Brennnesselgewächs und stehen schließlich vorm Eingang. Draußen ist es so gleißend, dass alles drinnen pechschwarz erscheint.

„Ich glaube, hier spukt's", flüstert Franz verdächtig leise. „Nicht ein Vogel piepst hier." Beide lauschen.

Bei der Hitze piepsen nun mal keine Vögel, denkt sich Jan. Er hat jetzt endgültig genug. So wie er es hier gelernt hat, packt er Franz im Nacken, und zur Sicherheit noch an den Haaren. „Und jetzt erzählst du mir, was du gemacht hast."

Franz schießen Tränen in die Augen. Zum einen vor Schmerz, und zum anderen wegen der Demütigung. Jan zieht etwas härter.

„Paul verwahrt die Karten. Ich hab heute Morgen einfach andere Zettel reingelegt. Ich hab' die anderen zwei Kilometer nach Norden geschickt."

Jan lässt Franz los. Der grinst ihn an. Stolz. Jan kann nicht umhin, die Idee irgendwie lustig zu finden. Nicht fair, aber gut.

„Holen wir die Fahne", sagt Jan schließlich.

Franz ist enttäuscht. „Das war doch gut, oder?"

Jan wendet sich zu Franz: „Man bescheißt nicht seine Kameraden."

Zögernd betritt Franz hinter Jan die Mühle. Sie warten einen Augenblick, aber es bleibt ziemlich dunkel. Sie stehen in einem großen Raum, in der Ecke führt eine Treppe nach unten. Von unter hört man das Glucksen des Wassers. Die Decke ist ziemlich niedrig, und an einigen Stellen fehlt sie ganz. Jan reckt seinen Hals. Er versucht, oben in den Dachboden zu spähen. Oben scheint es heller zu sein. Wahrscheinlich fehlen Dachpfannen. „Fangen wir unten an", seufzt er.

Franz nickt zögernd. Als er merkt, dass Jan ihn beobachtet, gibt er sich einen Ruck und geht vor zum Treppenabsatz. Vor ihm liegt ein schwarzes Loch. Er vergewissert sich, wo Jan ist. Der legt ihm eine Hand auf die Schulter. Franz ist sich nicht sicher, ob er ihn runterschubsen oder festhalten will. Er schließt Letzteres aus. Die Fahne zu haben, wäre schon toll. Und mit der vor Augen geht er mit zitternden Schritten die Treppe hinunter. Jan folgt ihm. Schließlich stehen sie unten. Oben war alles leer, hier ist Gerümpel aufgetürmt. Aber nicht ordentlich. Alles steht und liegt durcheinander. Im Nebenraum gluckst Wasser. Da muss die Welle vom Wasserrad sein. Vorsichtig tasten die beiden sich voran. Es riecht feucht und muffig. Langsam gewöhnen sich ihre Augen an das Dunkel, aber viel sehen können sie trotzdem nicht. Jan fängt an zu suchen. Irgendwie. Er kippt Kisten aus. Schleppt andere zur Treppe, um etwas zu sehen. Bei der ersten gibt Jan sich noch Mühe und stellt sie sorgsam wieder hin, danach schüttet er

sie nur noch auf dem Boden aus. Er stutzt. Franz steht wie angewurzelt immer noch an der Treppe.

„Was ist?"

Franz starrt in eine dunkle Ecke. Er gibt keine Antwort.

Jan stolpert zu Franz. „Was ist?" Er stößt ihn an.

„Da ist was."

Jetzt schaut auch Jan hin, aber er kann nichts erkennen. „Ach
was."

„Doch."

„Hilf endlich suchen."

„Da ist was."

Jan hat genug. Er gibt Franz einen leichten Schubs in die Richtung.
„Dann guck doch nach."

Franz muss zwei Schritte nach vorn treten, um sein Gleichgewicht
wiederzufinden. In dem Moment fliegt ein schwarzer Schatten auf
Franz zu. Franz kreischt. Das Ding rast auf sie zu. Franz stolpert die
Treppe hinauf. Jan bleibt stehen. Er weiß, was es ist. Franz fliegt die
letzten Stufen hinauf, macht einen riesigen Satz und landet bäuchlings auf dem Fußboden im Erdgeschoss. Hektisch dreht er sich
um und rutscht auf seinem Hinterteil von der Treppe weg. Jemand
lacht schallend im Keller. Aber es ist nicht Jan. Im Dachgeschoss
grölt und lärmt es. Jetzt taucht der schwarze Schatten aus dem
Kellerloch auf. Er wirft den Sack endgültig weg. Es ist Paul. Er
grinst. Hinter ihm kommt Jan zum Vorschein. Ihm ist heiß, und
er ahnt, dass sie in der Patsche sitzen. Nun kommen von oben und
draußen die anderen Jungen zum Vorschein. Thomas schwingt
sich lässig mit verächtlichem Blick herunter und zerrt Franz vom
Boden hoch. „Du kleiner Scheißer."

Paul gibt Franz eine derbe Kopfnuss. Franz weicht ein paar
Zentimeter zurück, aber weit kann er nicht, da er Thomas' Atem
in seinem Nacken spürt. „Du hast deine Kameraden betrogen."

„Hab ich gar nicht." Franz schüttelt den Kopf.

„Du hast in meinen Sachen geschnüffelt", donnert Paul plötzlich los.

Franz rührt sich nicht. Er zermartert sein Hirn, welchen Fehler er begangen haben könnte.

Kein Wunder, dass sie uns haben ziehen lassen, denkt sich Jan.

„Ich hab' einen Faden reingelegt. Und der lag heute Morgen auf dem Fußboden! Thomas hat geahnt, dass du betrügst, wenn du kannst. Und ich Depp hab dich auch noch verteidigt!" Paul, mit hochrotem Kopf, pustet sich selber ins Gesicht. Dann dreht er sich zu Jan: „Und warum hast du da mitgemacht?" Er boxt brutal in Jans rechte Schulter.

Ja, warum nur. Jan schweigt.

„Aber ich hab' die Fahne gefunden! Ich!" Alles dreht sich wieder zu Franz. Alle sind still geworden. Kein Grölen mehr.

Einen Franz, der wagt, Thomas zu widersprechen, sehen sie nicht oft.

Und Franz genießt diesen kurzen Moment. Dann stapft Franz ins Freie.

Thomas sputet hinter Franz her und zieht ihn an der Schulter herum: „Es ist meine Aufgabe euch beizubringen, dass man zusammenhält. Seine Kameraden nicht im Stich lässt. Ich muss euch zusammenschweißen. Soldaten halten zusammen. Und bei mir tanzt keiner aus der Reihe."

Franz verzieht verächtlich eine Schnute.

„Aber du willst ständig 'ne Extrawurst."

Franz schüttelt Thomas Hand ab. „Wir sollten unsere Fahne finden. Und das hab ich geschafft. Ganz allein. Oder?"

Thomas schüttelt den Kopf. Für heute gibt er auf. „Zieh' Leine!" Er schlägt den verbockten Franz mit der flachen Hand auf den Hinterkopf und lässt ihn stehen. Franz steckt seine Hände in die Hosentasche und trollt sich, den Blick zu Boden. Kurz vor der Mühle liegt ein gefaltetes Papier. Er bückt sich und faltet es vorsichtig auseinander. Es ist das von Susanne bemalte Plakat mit Strassberg als Juden. Nachdenklich steckt er es ein und zieht in Richtung Dorf los.

Thomas betritt wieder die Mühle und baut sich vor Jan auf.

„Tut mir Leid." Mehr sagt Jan nicht. Was soll er auch noch sagen? Dass er nicht wusste, was Franz vorhatte? Die Antwort kann Jan sich selber geben: Mitgegangen, mitgehangen.

„Noch einmal so'n Ding und ich schmeiß' dich aus der HJ, klar?"

Das wäre eine Katastrophe. Was soll er den anderen in Berlin sagen, wenn Thomas was auf seinen HJ-Ausweis schreibt? Oder seinen neuen HJ-Kameraden? Und was seiner Mutter? Von seinem neuen Vater mal ganz zu schweigen. An der neuen Schule würde es schwer werden. Und später? Jan überlegt, ob er irgendwas tun oder sagen kann, um das ganze abzumildern.

Thomas kommt ihm zu vor. „Für heute ist für dich Schluss. Hau ab."

Jan muss schlucken. Thomas meint es sehr ernst. Jan schaut in die schweigenden Gesichter der anderen und geht.

Hinter der Mühle biegt er, ohne groß nachzudenken, zum Ufer ab. Tränen laufen über sein Gesicht. Schließlich stapft er zum Wasser und hockt sich in den Ufersand. Im klaren Wasser flitzen ein paar Stichlinge. Als sie den Schatten bemerken, verschwinden sie im nahen Schilf. Schließlich schöpft er klares Wasser und wäscht sich die verschmierten Tränen fort. Salomon. Lust hat er keine, aber vielleicht hilft es ihm, Klarheit zu bekommen. Also läuft er los.

11

Jan kommt an einem heruntergekommenen Schuppen neben einer Weide mit allerlei Geräten und Heu vorbei. Dahinter liegt ein dichter Wald. Neben dem Schuppen geht es abschüssig zum Ufer und zum Steg hinunter. Überall wächst Schilf in kleinen und großen Inseln. Salomon ist nirgends zu sehen. Jan dreht sich einmal um die eigene Achse. Alles ruhig. Er versucht seine Gedanken zu sammeln, aber da ist nicht viel, was er heute noch zusammenbringt.

„Bist du allein?", hört er eine Kinderstimme. Ganz nah.

Jan sieht sich um. Er kann nichts entdecken.

„Ja", sagt er schließlich.

„Ehrlich?"

„Ja." Jan starrt ins Schilf. „Wo bist du?"

„Großes Indianerehrenwort?"

„Ja. Großes Indianerehrenwort."

Salomon kriecht vorne unter dem Steg hervor und lächelt.

Beide Jungen mustern sich eine ganze Weile.

„Nun komm schon.", sagt Jan schließlich und setzt sich auf das Ende des Stegs. Salomons nasse Füße patschen über den Steg. Der Junge setzt sich neben ihn. Er ist mehr als einen Kopf kleiner als Jan. Beide sagen eine ganze Weile nichts. Jan blickt sich um. Wenn ihn jetzt jemand so sieht….Aber alles ist friedlich. Die Sonne scheint glutrot dicht über dem Horizont, und Schwalben jagen nach Mücken über den Fluss.

„Lauf' nicht immer hinter uns her." Jan spuckt ins Wasser.

„Spielst du mit mir?", fragt Salomon schließlich.

„Ich spiel mit dir. Aber du musst auch was für mich tun."

„Was denn?" Salomon wird misstrauisch.

„Nichts Schlimmes."

Salomon beobachtet ihn von der Seite an.

Nach einer Pause sagt Jan: „Ich brauch einen Brief von deinem Vater. Den er geschrieben hat."

Salomons Stirn kräuselt sich zunehmend.

„Nur geliehen", fügt Jan nickend hinzu.

Salomon guckt ratlos Jan an.

„Ist wichtig", setzt Jan erwachsen und bestimmt hinzu. Mehr braucht der kleine Hosenscheißer nicht zu wissen.

Salomon legt den Kopf zur Seite. „Warum?"

„Willst du nun mit mir spielen oder nicht?" Jan versucht etwas zornig und ungehalten zu klingen.

Salomon nickt vorsichtig. „Aber du erzählst es nicht den anderen?"

Nun nickt Jan wiederum.

„Warum ist das wichtig für dich?", fängt Salomon wieder an.

„Ist es einfach." Jan merkt, wie Salomons Hirn einen vernünftigen Grund finden will, es ihm aber nicht gelingt.

Dafür hat Salomon eine Idee. „Ich hätte gerne einen Fußball."

„Was?" Jan kann nicht fassen, was er da hört.

Vorsichtig trotzig legt Salomon den Kopf schief. Er setzt alles auf eine Karte. Wenn er schon in keiner Mannschaft spielen kann, dann will er wenigstens so einen tollen Fußball haben wie den, mit dem die anderen immer spielen.

„Ich hab' keinen Fußball", sagt Jan schließlich.

„Ich will aber einen", setzt Salomon unbeirrt nach.

Jan fällt nur Pauls Ball ein, und gleich danach die Schwierigkeiten, die er sich einhandeln wird, wenn er den mopst.

Salomon scheint Jans Gedanken lesen zu können: „Und Schokolade."

„Jetzt mach aber mal einen Punkt. Du willst, dass ich mit dir spiele!"

„Und du willst einen Brief!", gibt Salomon erstaunlich selbstbewusst zurück.

„Also gut. Einen Ball und Schokolade für einen Brief von deinem Papa. Aber mehr nicht", beschließt Jan zornig. Juden sind eben gute Händler und Schlitzohren.

„Und du spielst mit mir?", fragt Salomon nach.

„Und ich spiele mit dir", fügt Jan hinzu und schweigt über das „Wie oft" und „Wie lange". Erst mal. Jan steht auf.

„Wo willst du hin?" Salomon schaut ihn erschrocken an.

„Die Sachen holen." ,Die Sachen klauen' wäre ehrlicher gewesen.

„Ich dachte, wir spielen jetzt." Fast sieht es aus, als wolle Salomon weinen – tut er aber nicht.

Jan schaut ihn nachdenklich an. „Erst das Geschäftliche. Du wartest hier." Er läuft ein paar Meter, dann dreht er sich um. „Wenn ich nicht zurück bin, wenn es dunkel ist, kannst du nach Hause gehen. Dann hat es nicht geklappt."

Salomon nickt.

Als Jan ins Jungenzimmer kommt, ist Gott sei Dank keiner da. Er holt den Fußball aus dem unteren Regalfach. Jetzt kommt der schwierigere Teil: die Schokolade. Er schleicht die Treppe hinunter. Tante Helena arbeitet in der Küche. Vorsichtig lugt Jan durch das Fenster in der Tür zum Laden. Aber da ist auch niemand. Komisch. Dann hört er Stimmen auf dem Hof. Onkel Wilhelm. Sehr ärgerlich. Und Franz. Er geht ein paar Schritte in Richtung Hoftür und lauscht.

„Du lässt das Boot in Ruhe!"

„Ich will es mir doch nur einmal ansehen", Franz klingt ziemlich weinerlich. Der Tag scheint auch nicht spurlos an ihm vorübergegangen zu sein.

„Wir machen das Boot in den Ferien fertig. Zusammen mit Jan und Paul. Und damit basta!"

„Ich wollte doch nur mal sehen, was alles kaputt ist. Und was wir zum Reparieren brauchen."

„Lass das mal meine Sorge sein. Üb' in der Zwischenzeit lieber schwimmen."

Die Stimmen nähern sich. Jan reißt sich los und flitzt in den Laden. Am Süßigkeitenfach greift er wahllos zu und rennt auf die Straße und weg.

In der Abendsonne erreicht er den Steg. Diesmal taucht Salomon aus dem Schuppen auf. Schweigend hält Jan ihm den Ball hin.

Salomon nimmt in vorsichtig und drückt ihn etwas. Der Ball gibt nicht ein bisschen nach. Dann knallt Salomon ihn fest auf den Boden. Der Ball lässt sich nicht lumpen und springt meterhoch. Salomon greift daneben und der Ball fällt ins Schilf. Aber nah am Ufer. Mit glänzenden Augen flitzt Salomon ins flache Wasser und fischt ihn heraus. Obwohl der Ball klatschnass ist, presst er ihn mit beiden Armen an sich.

„Der ist gut", sagt Salomon schließlich glücklich. „Komm. Jetzt holen wir den Brief."

Salomon und Jan wandern über den Weg durch den Wald in Richtung Rosenstolz' Haus. Der Ball rollt vor ihnen, und mal kickt der eine, mal der andere. Dazu lutscht Salomon ein einziges Stückchen Schokolade, so langsam es nur geht. Reden tun sie nicht.

Sie nähern sich dem Haus mitten durch den Wald und hocken sich ins hohe Gras nahe am Gartenrand. Rosenstolz mäht mit einer Handsense eine Wiese. Seine Frau füttert die Kaninchen.

„Warte hier." Salomon streckt den Ball zögernd Jan entgegen. Jan macht es sich im Gras bequem.

„Den muss Papa erst mal nicht sehen." Dann gibt er ihm den Rest der Schokolade. „Ist noch fast alles da", fügt er sicherheitshalber hinzu.

„Ich esse nichts davon." versichert Jan ihm.

Salomon düst los. Jetzt würde er es gleich wissen. Salomon trabt los in Richtung Hoftür. Jan beobachtet ihn gespannt. Aber der Knirps macht alles falsch. Fröhlich hüpfend überquert er die kleine Wiese vor dem Haus mit der alten Bank und dem wackligen Tisch. Rosenstolz blickt auf. Salomon winkt ihm zu. Das hat er bestimmt noch nie vorher gemacht, denn Rosenstolz beobachtet nun Salomon mit einem großen Fragezeichen auf der Stirn. Dieser verschwindet kurz in dem dunklen Inneren des Hauses und erscheint darauf wieder. In der Hand hält er etwas Weißes. Jans Herz beginnt zu pochen. Salomon schaut zu Rosenstolz, und als der ihn immer noch verwundert anschaut, winkt Salomon wieder und beginnt wieder, idiotisch in Jans Richtung zu hüpfen. Jan ist hin- und hergerissen. Am liebsten würde er sofort türmen. Rosenstolz ist plötzlich weg. Salomon hat ihn fast erreicht. Siegreich schaut er Jan an, und dann verzerrt sich sein Gesicht. Etwas packt Jan von hinten an Schulter und Nacken und zerrt ihn hoch.

„Nicht, Papa!"

„Was machst du hier?" Rosenstolz dreht Jan halb zu sich herum. „Was hast du mit meinem Sohn zu tun?"

„Er will mit mir spielen!", kräht Salomon und nickt kräftig zur Bestätigung.

Rosenstolz schaut Jan ungläubig an, und Jan muss ihm Recht geben: das ist kaum zu glauben.

„Was hast du da?", will Rosenstolz nun von Salomon wissen. „Gib her!"

Zögernd gibt Salomon Rosenstolz das Papier, und Jan folgt mit sehnsüchtigem Blick dem Besitzerwechsel.

Rosenstolz faltet es auseinander. „Was willst du mit Mamas Sandkuchenrezept?"

Salomon schaut nun ziemlich dämlich drein.

„Was solltest du ihm bringen?"

„Nichts", versucht es Salomon.

„Was sollte er dir holen?" Zur Bekräftigung schubst Rosenstolz Jan.

Jan traut sich nicht, „Nichts" zu sagen. Er würde es ihm nicht glauben. Fieberhaft überlegt Jan, ob er Rosenstolz einfach nach einem Brief fragen soll. Wem sollte Rosenstolz es schon erzählen? Rosenstolz fasst nun richtig fest zu. Jans Nacken und Schulter schmerzen. Schöne blaue Flecken würde das geben. Und welche, die er niemandem erklären kann.

„Wenn Sie mich schlagen, erzähl ich es meinem Onkel", rutscht es Jan heraus.

Rosenstolz scheint nicht im mindesten beeindruckt. „Und wer ist das?"

„Der Vater von Paul und Franz", erklärt Salomon.

Augenblicklich lässt Rosenstolz Jan los.

„Er will mit mir spielen", fügt Salomon hinzu, aber eigentlich hat er mit der Aussage Rosenstolz' Skepsis deutlich erhöht.

Rosenstolz durchbohrt Jan mit eiskalten Blicken. Jan schluckt.

„Und was will er mit dir spielen?", fragt Rosenstolz, ohne den Blick von Jan zu lassen. Salomon hüpft zum Fußball, der bisher unbeachtet im Gras gelegen hat. Er hebt ihn hoch und hält ihn Rosenstolz unter die Nase. „Hat er mir geschenkt!"

Rosenstolz wirft einen kurzen Blick auf den Ball, dann einen ungläubigen auf Jan.

Mit einem kleinen Aufschrei hat Salomon die inzwischen weiche, von Ameisen belagerte Schokolade im Gras entdeckt. Vorsichtig hebt er sie auf. Die Ameisen fallen zu Dutzenden herunter.

„Auch ein Geschenk; nehme ich an?"

Jan fühlt sich ziemlich unwohl.

„Gut. Dann spielt jetzt", beschließt Rosenstolz.

„Au ja. Ich bring nur eben die Schokolade rein." Salomon flitzt los.

Jan schaut Rosenstolz vorsichtig in die Augen.

„Also?"

Jan beißt sich auf die Unterlippe. „Es tut mir Leid. Ich war das mit den Bohnen. Ich wollte es wieder gut machen." Er hofft, dass er damit durchkommt.

Rosenstolz schaut verblüfft an. „Und was sollte das mit dem Rezept?" Guter Einwand.

„Ich wollte Ihnen einen Kuchen backen."

„Willst du mich für dumm verkaufen?"

Jan schüttelt ganz sacht den Kopf.

„Salomon kann noch keine Schreibschrift lesen", erklärt Rosenstolz hämisch. „Also?"

Jan schaut auf den Boden. Salomon taucht aus dem Haus wieder auf und rennt auf sie zu.

„Wir sprechen uns noch. Und wenn du Salomon nur ein Haar krümmst, dann ..."

Jan schaut Rosenstolz prüfend in die Augen, aber der sagt nichts mehr.

Salomon steht strahlend vor den beiden. „Fußball?"

„Und jetzt spielt schön", sagt Rosenstolz betont freundlich.

Jan nickt.

„Da vorne ist gut." Salomon deutet auf die kleine Wiese neben dem Haus. Er lässt den Ball fallen und tritt. Er landet in der Hecke. Oft Fußball gespielt hat er noch nicht. Er schielt zu Jan.

„Na, hol ihn", sagt Jan.

Erleichtert flitzt Salomon los und fischt den Ball aus einem Busch.

Jan hat in der Zwischenzeit zwei alte Backsteine ausfindig gemacht und legt sie als Torpfosten hin. Er stellt sich ins Tor. „Los, schieß schon."

Salomon schießt, aber er trifft das Tor nicht. Eifrig holt er den Ball und legt ihn diesmal etwas näher hin. Er tritt und... der Ball verfehlt das Tor großzügig. Während Salomon den Ball aus einem Gemüsebeet holt, schielt Jan zu Rosenstolz. Der steht nun ziemlich nah bei ihnen, auf eine Harke gestützt, und beobachtet sie. Schnell schaut Jan wieder zu Salomon. Umständlich legt Salomon sich den Ball zurecht. Jan ertappt sich dabei, dass Salomon ihm ein bisschen Leid tut.

Jan winkt ab. „Warte mal. Wir tauschen." Er läuft zu Salomon. „Dann kannst du besser sehen, wie ich es mache." Salomon nickt und stellt sich ins Tor. Angespannt lauert er. Jan kickt ganz sachte. Salomon hält ihn und strahlt.

Salomon lernt schnell, aber er ist Jan hoffnungslos unterlegen. Jan lässt Rosenstolz nicht aus den Augen, und der ihn nicht. Rosenstolz füllt eine Gießkanne an der Wasserpumpe. Jan unterbricht das Spiel. Salomon macht zwar erst ein knatschiges Gesicht, aber auch er ist verschwitzt und will keine Schwierigkeiten machen.

Jan geht auf Rosenstolz zu. „Soll ich Ihnen helfen?"

Rosenstolz schaut ihnen einen Moment an. „Wieso?"

„Ich hab' Ihre Bohnen kaputtgemacht."

„Alleine? Warum solltest du herkommen? Du bist doch nicht von hier."

Jan schaut verlegen auf den Boden.

„Der Franz war dabei, stimmt's?"

Jan reagiert nicht. Man verpetzt keine Kameraden. Sollte er eigentlich wissen. Aber er ist ja Jude, vielleicht ist das bei denen anders.

Dann hält Rosenstolz ihm die Gießkanne hin. Jan nimmt sie und fängt an. Es ist ein großer Garten. Riesig. Die Pumpe geht schwer. Rosenstolz bleibt in seiner Nähe, er repariert den Stil eines Spaten. Salomon hat sich auf der Wiese einen Parcours mit Steinen gelegt und dribbelt mit Feuereifer um die Hindernisse herum. Schließlich setzt Rosenstolz sich auf die grüne Gartenbank hinter dem alten Gartentisch. Seine Frau bringt ihm und Salomon ein großes Glas Wasser mit selbst gemachtem Himbeersirup. Salomon setzt sich neben Rosenstolz. Aus ihrer Kittelschürze holt die Frau ein Buch und legt es vor Salomon hin. Salomon fängt ziemlich stotternd an, ein Märchen vorzulesen. Unter dem

Eindruck des Hässlichen Entleins gießt Jan noch eine ganze Weile. Er ist fix und fertig. Er trinkt hin und wieder Wasser aus der Pumpe. Schließlich wird es richtig dunkel. Sein Magen knurrt, und dann fällt ihm Tante Helena ein. Er stellt die Gießkanne vor Rosenstolz; der reagiert nicht und konzentriert sich auf Salomon.

„Ich geh' dann", sagt Jan leise.

„Kommst du morgen wieder zum Spielen?", fragt Salomon flehentlich.

Jan zuckt mit den Schultern. „Weiß noch nicht. Vielleicht."

Dann dreht er sich um und trottet den Weg in Richtung Dorf. Hinter ihm hört er noch eine Weile Salomons Stimme.

Als er leise den Flur betritt, erscheint eine übelgelaunte Tante Helena in der Küchentür. „Wo um alles in der Welt kommst du her? Franz ist schon seit Stunden hier!"

„Ich hab' mich verlaufen." Jan war der Gedanke kurz vor der Hofeinfahrt gekommen.

„Verlaufen?"

„Ja. Ich bin aus der Mühle weg und dann in die falsche Richtung gegangen."

„Und wann hast du gemerkt, dass du dich verlaufen hast?"

„Na ja, ich war dann noch am Fluss und…"

„Hast du gebadet?"

Jan schüttelt den Kopf.

Tante Helena kontrolliert sein Gesicht und seinen Nacken. „Nein, gebadet hast du nicht. Wasch dich im Hof. Eimer steht im Schuppen."

„Es tut mir Leid. Ich hab die Zeit völlig vergessen."

Tante Helena nickt. „Abendessen gibt es jetzt keins mehr." Und damit verschwindet sie in der Küche. Jan atmet erleichtert auf. Sein Magen grummelt, aber er beschließt, dass es ihm egal ist. Jetzt ist es dunkel, aber durch das Schlafzimmerfenster fällt genug Licht in den Hof. Grillen zirpen. Er schlendert zum Schuppen. Hinter der Tür in einem leicht angestaubten Regal erkennt er mühsam die zwei Eimer und nimmt einen. Draußen kippt er den Eimer um; für den Fall, dass Spinnen und sonstiges drin sind. Er stellt den Eimer neben der Pumpe ab. Nach all der Gießerei und dem Fußballspiel ist Jan fix und fertig, Arme und Beine tun nur noch weh. Das Pumpen geht ihm schwer von der Hand. Morgen hat er bestimmt Blasen an den Händen. Schließlich plätschert ein Wasserstrahl heraus. Er lässt das kalte Wasser über seine Hände laufen. Es tut gut. Schließlich, als der Eimer voll ist, streckt er seinen Kopf in den Wasserstrahl. Er zieht Hemd und Hose aus und wäscht sich großzügig mit Wasser, allerdings ohne Seife. Seine Mama würde ihm sonst was erzählen, aber Tante Helena scheint es egal zu sein. Schließlich ist er fertig, der Eimer steht noch unbenutzt neben ihm. Er schüttet das Wasser aus dem Eimer an den Fuß des Kirschbaums. Er stellt ihn wieder zurück in den Schuppen, nimmt sein Hemd und die Hose und geht nach oben. Als Jan die Tür öffnet, fliegt ihm ein Kissen ins Gesicht. Paul steht breitbeinig mit verschränkten Armen mitten im Zimmer und schaut ihn wütend an. Paul hatte er völlig vergessen. Franz schaut von seiner Bastelarbeit am Schreibtisch auf.

„Wo ist er?" Paul bringt es auf den Punkt.

„Verschenkt." Jan auch. „Wenn du mich verhauen willst…, bringen wie es hinter uns." Jan schaut Paul entschlossen an. Franz beugt sich schützend über sein Modellboot.

12

Franz und Jan – mit einem blauen Auge – biegen um die Ecke in den Hof. Es ist später Vormittag. Strassberg fand, dass es zu heiß war und hatte sie in Anbetracht der baldigen Ferien und ihrer Unlust überraschend nach Hause geschickt. Er wollte den Schülern wohl keinen Gefallen tun, das würde sie ja nicht abhärten, aber er musste während des Unterrichts öfter austreten und hatte wohl von den versteckt grinsenden Gesichtern die Nase voll. Die Tür des Schuppens fliegt auf. Pauls Rücken erscheint. Er trägt etwas Großes, das noch in den Schuppen hineinragt. Franz bricht in Freudengeheul aus. Langsam erscheint mit Paul der Bug des Ruderboots. Dann erscheint die Mitte, dann das Heck mit Onkel Wilhelm. Beide ächzen und kommen nur in kleinen Schritten voran. Franz rennt zum Boot, tänzelt drumherum, inspiziert es von unten und stört beträchtlich. Onkel Wilhelm bugsiert Paul und das Boot in die Mitte des Hofs.

„Franz, geh zur Seite", keucht Onkel Wilhelm. Das Boot ist ziemlich schwer, und der Onkel nicht im besten Training. Franz nickt und springt zur Seite. Auf einen Wink setzen sie es ab.

Onkel Wilhelm klatscht in die Hände. „Na?" Er schaut erwartungsvoll Jan an. Jan nickt zögernd und schielt zu Franz, aber dessen Augen kleben auf dem Boot, und er hat das mangelnde Interesse seines Vaters an ihm nicht bemerkt.

„Paul, hol mal die Böcke"

Paul eilt in den Schuppen.

„Ist es nicht hübsch?" Onkel Wilhelm lächelt Jan an.

„Sehr. Ein bisschen kaputt. Aber das kann man sicher reparieren." Jan versucht, begeisterter zu klingen als er ist.

„Das kriegt man wieder hin", ruft Franz, der dicht über den

Bug gebeugt ist und ein Loch darin befühlt. „Außerdem ist es eine ‚sie‘.“

Onkel Wilhelm schaut Franz zum ersten Mal eher irritiert an.

Paul stolpert mit zwei Böcken aus dem Schuppen und stellt sie neben dem Boot auf – einen vorn und einen hinten. Dann positioniert er sich am Bug, Onkel Wilhelm stellt sich hinter das Heck. Onkel Wilhelm gibt das Kommando: „Eins, zwei und drei.“ Mit einem Ruck heben sie das Ruderboot an und legen es unter Franz' kritischen Augen auf den Böcken ab.

„Wie lange dauert es wohl, bis wir sie fertig haben?“ Franz lässt eine Hand über den Rumpf gleiten.

„Ein, zwei Wochen.“ Dann fügt Onkel Wilhelm langsam hinzu: „Übst du auch fleißig schwimmen?

Abwesend nickt Franz leicht.

Onkel Wilhelm schüttelt den Kopf; Paul seufzt. Jan schaut von einem zum anderen.

„Sag mal, Jan, wo hast du dir das denn eingefangen?“ Onkel Wilhelm deutet auf Jans Auge.

Vorsichtig linst Jan zu Paul. „Hab mich gestoßen.“

Onkel Wilhelm nickt langsam. Er weiß wohl, dass das nicht stimmt.

„Tut nicht weh“, setzt Jan nach. Was auch nicht stimmt.

„Hol dir einen nassen Lappen.“

„Sollen wir nicht vielleicht doch jetzt schon anfangen?“, meint Franz. Er untersucht immer noch fachmännisch das Boot. Am Bug prokelt er mit den Fingern in dem Loch. „Hier müssen wir neues Holz reinmachen. Dann das ganze abdichten.“

Onkel Wilhelm schaut unschlüssig. „Na, der Dreck muss sowieso runter. Ein wenig Putzen und Schmirgeln wird schon nicht schaden“, meint er schließlich gönnerhaft.

„Au ja.“ Franz flitzt los in den Schuppen und erscheint gleich wieder mit Schmirgelpapier und Putzzeug. Er legt sie vor die nun leicht überrumpelten Mitstreiter auf die Erde und schleppt noch einen Eimer Wasser an.

Der Onkel hat sich inzwischen etwas Arbeitstaugliches angezogen. Franz werkelt mit Feuereifer, die anderen weniger begeistert. Aber Franz nimmt nicht mehr viel um sich herum wahr. Er säubert den Bug, Jan schrubbt neben ihm. Onkel Wilhelm und Paul das Heck. Der feine Staub und Dreck, den sie abwaschen, klebt auf ihrer verschwitzten Haut fest. Schließlich fangen sie an zu schmirgeln. Sie schmirgeln und schmirgeln. Als Jan zwischendurch zu Susannes Zimmer hochschaut, sieht er sie auf der Fensterbank ein selbstgemachtes Eis lutschen. Wahrscheinlich probiert Adrian eine neue Einnahmequelle aus. Sie winkt ihm lächelnd zu. Irgendwann verschwindet sie im Inneren, traut sich aber wohl nicht in den Hof. Tante Helena bringt ihnen später Brote und Saft mit einem „So kommt ihr mir nicht ins Haus" hinaus. Sie essen im Schatten des Schuppens. Dann geht's weiter. Außer Franz sind alle ziemlich müde. Jan ist nicht wirklich bei der Sache. Die Sache mit Rosenstolz lässt ihn nicht los. Paul ist zwar nicht mit Feuereifer bei der Sache, aber das Boot lässt im Sommer ungeahnte neue Freiheiten zu. Jan schaut zu Franz. So ungeschickt er beim Fußball ist, hier ist er in seinem Element. Voller Eifer beißt er sich bei der Arbeit auf die Unterlippe. Dauernd pustet er den feinen Staub weg und überprüft, ob die Stelle nun seinen hohen Ansprüchen genügt. Jan schaut zu Onkel Wilhelm. Aufmunternd lächelt der Onkel ihm zu.

„Ich hab gehört, dass Jan Halbjude ist", sagt Paul auf einmal leise. Seine Stimme hat etwas Testendes. Er schaut nicht auf.

Jan wird eiskalt. „Was?"

„Wer erzählt solch einen Mist?", brummt Onkel Wilhelm nach einer langen Pause.

Franz schaut verblüfft hoch.

„Haben ein paar Dorfjungen erzählt", fügt Paul hinzu.

„Mein Vater war Walter Schwarz. Und der war kein Jude", sagt Jan bestimmt. „Oder?" Er schaut unsicher zu Onkel Wilhelm.

Franz kichert und plappert: „Jan ist ein Jude, Jan ist... " Leider ist er in Onkel Wilhelms Reichweite, kriegt prompt einen derben Nackenschlag und stößt mit dem Kopf ans Boot. Er reibt die schmerzende Stirn.

"Wer?", hakt Onkel Wilhelm nach.

Auf Franz' Stirn zeichnet sich ein roter Fleck ab.

„Jungen halt"

„Wer?"

„Weiß ich nicht mehr."

„Paul!"

„Ich weiß es nicht. Hat einer in der Gruppe gesagt."

„Du weißt doch, wer das gesagt hat."

Paul legt betont nachdenklich den Kopf zur Seite.

„Lüg' mich nicht an!"

„Ich weiß es nicht mehr!"

Onkel Wilhelm seufzt. „Sorg' dafür, dass so ein Mist nicht weiter verbreitet wird, verstanden?"

Paul sagt nichts.

„Weißt du, was dieses dumme Gerede für mich bedeuten kann? In meiner Position? Paul!"

Paul schweigt weiter.

„Verdammt noch mal. Denk an das Geschäft und an deine Zukunft."

Onkel Wilhelm setzt nach. „Sein Vater war Walter Schwarz. Schlimm genug, dass er gestorben ist und Jan keinen Vater hat. Da müsst ihr nicht noch Witze machen."

Paul nickt sacht, sieht aber nicht wirklich überzeugt aus.

„Wenn du das nächste Mal so etwas hörst, ist es deine Pflicht, jawohl, deine Pflicht, einzuschreiten. Hast du das verstanden?"

„Ja", antwortet Paul leise und schaut an seinem Vater vorbei.

Franz wendet sich langsam wieder dem Boot zu, aber auch ihm geht diese Idee augenscheinlich im Kopf herum. Jan möchte am liebsten weg, kann aber nicht. Als die Jungen ihre Köpfe wieder über dem Boot haben, macht auch Onkel Wilhelm weiter. Sie putzen und schmirgeln schweigend noch eine Weile. Schließlich taucht Tante Helena in der Hoftür auf. Abendessenszeit. Sie macht sich nicht die Mühe, irgendetwas zu sagen. Missmutig schaut sie auf das Ruderboot. Mit verschränkten Armen steht sie da. Dann verschwindet sie wieder im kühlen Flur.

Onkel Wilhelm räuspert sich: „Morgen machen wir weiter."

Franz nickt eifrig. Sie packen alles in einer Kiste zusammen.

Hungrig stürmen die Jungen in Richtung Küche. Onkel Wilhelm schlendert zufrieden zum Schuppen und verstaut die Kiste im Regal neben der Tür. Als er den Schuppen verlässt, sieht er Thomas neben dem Kirschbaum. Thomas springt mit Leichtigkeit über den Zaun. Er baut sich vor dem Ortsgruppenleiter auf, kratzt sich gespielt verlegen am Kopf. In dem Moment taucht Jan in der offenen Hoftür auf; gerade noch rechtzeitig kann er seinen Laufschritt abbremsen und sich wieder etwas zurückziehen. Er hatte noch einen Lappen in der hinteren Hosentasche gehabt. Tante Helena hatte ihn stante pede damit in den Schuppen zurückgeschickt. Thomas schweigt einen Moment bedeutsam. Weltmännisch bringt er nun sein Anliegen vor. Er würde die HJ hier führen und hätte damit eine gewisse Verantwortung allen Jungen gegenüber. Onkel Wilhelm ahnt, was jetzt kommt. Wenn auch Thomas das wiederum nicht ahnt.

„Ich weiß aus sicherer Quelle, dass Jan einen jüdischen Vater hat. Damit ist er Halbjude und…"

Jan rutscht das Herz in die Hose und noch tiefer.

Weiter kommt Thomas nicht. Onkel Wilhelm packt Thomas brutal am Hemd und zerrt ihn in den Schuppen. Jan flitzt über den Hof und lehnt sich an die Seitenwand des Schuppens neben dem kleinen, staubigen Fenster. Gott sei Dank steht das auf Kipp. Onkel Wilhelm schubst Thomas hart gegen das Regal.

„Was soll das werden?" Das ist Onkel Wilhelm.

„Ich weiß aus..." Thomas klingt ein wenig unsicherer.

Jans Herz schlägt wie blöd.

„Schnauze. Was willst du?"

„Es ist meine Pflicht als Fähnleinführer, die Jungen vor schädlichen..."

„Wer erzählt das?"

„Hab ich gehört." Thomas versucht, selbstbewusst zu klingen, aber Onkel Wilhelm fackelt nicht lange. Er boxt Thomas brutal in den Magen. Thomas mag für Jan groß sein, erwachsen ist er noch nicht. Die Wucht des Schlages überrascht Thomas völlig. Er knickt ein und sackt zusammen

Onkel Wilhelm zieht ihn hoch. „Wer?"

„Die Hexe.... Hab ich gehört", kriegt Thomas noch heraus.

Jan rutscht so nah wie möglich ans Fenster.

Onkel Wilhelm packt Thomas' Kinn: „Wie bitte? Die Hexe?"

„Sie hat gesagt, Jan wäre eine Satansbrut und..." Thomas hustet.

„Du hörst auf das Geschwätz einer verwirrten, alten, geisteskranken Frau?" Onkel Wilhelm lässt Thomas los. Der Fähnleinführer muss sich bemühen, trotz weicher Knie stehen zu bleiben. Er versucht seine Gedanken zu sortieren.

„Thomas?" Onkel Wilhelm schlägt Thomas betont aufmunternd ein paar Mal auf die Wange. Als Frage gestellt, aber nicht als Frage gemeint.

„Tut mir Leid. Ich hab gedacht..."

„Du bist fast erwachsen! Du musst lernen, wem du glauben kannst. Und wem nicht."

„Jawohl." Thomas steht stramm – zumindest halbwegs.

Onkel Wilhelm lächelt, zieht ihn kameradschaftlich nach vorn und klopft Thomas auf den Rücken. „Wir alle machen mal Fehler.

Passiert jedem. Walter Schwarz war Jans Vater."

Jans Herz macht einen Luftsprung und reißt ihn fast mit. Onkel Wilhelm muss es doch wissen, zumal er es nicht zu Jan, sondern zu Thomas sagt.

Thomas nickt, wohl auch, weil er keine Wahl hat.

„Und Walter Schwarz war 1918 mit mir in Frankreich. Ich verbürge mich für ihn. Verstanden?"

Thomas nickt weiter.

„Und noch etwas. Bevor du andere Väter auf Herz und Nieren prüfst, was ja nicht einmal verkehrt ist und von deinem Pflichtbewusstsein zeugt, schau dir erst mal deinen eigenen Vater an. Sein Verhalten ist in höchstem Maße bedenkenswert. Er steht unter meiner Beobachtung. Und das ist ganz und gar nicht gut. Du weißt, was ich meine?"

Thomas wirkt zerknirscht. „Ich hab ihm das schon oft gesagt. Er hört einfach nicht auf mich."

„Ich werde ihn nicht ewig in Schutz nehmen können."

Thomas schluckt. „Ich werde noch mal mit ihm reden."

Onkel Wilhelm tritt zur Seite. „Tu dein Bestes."

Thomas öffnet die Schuppentür. Jan duckt sich nach hinten weg.

Während Thomas in Richtung Zaun fast schleicht und dabei seine Rippen befühlt, schlägt sich Onkel Wilhelm zufrieden den Staub von den Händen.

Wenn Thomas sich jetzt umdreht, sieht er dich, denkt Jan. Und er kann nicht weg. Tut Thomas aber nicht.

Tante Helena erscheint wieder in der Hoftür. „Wo bleibt ihr denn?"

„Komm ja schon." Gutgelaunt geht Onkel Wilhelm an Tante Helena vorbei.

Sie folgt ihm zögernd. „Was wollte Thomas denn?"

„Och, er hat gefragt, ob er das Ruderboot für die HJ einplanen könnte."

Tante Helena runzelt die Stirn. Onkel Wilhelm bleibt stehen und streicht ihr lächelnd über den Arm. „Ich hab ihm gesagt, nach den Sommerferien kann er es ganz für die HJ haben."

Tante Helena lächelt zufrieden, aber dann fällt ihr ein, dass noch jemand zum Essen fehlt. „Und wo ist Jan?"

„Jan?" Onkel Wilhelm schüttelt den Kopf. „Hier draußen ist er nicht."

Jan zermartert sich den Kopf. Wie soll er jetzt erklären, wo er war, wenn nicht im Schuppen, wo Tante Helena ihn hingeschickt hatte? Tante Helena verschwindet fluchend wieder im Haus. Jan schießt zum Onkel. „Onkel Wilhelm!"

Der dreht sich verwundert zu ihm um.

„Tut mir leid, ich sollte den Lappen wegbringen. Und dann hab euch gehört... "

„Und hast du dich nicht in den Schuppen getraut?"

Jan nickt brav.

Der Onkel wuschelt ihm über den Kopf. „War ja auch ein Erwachsenengespräch." Dann blickt er auf den Lappen in Jans Hand. „Na, bring den Lappen jetzt weg."

Jan zögert noch einen Moment.

„Dir macht Thomas' dummes Geschwätz zu schaffen?"

Jan nickt vorsichtig.

„Ach, Junge. Die Leute erzählen viel, wenn der Tag lang ist. Vor allem in einem Dorf. Das musst du noch lernen."

„Ist nur wegen der HJ."

„Jan, ich bin Ortsgruppenleiter. Glaubst du nicht, dass ich mehr von den Leuten hier im Dorf weiß als Thomas?"

Jetzt wird Jan zuversichtlich.

„Thomas wird dich jetzt in Ruhe lassen. Denk' nicht mehr darüber nach. Und jetzt bring' den Lappen weg, und dann lassen wir uns das Essen schmecken."

Jan lächelt, flitzt in den Schuppen und wirft den Lappen ins Regal. Als er wieder in den Hof kommt, wartet der Onkel auf ihn, und zusammen gehen sie ins Haus.

Als Jan und der Onkel die Küche betreten, haben die anderen schon angefangen. Das Essen geht weitestgehend friedlich über die Bühne. Die Jungen helfen beim Abwasch, der Onkel werkelt im Laden. Franz verdrückt sich zu ihm. Als sie mit dem Abwasch fertig sind, geht Paul nach oben zum Lesen. Jan würde nun lieber ein Weilchen alleine sein und über alles nachdenken. Auch möchte er nun nicht gerne mit Paul zusammen sein. Er fürchtet zwar keine schlimmen Racheakte, aber irgendwas wird schon noch kommen. Zumal jetzt eigentlich Fußballzeit wäre. Unschlüssig bleibt er im Flur stehen. Franz kommt aus dem Laden. Statt ihm irgendwas vorzuschlagen, schlendert er an ihm vorbei. Komisch.

„Sollen wir was machen?", versucht es Jan. Große Lust hat er nicht, aber noch weniger, mit ihm nach oben ins Zimmer zu gehen. Franz schüttelt den Kopf: „Will an meinem Modell weiterbauen."

Also geht Jan in den Hof. Unschlüssig steht er mitten im Hof. Er schaut zu Susannes Fenster hoch, aber sie ist nicht in Sicht. Tante Helena erscheint in der Tür hinter ihm.

„Wenn du nicht weißt, was du tun sollst, könntest du dich nützlich machen."

Jan kann ja schlecht sagen, dass er keine Lust hat. Also lächelt er.

„Nimm die Gießkanne und gieß' das Gemüse."

Jan nickt. Das kann er mittlerweile. „Wo ist die Gießkanne?"

„Im Schuppen." Damit verschwindet sie wieder im Haus.

Er macht sich ans Werk. Eigentlich gefällt ihm die eintönige Arbeit gut. Er kann nachdenken. Rosenstolz. Wie kommt er nur an einen Brief? Wenn er einen hätte, wäre die Sache endgültig ausgestanden, und die Rosenstolz könnten ihm egal sein.

Rosenstolz ist unglaublich misstrauisch. Zu Recht allerdings. Einem HJ-ler gegenüber. Salomon? Das geht nicht mehr. Wenn Rosenstolz noch mal das Gefühl kriegt, dass er den Kleinen für irgendwas benutzt, hat er bei ihm verschissen. Und dann kommt er nie an einen Brief ran. Außer er müsste einbrechen. Aber wenn das rauskommt, schickt ihn Tante Helena mit Sicherheit weg. Er könnte wieder hingehen und mit Salomon spielen. Nicht sehr glaubwürdig. Wer in seinem Alter spielt schon freiwillig mit einem Knirps? Aber was soll er sonst tun? Die Hexe nochmal fragen? Die hatte ihm ja schon die Wahrheit gesagt. Als einzige. Oder stimmte, was der Onkel sagte? Dass sie alt und verwirrt ist? Warum hätte Schwarz aber Jans Mutter heiraten wollen, wenn er nicht sein Vater war? Vielleicht stimmt ja auch, was Susanne sagt. Der Gedanke wäre ihm unangenehm – dass seine Mutter zwei Freunde hätte. Dann würde alles passen. Also, was tun? Vielleicht doch mit Salomon spielen. Solange ihn keiner von der HJ sieht. Oder Onkel Wilhelm. Oder Tante Helena. Falls ja, wäre er geliefert. Tante Helena wäre sowieso unwahrscheinlich. Er ist fertig, als es schon dämmert. Seine Hände brennen. Eine Blase ist aufgeplatzt. Er stellt die Gießkanne weg und wäscht sich unter der Pumpe die Hände. Schließlich geht er müde durch den Hausflur. Tante Helena fängt ihn ab.

„Alles gegossen und pitschnass", versucht Jan ihr zuvorzukommen. Dabei kommt er mit seiner wunden Hand an die Hose und zuckt etwas.

„Was hast du da?"

„Nichts."

„Komm mal in die Küche."

Jan folgt ihr in die Küche. Onkel Wilhelm erledigt am Küchentisch Schreibarbeiten.

„Zeig mal."

Jan hält die Hände vor sich. Tante Helena macht ein

schuldbewusstes Gesicht.

„Was hat er?" Onkel Wilhelm schaut hoch.

„Blasen. Ich werd' was drauftun." Damit verschwindet sie und kommt mit einer kleinen Kiste wieder.

„Setz dich an den Tisch."

Jan tut, wie ihm geheißen. Sie öffnet die Kiste. Die ist mit Arzneien, Pflaster und Verbandszeug bestückt. Im Gegensatz zur letzten ist diese Kiste sauber und ordentlich. Wortlos und mit äußerster Sorgfalt säubert sie vorsichtig seine Hände und desinfiziert sie mit Jod. Sie ist anders als seine Mutter. Die hätte jetzt rumgealbert. Vielleicht noch den Schmerz weggepustet, so wie man es bei Babys macht. Es tut etwas weh. Dann klebt Tante Helena noch große Pflaster auf die Blasen drauf. Onkel Wilhelm schaut zu. Jan sagt nichts. Er weiß auch nicht, was. Schließlich ist sie fertig und er sagt artig: „Danke."

Sie sagt nichts. Onkel Wilhelm lächelt. Also verschwindet er nach oben. Mittlerweile ist es auch dunkel. Paul und Franz lesen. Jan zieht sich aus. Keiner sagt was zu ihm. Er schlüpft unter die Bettdecke. Er überlegt sich, ob er auch nach einem Buch fragen soll. Morgen. Vielleicht. Er ist müde und schläft rasch ein.

13

Langsam fangen alle an, jede einzelne Stunde zu zählen, bis endlich Ferien sind. Franz mit Sicherheit. Jans Blick schweift nach draußen. Heute ist es bedeckt; schwül war es schon, als sie hergeradelt sind.

„Wilke?" Strassberg hat irgendwas gesagt.

Jan schaut sich um. Alles schaut belustigt zurück. Er steht schnell auf. Strassberg ist sich noch nicht sicher, wie er reagieren will.

„Geträumt?"

Jan nickt.

„Wovon?"

Jan beschließt die Wahrheit zu sagen. „Den Ferien", sagt er. Und setzt noch ein ,Entschuldigung, Herr Lehrer' nach.

„Auch wenn es verständlich ist, dass ein Junge in deinem Alter noch von den Ferien träumt, so dürfte auch dir nicht entgangen sein, dass die Deutsche Nation schweren Zeiten entgegensteuert."

Jan nickt. Das ist meist nicht falsch.

„Also, in Zukunft wird nicht mehr geträumt. Verstanden?"

„Jawohl, Herr Lehrer!", donnert Jan.

„Also, was fehlt Deutschland?"

„Raum."

„Wozu?"

„Ackerbau und Viehzucht, Herr Lehrer"

Es klopft an der Tür. Jan ist dankbar für die Unterbrechung. Er hat seine Antwort selbst nicht verstanden und will sie nicht unbedingt noch erläutern müssen. Onkel Wilhelm und der Direktor betreten die Klasse. Sie sprechen leise mit Strassberg, und der Direktor gibt Strassberg ein gefaltetes Papier. Jan schwant Böses. Dann dreht sich Strassberg um und tritt vor die Klasse.

„Wie mir soeben mitgeteilt wurde, ist etwas Ungeheuerliches passiert."

Alle Kinder schauen die drei Erwachsenen an und gehen insgeheim ihr Sündenregister durch. Jan steht immer noch. Strassbergs Blick fällt kurz auf ihn und kommentiert diesen mit ,Setzen, Wilke'. Jan setzt sich hin.

Strassberg faltet das Papier auseinander: Es ist das Plakat, das Jan abgerissen und Susanne bemalt hatte. Nun blickt die Klasse auf eine ziemlich gute Karikatur von Strassberg mit der Unterschrift ,Jude'. Instinktiv wissen alle, dass sie jetzt auf keinen Fall das tun dürfen, was sie am liebsten täten, nämlich vor Lachen losbrüllen. Nur mit der Wimper zu zucken bedeutet ewige Verdammnis.

„Also, ich höre: Wer war das?" Strassberg sieht richtig feindselig aus.

Jan schaut zu seinem Onkel. Der schaut gar nicht so nett wie sonst aus, und der Direktor, den Jan noch nie vorher gesehen hat, steht mit versteinerter Miene da. Jan traut sich nicht, zu Susanne zu schauen. Keiner aus der Klasse sagt einen Mucks.

„Nun? Ich warte"

Schweigen.

„Dieses Plakat ist eine bodenlose Frechheit."

Keiner bewegt sich. Alles ist ganz still. Jan brennt darauf, Susanne anzusehen, aber damit würde er sie sicher verraten. Also schaut er stur geradeaus.

„Gut. Wie ihr wollt. Entweder der Schuldige meldet sich, oder es erfolgt eine Kollektivstrafe. Ich zähle bis drei."

Einige ziehen hörbar die Luft ein. Kollektivstrafen sind meist fürchterlich: von Moddergräben säubern bis barfuß über ein Stoppelfeld laufen.

„Eins" donnert Strassberg. Schweißperlen stehen auf seiner Stirn.

Jan schaut zu Onkel Wilhelm. Heißt er das gut? Unbeirrbar

hat Onkel Wilhelm sein Kinn leicht vorgeschoben und schaut in die Klasse.

„Zwei"

Jan schaut zu Franz vor sich. Der grinst. Als einziger.

„Dr..."

Neben Jan steht eine leicht zitternde Susanne auf. Jan bemerkt den schweißnassen Abdruck ihrer Hand auf dem Tisch. Er schaut zu ihr hoch.

„Das hatten wir uns schon gedacht!" Strassberg wirbelt zu seinem Opfer herum. Alles dreht sich zu Susanne – erleichtert, der Kollektivstrafe entgangen zu sein und neugierig, was nun passiert. Strassberg schaut zum Direktor und Onkel Wilhelm. Beide nicken ernst.

Strassberg donnert: „Susanne Becker, tritt neben die Bank."

Susanne stellt sich neben die Bank. Bleich sieht sie aus.

„Es ist eine Ungeheuerlichkeit ohnegleichen. Was bildest du dir ein? Du bist schon öfter auffällig geworden! Du beschädigst fremdes Eigentum! Du machst dich über deinen Lehrer lustig, zeigst keinen Respekt! Was soll aus dir werden, Kind?"

Strassberg macht eine bedeutsame Pause und schaut in die Gesichter seiner nunmehr erleichterten Zuhörer. Er geht zur Wand neben der Tafel und holt den Rohrstock. Quälend langsam tritt Strassberg zu Susanne.

„Hände!"

Gefasst hält Susanne beide Handflächen vor sich.

Blitzschnell und mit Wut schlägt Strassberg zu. Susanne zieht vor beißendem Schmerz laut die Luft ein. Strassberg schlägt noch neunmal zu. Jan zählt mit. Tränen stehen in Susannes Augen.

„Setzen", brüllt Strassberg schließlich. Dann wendet er sich freundlich nickend an die Besucher. Onkel Wilhelm lächelt. Jan kann es nicht fassen. Franz grinst nicht mehr. Irgendwas ist seiner Meinung nach schiefgegangen. Die Besucher und Strassberg drehen sich um und gehen. Die Klasse ist mucksmäuschenstill. Jan dreht sich zu Susanne. Sie hält ihre Hände gekrümmt und schaut nur noch auf den Tisch.

Strassberg kommt wieder herein. „Ich hoffe, das ist euch allen eine Lehre."

Die Kinder nicken vorsichtshalber.

„Becker, nach der Schule zur Strafarbeit. Machen wir weiter, wo wir aufgehört haben."

Jan fühlt sich elend. Er hat Susanne alleingelassen. Feige ist das.

Jan wartet auf der Mauer. Franz ist gleich nach der Schule abgezogen. Jan wollte ihn zur Rede stellen, aber Franz hatte nur verbockt zu ihm gesagt: „Wenn du dich weiter heimlich mit Susanne triffst, sag ich es Papa." Schließlich öffnet sich die Tür. Susanne hat sogar Schwierigkeiten, die Tür am Zufallen zu hindern. Sie trägt ihren Tornister mit beiden Armen, ohne die Hände zu benutzen. Er läuft auf sie zu.

„Es tut mir so Leid." Ängstlich wartet er darauf, wie sie reagiert.

Sie schaut ihn an. Tapfer. Sie lächelt zart. Er nimmt ihren Tornister und stellt ihn auf die Erde. Dann besieht er sich ihre wunden und zerschnittenen Hände. Die müssen eklig weh tun.

„Ich werd' wohl 'ne Zeit lang nicht malen können." Ihre Augen sind feucht.

„Komm, ich bring' dich nach Hause." Jan nimmt ihren Tornister. Dann setzt er ihren Tornister falsch rum auf, so dass er auf seiner Brust sitzt, und holt ihr Fahrrad. Sie setzt sich auf den Gepäckträger, kann sich aber nur ein bisschen festhalten. Er steuert das Fahrrad vorsichtig um jedes Schlagloch herum nach Hause. Sie sagen nicht viel, aber Jan ist froh, dass Susanne ihm nicht böse ist.

Susanne und Jan hocken auf ihrem Bett. Die unordentliche Arzneikiste steht neben ihnen. Verschiedene Tuben, Döschen und Verbände liegen verstreut um sie herum. Angespannt hält Susanne Jan ihre Hände ausgestreckt mit den Handflächen nach oben. Jan beißt sich nervös auf die Lippen. Die Striemen sind blutig. Also muss er gut saubermachen, sonst kann sie eine Blutvergiftung oder Schlimmeres bekommen. Zumindest hat er das mal gehört, als er sich auf dem Bürgersteig zuhause die Knie aufgeschlagen hatte und heulend vor seiner Mutter stand. Da war er aber noch klein gewesen. Eine dicke Frau, die alles gesehen hatte, hatte mit aufgeregter Stimme von irgendjemandem erzählt, der daran gestorben war. Seine Mutter war dann mit ihm nach Hause gerannt und hatte Jod auf seine Knie gestrichen. Also Jod. Hatte Tante Helena auch gemacht. Jan durchsucht den Inhalt der Kiste. Da ist ein Fläschchen. Vorsichtig betupft er mit dem saubersten Stück Verband, das er in der Kiste findet, ihre Hände. Sie versucht tapfer zu sein,

„Auauaua." Sie zieht ihre Hände weg.

„Los komm, geht nicht anders."

Sie hält ihm die Hände wieder hin. Er würde ja gern schnell machen, aber das muss gründlich gemacht werden. Schließlich ist er fertig. Erleichtert atmet Susanne auf. Fix legt Jan nun kleine Tücher auf die Hände und hofft, dass sie sauber genug sind. Tante Helenas Kiste ist wesentlich besser in Schuss. Abschließend umwickelt er jede Hand mit einem Verband.

„Ganz schmal. Sonst sieht man es ja", meint Susanne besorgt.

„Das wird man so oder so sehen", sagt Jan mit einem Schulterzucken.

„Mist."

„Kannst ja sagen, dass Strassberg... " Jan fällt nichts Intelligentes ein.

„Ja? Was denn?" Susanne schaut ihn aufmüpfig an.

„Ach, nix."

„Eben. Wird sowieso rauskommen." Susanne resigniert.

„Wäre das schlimm?"

„Papa wird's egal sein, aber Thomas...puh."

Sie räumen die Sachen wieder in die Kiste. Sie sitzen einen Moment unentschlossen auf dem Bett.

„Ich war bei Rosenstolz und hab' sein Gemüse gegossen", sagt Jan schließlich.

„Was hast du?"

„Ihm geholfen. Ich dachte, ich komm vielleicht an einen Brief. War ihm aber egal, und ins Haus bin ich auch nicht gekommen."

„Warum sollte er einen HJ-Jungen auch ins Haus lassen? Wo ihr doch so nett zu Salomon seid... "

„Aber ich hab ihm doch geholfen... "

„Du wolltest einen Brief."

Jan rutscht unruhig hin und her. „Aber ich muss doch an einen Brief kommen. Das würdest du auch wollen."

Susanne nickt langsam. „Und wenn du einen hättest und.." Sie macht eine Pause und sieht ihn scharf an. „...und sie beide gleich sind?"

Manchmal kann sie ein richtiges Biest sein, und dann ist sie nicht mehr die kleine Susanne.

„Glaub ich nicht." Jan stellt sich stur.

„Aber was, wenn?"

Irgendwie kann Jan das nicht denken. Aber er weiß, dass sie Recht hat. Zu der Einsicht hat er sich mittlerweile durchgerungen. Es könnte ja sein. Und dann, ja was dann? „Da denk ich dann drüber nach, wenn es so ist."

Und jetzt will er nicht mehr über diese Möglichkeit nachdenken. Schließlich fällt ihm was ein. „Sag mal, neulich nachts hab ich jemanden gesehen, bei eurer Backstube. Ist bei euch eingebrochen worden?"

Susanne schüttelt etwas zu schnell und zu heftig den Kopf. „Nein. War wahrscheinlich eine Katze."

„Eine Katze war das nicht."

Susanne nickt trotzig. „Die Hexe. Bestimmt."

Jan nickt zögernd. Das glaubt er nun wiederum nicht.

„Oder es war Papa."

Na ja, gut, das könnte sein. Sie schweigen.

Susanne nimmt ein paar hübsche, rote Glasmurmeln aus einer Murmeldose in ihrem Nachtisch und lässt sie in den Falten ihrer Bettdecke vom Kopfkissen bis zu Jan rollen. Jan knautscht die Bettdecke so zusammen, dass er einen kleinen Hügel hat. Nun kann er sie zurück rollen. Sie spielen eine Weile und kichern, wenn zwei Murmeln in der Mitte zusammenstoßen. Durch das offene Fenster weht ein warmer Sommerwind. Gut, dass ihn so seine Freunde aus Berlin nicht sehen. Er möchte gern mehr von ihr erfahren. Irgendwie.

„Erzähl mir ein Geheimnis von dir", versucht es Jan.

„Ein Geheimnis?"

Jan nickt.

„Aber du weißt doch schon ´ne ganze Menge von mir."

„Ja, aber nichts, was du nicht auch Adrian erzählen würdest."

Susanne legt den Kopf schief. „Mein ganz dolles Geheimnis?"

Jan nickt und lächelt.

„Und du erzählst es keinem?"

„Na, hör mal."

Susanne denkt eine Weile nach. Das muss ein ziemlich großes Geheimnis sein. Jan wird nun richtig neugierig. Schließlich nickt sie. „Also gut, aber keinem sagen."

„Großes Indianerehrenwort!"

Susanne rutscht von ihrem Bett herunter und holt vorsichtig aus ihrem Regal ein Radio. Jan hatte es schon vorher bemerkt. Ein eigenes Radio! Er kannte keinen Jungen in Berlin, der eins hatte und viele Familien, die keins hatten. Aber er wollte nicht so direkt nachfragen, ohne neidisch zu wirken.

Sie stellt es auf ihr Bett, steckt den Stecker in die Steckdose. „Papa hat mir das aus zwei kaputten gebastelt."

„Adrian kann 'ne ganze Menge", muss Jan gestehen.

Dann schiebt sie die Bettdecke weg und zieht sie über sich und das Radio. Sie lugt wieder vor: „Na los, komm runter."

Jan rutscht unter die Bettdecke. Es ist dunkel. Sie dreht an dem linken Knopf. Es macht ‚Knack‘. Es knistert. Es pfeift. Aber das gelbe Licht der Senderanzeige lässt es unter der Bettdecke nun richtig gemütlich wirken.

„Und nun?" Jan ist etwas verwirrt.

„Warte."

Sie dreht an dem rechten Knopf. Es rauscht, dann quietscht es, dann rauscht es wieder. Der rote Strich der Senderanzeige wandert langsam nach rechts. Schließlich bleibt er stehen. Musik. Susanne stellt es am linken Knopf etwas lauter. Ziemlich flott. Verrauschte, kaum hörbare Stimmen. Englische Stimmen. Susanne strahlt ihn an.

„Ich versteh nichts", bekennt er schließlich.

„Ich lerne damit Englisch", sagt sie stolz.

BBC versteht dann Jan doch irgendwie aus dem Wortsalat. „Das verstehst du?"

„Na, noch nicht alles. Aber ich bin ganz gut geworden."

Jan ist verdattert. Das ist ja schlimmer als er gedacht hatte. „Das kannst du nicht machen!"

„Was nicht?"

„Das da."

„Was?"

„Das hören!"

„Warum nicht?"

„Das macht man nicht. Weiß Adrian das?"

Susanne schaut ihn an. Das muss Adrian wissen. Die Musik – Affenmusik heißt die – , füllt den kleinen Raum unter der Bettdecke.

Jan setzt sich auf, Tageslicht blitzt nun an den Rändern herein und verdirbt die Stimmung.

„Aber warum nicht?", fragt Susanne ziemlich patzig. Und eigentlich ist es gar keine Frage.

„Ein guter Deutscher macht das nicht!" ist Jans ebenfalls patzige Antwort, die auf alles und jedes passt.

„Wenn ich groß bin, geh ich nach Amerika. Da muss man sich nicht unter der Decke verstecken, wenn man Radio hören will!"

„Hat das Adrian gesagt?"

„Ja." Susanne erstarrt. „Nein", verbessert sie schnell nach. „Papa kann gar kein Englisch."

Jan kann es nicht fassen. „Das sind nur Lügen, die da erzählt werden. Mein Lehrer in Berlin warnt uns immer davor."

„Und woher weiß das dein Lehrer?"

Jan hat genug. Er setzt sich auf und wirft die Decke weg. Die Musik plärrt durch Susannes kleines Zimmer und durch das offene Fenster nach draußen in die weite Welt. Hektisch stellt Susanne das Radio aus. Es macht noch einmal ‚Pock‘, dann ist es still. Jan ist sauer. Auf Susanne. Weil sie immer so was macht. Ohne nachzudenken. Und auf sich. Weil er so was eben nicht macht. Nie machen würde. „Und überhaupt. Ich bin ein guter Deutscher. Ich werd beweisen, dass ich kein Jude bin, und mit so Affenmusik hab ich nichts am Hut."

Susanne setzt sich auf. „Verrat’ mich bitte nicht!"

Jan legt den Kopf schief. Er ahnt, warum Paul und Franz nicht hierhin sollen. „Nein", meint er schließlich, „hab’ ja mein Ehrenwort gegeben."

„Susanne? Jan?" Adrian ruft von unten. Irgendetwas stimmt nicht. Seine Stimme hat einen komischen Unterton. Beide schleichen fast die Treppe hinunter. Adrian wartet unten am Sockel. Er kaut an seinem Daumennagel. Thomas lehnt an der Wand und sieht stinksauer aus. Zwischen ihnen steht mit ernster Miene Onkel Wilhelm. Susanne wird bleich und Jans Magen krampft sich zusammen.

„Dein Onkel", fängt Adrian langsam an. Sein Blick fällt auf Susannes Hände, die sie daraufhin hinter ihren Rücken hält.

Onkel Wilhelm fährt Jan barsch an: „Um was hatte ich dich gebeten?"

„Tut mir leid", sagt Jan leise.

„Hast du auch das Plakat bemalt?", fragt Onkel Wilhelm Jan streng, aber es ist eine eher rhetorische Frage.

„Ich war das alleine." Susanne drängt sich vor Jan.

Onkel Wilhelm donnert los: „Ich habe deinem Vater eben von der Ungeheuerlichkeit der Zeichnung und der Besudelung von Staatseigentum berichtet." Dann dreht er sich zu Adrian. „Susanne bestätigt nur das Bild, was ich von dir habe. Wie soll das weitergehen?"

„Sie ist noch ein Kind."

„Sie ist zwölf."

„Das war ein dummer Kinderstreich."

„Beamtenbeleidigung ist kein dummer Kinderstreich. Ihr fehlen Disziplin und Ordnung. Du hast einen äußerst schlechten Einfluss auf das Mädchen. Es ist ein Wunder, dass Thomas so gut geraten ist."

Thomas zuckt bei seinem Namen und weiß nicht, ob er sich über das Kompliment freuen soll oder nicht.

Adrian zerrt Susannes Hände hervor: „Schau dir das an! Ich denke, sie ist genug bestraft worden."

„Ich vertraue Strassberg, eine gerechte Strafe zu wählen. Und was gedenkst du in Zukunft zu ändern?"

„Willy, lass gut sein... "

„Noch so einen Ausrutscher werde ich mir von euch nicht bieten lassen. Und dann Gnade euch Gott. Komm, Jan. Abmarsch. Heil Hitler!"

„Heil Hitler!", antwortet Thomas mit zackigem Gruß.

„Heil Hitler", presst Adrian mühsam hervor.

Kochend dreht sich Onkel Wilhelm um und verlässt den Laden. Mit einem kurzen Blick auf Susanne will Jan ihm folgen. Als er bei Thomas vorbeikommt, zeigt ihm dieser in Hüfthöhe, ohne dass Adrian es sehen kann, eine geballte Faust.

Onkel Wilhelm eilt zu ihrer Ladentür. Auf den zwei Stufen zum Eingang bremst er und funkelt Jan an. „Ich hatte dich gebeten, den Kontakt mit drüben abzubrechen. Hatte ich Recht damit?"

Jan antwortet nicht.

„Hatte ich Recht damit?"

Da muss Jan nicken. Sein Onkel hat Recht.

„Ich bitte dich, ab jetzt die Regeln zu beachten."

Jan prokelt mit dem Finger an dem hölzernen Türpfosten herum. „Ich mag Susanne. Sie kann doch nichts für ihren Vater", versucht er Susannes Ehre zu retten. Bis jetzt kommt er sich in der Sache ziemlich feige vor.

Onkel Wilhelm legt seine Hand auf Jans Schulter. „Ein fauler Apfel verdirbt den ganzen Korb, nicht wahr?"

„Ja... " Was soll er auch anderes sagen? Das sagen die Lehrer in der Schule ja auch immer. Jan gibt sich einen Ruck. „Ich hatte das Plakat abgerissen."

Onkel Wilhelm mustert ihn einen langen Augenblick an und nickt bedächtig. „Das muss man dir lassen. Du hast wirklich Mut, Junge, dich so für deine Freunde einzusetzen. Alle Achtung. Ich wollte, Franz hätte etwas davon. Aber Susanne hat gemalt, stimmt's?"

So gut wie Susanne kann bestimmt keiner im Dorf malen, und er schon lange nicht. Leugnen ist zwecklos.

„Also hat sie völlig zu Recht ihre Strafe bekommen. Lass dir das eine Lehre sein und pass in Zukunft auf, mit wem du dich einlässt, verstanden?"

Jan nickt langsam und überlegt, was er noch für Susanne sagen könnte.

„Gut, damit ist die Sache für mich erledigt." Onkel Wilhelm lächelt ihn an. Jan lächelt erst mal zurück. Aber eigentlich mag er nicht lächeln. Er würde seinen Onkel gern fragen, wo er das Plakat her hat, aber eigentlich kann er sich die Antwort denken. Wenn er jetzt noch mehr protestiert, schickt sein Onkel ihn vielleicht nach Hause, und so ganz unrecht hat er ja nicht.

14

Im Schulhof stehen alle Kinder im Kreis nach den wenigen Klassen geordnet um den Fahnenmast. Groß ist er nicht, und Wind ist heute auch keiner. So hängt die Deutschlandfahne schlapp herunter. In den letzten drei Schulstunden hat Strassberg unbarmherzig nochmal das Gelernte der letzten Monate wiederholt. Er wollte allen verdeutlichen, dass es nicht schaden würde, in den Ferien noch ein wenig zu lernen. Falls sie sich langweilen sollten. Dann waren alle in Zweierreihen in den Hof marschiert. Mit den anderen Klassen hatte sie sich aufgestellt. Sie hatten zackig die Fahne gehisst und anschließend, mit erhobener rechter Hand, das Horst-Wessel-Lied und die Nationalhymne gesungen. Jan kennt das aus Berlin. Dann hatte der Direktor neben dem Fahnenmast eine kurze Ansprache gehalten. Es gab einen kurzen Überblick über das letzte Schuljahr und einen Appell an ihre deutschen Tugenden. Danach stellte Strassberg sich neben dem Direktor. Nach dem ersten Satz hat Jan abgeschaltet. Heute kann er sich nicht auf den Lehrer konzentrieren. Nach den Sommerferien wird er sowieso einen neuen haben. Mittlerweile tat allen Kindern der Arm weh. Strassberg ermahnt sie, ihren Eltern zu helfen und den HJ-Dienst auch in den Ferien nicht zu vernachlässigen. Plötzlich sieht er einen halben Kopf mit zwei ihm bekannten Augen hinter der Mauer des Schulhofs. Salomon. Er beobachtet sie. Jan lächelt kurz, ist sich aber nicht sicher, ob Salomon das auf die Entfernung überhaupt sehen kann. Er jedenfalls verzieht keine Miene. Dann fällt Jan Franz ein, der neben ihm steht. Jan schielt aus dem Augenwinkel zu Franz. Franz ist offensichtlich irritiert, merkt, dass Jan etwas gesehen hat und er sucht danach. Jan schaut wieder zu Salomon, aber der ist weg.

Franz knufft ihn vorsichtig in die Seite. „Was ist?"
Sie hatten sich wieder vertragen; zumindest halbwegs. Jan hatte Franz im Flur, als niemand da war, an die Wand gedrückt und ihn gefragt, ob er das Plakat Onkel Wilhelm gegeben hatte. Franz hatte es zugegeben, aber beteuert, dass er nicht wollte, dass Susanne so bestraft wurde. Offen blieb, wer denn seiner Ansicht nach hätte Schläge bekommen sollen.

„Nix. Dachte, da war was", flüstert Jan zurück. Franz nickt. Jan schaut zu Susanne. Tapfer hält sie ihre verbundene Hand hoch. Der Verband hat grüne und blaue Flecke. Sie hatte wohl schon wieder gemalt. Auch ihr Arm wird schwerer. Ein Junge hinter Jan lässt seinen Arm auf Jans Schulter sinken, und Jan wacht aus seinen Gedanken wieder auf. Strassberg ist mit seiner Rede fertig und Jan ist froh, dass er nicht nach dem Inhalt gefragt wird. Er hat absolut nichts mitbekommen.

„Kettler!", brüllt Strassberg in Jans Richtung. Jan erschrickt, aber der Junge hinter ihm reißt schnell den Arm wieder hoch.

Schließlich verabschiedet Strassberg die Kinder mit einem Satz in die Ferien, und sie sind endlich frei. Die Kinder jubeln, und auch Strassberg guckt ganz glücklich. Franz' Gesicht glüht. Er freut sich wahnsinnig auf das Ruderboot. Jan hatte sich bemüht, am Frühstückstisch genauso begeistert zu klingen, aber so recht war ihm das nicht geglückt. Franz ruft Jan über die Schulter etwas zu und macht sich zielsicher im Gewühle der durcheinander rennenden Kinder auf dem Weg zu seinem Fahrrad. Jan sucht Salomon. Der ist bestimmt noch irgendwo. Also läuft er kurz entschlossen zur Seite, längs des Gebäudes. Er klettert über die Mauer und versteckt sich in einem Gebüsch auf der anderen Straßenseite. Franz steht mit seinem Fahrrad am Tor und schaut sich nach Jan um. Als der Hof sich leert und Franz sieht, dass auch Susanne fährt, setzt er sich auf seinen Drahtesel und fährt, nachdem er noch eine Runde über den Schulhof gedreht hat, langsam los. Jan wartet, bis alle Kinder weg sind. Er muss Salomon nun schnell finden, um nicht viel später als Franz nach Hause zu kommen. Jan sucht die Straßen um die Schule ab. Die anderen sind mittlerweile verschwunden. Kein Salomon. Mist. Also macht er sich querfeldein auf in Richtung Dorf. Er geht zügig und überlegt sich, was er dafür anführen kann, dass er allein nach Hause geht. Ohne Franz. Er ist ja schon früher allein gekommen, aber heute, am letzten Schultag, ist das was anderes. Er könnte sagen, dass er Heimweh nach Berlin hat. Ja, das klingt gut. Dass er an letztes Jahr denkt. An seine alten Freunde, die er wahrscheinlich nie wiedersehen wird. Onkel Wilhelm würde ihm das vielleicht glauben, Franz weniger. Schon ist das Dorf in Sichtweite. Eine kleine Gestalt steht vor der Ruine eines ausgebrannten Hauses und schaut in seine Richtung. Salomon. Sorgfältig inspiziert Jan die Gegend. Niemand ist zu sehen. Salomon ist verschwunden. Langsam schlendert er quer über eine Weide auf das Haus zu. Dabei schaut er unauffällig mal nach links, mal nach rechts, ob ihn bloß keiner sieht. Endlich erreicht er den verwahrlosten Garten mit einigen Obstbäumen. Ein letztes Mal prüft er die Gegend. Ein paar verkohlte Mauern stehen noch. Durch das schwarze Dachgerippe kann man den blauen Himmel sehen. Jan klettert über die zerbrochene Hintertür ins Haus. Er steht nun in der wohl ehemaligen Küche. Alles ist völlig verwüstet und durch den letzten Winter nun auch vergammelt. In einer Türöffnung taucht Salomon auf. Er trägt nur seine viel zu große, halblange Hose. Auf den blanken Oberkörper, seine Oberarme und sein Gesicht hat er mit Wasserfarbe rote und blaue Striche und Zackenlinien gemalt. Kriegsbemalung. Ein bisschen krakelig sind sie geworden. Den Kopf ziert ein schmales, rotes Band mit einer einzelnen Hühnerfeder hinten.

„Großer Brauner Bär mit mächtiger Pranke hat Botschaft für das Bleichgesicht", sagt Salomon mit gewichtiger Miene.

‚Heil...' will Jan zuerst sagen, bringt dann aber noch ein „Hallo"
hervor. „Was für eine Botschaft?"

„Ich hab Briefe." Salomon grinst stolz.

„Toll. Zeig mal."

Salomon holt drei Briefe aus seiner Hosentasche und über-
reicht sie strahlend Jan. Jan setzt sich auf einen Balken, der quer
im Raum liegt. Salomon setzt sich neben ihn.

„Spielst du wieder mit mir?", fragt Salomon vorsichtig.

Jan hat die Frage nicht gehört. Fieberhaft öffnet er die Briefe.
Einen nach dem anderen. Seine Miene verfinstert sich.

„Du bist ein Holzkopf!"

Salomon schaut ihn verständnislos an.

„Die sind von deiner Mutter!"

Salomon beißt sich auf die Lippe.

„Ich brauch welche von deinem Vater."

„Warum?"

„Dafür bist du noch zu klein." Jan seufzt. Fast hatte er sich
schon am Ziel seiner Träume geglaubt. Er wirft die Briefe auf den
Boden, steht auf und will gehen.

Salomon läuft hinter ihm her. „Spielst du mit mir?"

Jan schubst ihn: „Geh weg!"

Salomon fällt rückwärts über Gerümpel auf den Hosenboden.
Im gleichen Augenblick tut es Jan schon wieder Leid.

Salomon verzieht keine Miene und sammelt erst mal die Briefe
wieder auf. Dann steckt er sie sorgsam in seine Hosentasche.

„Heute nicht. Ein andermal", sagt Jan schließlich.

Salomon lächelt unsicher. „Du kannst mich ja besuchen."

„Wieso spielste eigentlich dauernd Indianer?"

Salomon klopft sich Rußreste von seiner Hose ab. „Papa hat
mir von Amerika erzählt. Von Cowboys und Indianern."

„Ich muss jetzt nach Hause." Jan beschließt, den Vordereingang
zu nehmen. Er stapft durch das Gerümpel bis zur ehemaligen

Eingangstür. Es scheint ein Laden gewesen zu sein. Eine Theke liegt noch umgekippt an der Wand. Die Eingangstür führt über einen kleinen Vorplatz auf die Hauptstraße. Er geht zur Straße und dreht sich noch einmal um. Salomon schaut durch ein kaputtes Fenster. Über dem Eingang hängt ein verkohltes Schild, kaum lesbar, „Rosenstolz' Gemischtwarenhandlung".

„Die Weißen haben letztes Jahr unseren Wigwam überfallen und abgebrannt", sagt Salomon traurig.

Jan hebt die Hand leicht zum Gruß und geht. Da ist Salomon schon weggetaucht.

Auf den letzten Metern zu Onkel Wilhelms Laden fällt ihm ein, dass Susanne ganz am Anfang von zwei Läden gesprochen hatte. Und er erinnert sich an den letzten November, als in Berlin die Leute alles von den Juden kaputtgemacht hatten. So richtig hatte er damals nicht darüber nachgedacht. Eigentlich hatte er gedacht, dass es ihnen ganz recht geschieht. Wenn sie doch Schuld an allem haben. Schließlich steht er vor ihrer Ladentür.

Franz reißt die Tür mit einem Stirnrunzeln auf und baut sich vor ihm auf. „Ich sollte dich suchen. Wo warst du?"

„Tut mir leid. Ich...ich wollte nachdenken."

„Worüber?"

„Ich hab an meine Freunde in Berlin gedacht. Letztes Jahr war ich noch mit denen zusammen."

„Du kannst ihnen ja schreiben." Franz hat sich noch nicht einen Millimeter bewegt. Er mustert ihn immer noch. „Wem hast du Pauls Ball geschenkt?"

Jan beschließt, dass Angriff die beste Verteidigung ist. Besser: er hofft es. „Salomon."

„Dem? Wieso?"

„Reg dich ab. Ich hatte den Knirps bei der Schule getroffen. Irgendwie tat er mir leid. Als Wiedergutmachung. Weil wir ihn verdroschen haben."

Franz starrt ihn an. „Mir kommen gleich die Tränen. Das ist kleiner Drecksjude. Die dürfen eh nix haben."

„Nicht mal einen Fußball?" Das Gespräch nimmt eine gefährliche Wendung.

„Das war aber Pauls Fußball."

Jan macht einen Schritt auf Franz zu und schiebt ihn in den Laden. „Wir beide sind schon zwölf und der ist erst acht. Der hatte immer noch blaue Flecken. Susanne hatte recht. Das war gemein. In Berlin sind wir bei beim Jungvolk fair." Das stimmte überhaupt nicht. Sie hatten oft Judenjungen verdroschen, ganz egal, wie groß die waren. Manchmal hatten sie einen durchs ganze Viertel gejagt. Aber das weiß Franz ja nicht. „Ich frag mal Onkel Wilhelm, ob ich für ihn arbeiten kann."

„Wie arbeiten?"

„Na, den Ball abarbeiten."

Franz nickt. Jan in den Ferien arbeiten und keine Zeit für Susanne haben zu sehen, gefällt ihm.

Schweren Herzens betritt Jan die Küche; Franz folgt ihm, um nichts zu verpassen.

Das Mittagessen ist zwar schon beendet, aber Paul, Onkel Wilhelm und Tante Helena sitzen noch bei einer Tasse Kaffee am Tisch. Jan und Franz setzen sich. Tante Helena gibt Jan mit einem missbilligenden Blick eine große Kelle Linsensuppe und dazu noch ein Mettwürstchen. Jan bedankt sich artig und nimmt seinen Löffel. Er bemüht sich, trotz seines knurrenden Magens sehr gesittet zu essen.

„Jan hat Pauls Fußball Salomon geschenkt!", platzt Franz heraus. Und schon ist Jan im Mittelpunkt.

„Petze!", zischt Jan.

„Jan!" Tante Helena will jetzt in Ruhe ihren Kaffee trinken.

„Wieso?", fragt Paul entgeistert.

„Weil wir ihn verdroschen haben!", blafft Jan in die Runde.

171

Jetzt ist es ihm egal. Onkel Wilhelm und Tante Helena werfen sich vielsagende Blicke zu.

„Du schenkst dem kleinen Korinthenkacker meinen Ball?" Paul kann es immer noch nicht fassen.

„Franz und ich haben ihn verhauen. Neulich. Und ich hab ihn zufällig bei der Schule getroffen." Jan fühlt sich wie vor einem Kriegsgericht.

„Und dann?" Paul ist zunehmend interessiert.

„Der war immer noch grün und blau. Da hab ich ihm deinen Ball versprochen. So." Jan wirft wütend den Löffel in die Suppe, die über den Tisch platscht, und verschränkt die Arme.

„Den hatte bestimmt sein Papa verdroschen", wirft Franz ein, aber niemand beachtet ihn.

„Jan, man kann keine Sachen verschenken, die einem nicht gehören", rügt Onkel Wilhelm.

„Aber ich hab doch nichts!", ruft Jan aufgewühlt. „Ich dachte, ich könnte in den Ferien arbeiten und das Geld für einen neuen Ball verdienen." Zugeben, dass er eben erst auf diese Idee gekommen war, will er lieber nicht.

Alles schaut auf Onkel Wilhelm. Ernst legt er seine Hand auf Jans Schulter. „Jan, es war nicht richtig, Paul den Ball wegzunehmen. Aber du hast es in guter Absicht getan, stimmt's?"

Jan nickt. Er weiß nur nicht so recht, ob Onkel Wilhelm den Teil mit dem Verdreschen von Salomon richtig verstanden hat. „Ich kaufe Paul einen neuen Ball und du versprichst, keine Sachen mehr zu nehmen. Einverstanden?" Onkel Wilhelm lacht ihn gönnerhaft an. Jan nickt. Paul nickt auch. Er freut sich auf einen richtig schicken, neuen Ball.

Franz nickt nicht. „Er muss nicht dafür arbeiten?"

Tante Helena wollte gerade einen Schluck Kaffee nehmen. „Nein, muss er nicht." Sie sieht Onkel Wilhelm abschätzig an.

Onkel Wilhelm mustert Franz streng: „Wir müssen uns mal

über das Verpetzen von Geheimnissen unterhalten, nicht wahr?"
Franz kriegt rote Ohren. Er schüttelt leicht den Kopf und schaut
verlegen auf den Tisch. Aber Onkel Wilhelm ist heute gut gelaunt
und will sich den Tag nicht verderben. Er wuschelt nun auch
Franz mal über den Kopf. „Gleich machen wir weiter, ja?"

Franz strahlt und beschließt die Sache mit dem Ball zu vergessen. Den Rest des Tages flicken sie das Ruderboot. Sie entfernen
das morsche Holz an zwei Stellen, basteln passende Holzstücke
und setzen sie ein. Schließlich dichten sie noch alles ab und
bocken das Boot neben dem Schuppen zum Trocknen auf. Franz
ist zufrieden. Jan auch, hat er doch die Sache mit dem Fußball
ganz gut überstanden.

Die nächsten Tage gingen für einen neuen Innenanstrich des
Ladens und eine Inventur ihrer kleinen Bücherei drauf. Bücher
sind ganz eindeutig Pauls Leidenschaft. Sie stellten einen Tisch
in den Laden und Paul, Franz und Jan gingen alle Bücher durch.
Durcheinander standen sie außerdem. Völlig zerfledderte Bücher
wurden in einer selbstgebauten, kleinen Buchbindevorrichtung
wieder geklebt, mit einem neuen Rücken und einer Beschriftung
versehen. Bei einigen wurde die Vorder- und Rückseite mit Pappe
von innen verstärkt. Paul regte sich über jedes Eselsohr und jeden
Fleck auf. Seine Schulzeit war zu Ende, und er würde sofort eine
Lehre im Laden beginnen. Das ging ihm gehörig gegen den Strich.
Die Aussicht auf einen baldigen Krieg schien ihn etwas zu trösten. Er hätte gern studiert. Germanistik. Jan wusste nicht, was
das war, aber er stellte sich Studien der germanischen Sagen darunter vor. So sehr interessierte es ihn auch nicht, dass er nachge-
fragt hätte. Paul schwärmte ihnen vor – als weder Onkel Wilhelm
noch Tante Helena im Laden waren – , dass er irgendwann nach
Berlin gehen würde. Und wenn es nicht für ein Studium reichte
– da müsste er ja erst mal Abitur machen – , dann würde er gerne
in einem Buchladen arbeiten. Jan hatte ihn dabei angesehen und

insgeheim für verrückt erklärt. Dann aber dachte er an Salomons Indianertick; er hatte sich beiläufig Winnetou I ausgeliehen. Franz faselte die ganzen Tage nur noch von dem Ruderboot. Und von Abenteuerexpeditionen, die man damit über den Nil, Kongo und Sambesi machen könnte. Franz wusste wirklich viel über andere Länder. Abends schaute Jan regelmäßig hinten aus dem Schlafzimmerfenster. Manchmal sah er dann Susanne und winkte ihr versteckt zu. Sie winkte zurück. Das musste nun erst mal reichen.

Heute ist Samstag. Der Büchereikrempel ist erledigt. Und es ist ein richtig schöner Sommertag. Sonnig und nicht zu warm. Beim Frühstück hatte Franz noch rumgequengelt, dass sie doch mit dem Streichen des Bootes beginnen sollten, aber Paul hatte klargestellt, dass heute HJ-Sport angesagt war. Aber weil Sommerferien sind, wollten sie einfach an den Fluss gehen.

Sie traben die Dorfstraße entlang: Jan, Paul und Franz – jeder mit Handtuch und Badehose. Jan hatte eine von Franz bekommen. Unterwegs gesellen sich noch drei andere Jungen zu ihnen. Jan hatte erst gedacht, sie würden zum Steg gehen, aber dann bogen sie in einen schmalen Waldweg ab. Schon von weiten hören sie das Brüllen und Gekreische der anderen Kinder. Franz wird stiller und stiller. Jan würde sich liebend gern verdrücken und bei den Rosenstolz vorbeischauen, aber seit der Sache mit dem Ball achtet Franz – ziemlich unverhohlen – darauf, was Jan macht. Sie treten aus dem Wald, und vor ihnen liegt eine Uferwiese. Der Fluss hat hier eine kleine Bucht gebildet. Ein alter, breiter Baum hängt halb über dem Wasser und ersetzt ein Sprungbrett. Es herrscht schon ein ziemliches Gewusel. Die HJ- und BDM-Uniformen liegen mal mehr, mal weniger akkurat neben den Handtüchern oder dienen als Kopfkissen. Fast alle Kinder der Dörfer des Umkreises sind hier – planschen im Wasser, trocknen sich in der Sonne, spielen Ball oder quatschen in Grüppchen im Schatten. Jan entdeckt

174

Susanne bei den Mädchen und winkt ihr zu. Susanne sieht ihn nicht, aber ein anderes Mädchen. Es stößt Susanne an, die umstehenden Mädchen kichern und Susanne wird ein bisschen rot. Süß sieht sie aus in ihrem Badeanzug.

„Na, komm endlich." Paul haut ihm zuerst sein Handtuch um die Ohren, dann legt er es grinsend auf die Wiese und zieht sich um. Jan kratzt sich verlegen am Hinterkopf. Franz bewegt sich im Schneckentempo. Jan breitet sein Handtuch neben den beiden aus und richtet sich auf der Wiese häuslich ein.

Thomas ruft aus dem Wasser zu ihnen hoch: „Los, kommt! Das Wasser ist fantastisch!"

Das lassen sich Paul und Jan nicht zweimal sagen, und sie stürmen ins Wasser. Franz schleicht hinterher. Im Wasser tauchen sie sich ausgiebig gegenseitig unter, wobei Jan um Thomas einen großen Bogen macht und dieser, sobald er Jan erwischt, ihn ziemlich lange unter Wasser drückt. Franz hält sich fern von allen am Rand auf und macht halbherzige Schwimmversuche.

Thomas baut sich im flacheren Wasser auf: „So, Männer. Nun kommen wir mal zum Pflichtteil. Ausdauer ist enorm wichtig. Und deshalb schwimmen wir zum Steg und zurück. Und zwar mit Tempo! Und los!"

Gehorsam schwimmen alle Jungen längs des Ufers gegen die Strömung. Einige kraulen sogar. In der Flussbiegung bekommen sie die starke Strömung zu spüren. Jan legt sich ins Zeug. Er will unbedingt versuchen, Boden wieder gut zu machen. Franz hat er dabei aus den Augen verloren. Thomas schwimmt hinter ihnen her. Franz hatte sich im flachen Wasser zuerst ziemlich abgestrampelt – ohne wirklich weiterzukommen – und war dann in der Hoffnung übersehen zu werden, resigniert ans Ufer gekrochen. Die Mädchen üben währenddessen einen Tanz mit Bändern, alle mehr oder weniger gleichmäßig. Als die Jungen zurückkommen, gerät ihre Formation mächtig durcheinander, da die eine oder andere zu den Jungen schielt. Sehr zum Unmut ihrer Vorturnerin. Paul wird Dritter und Jan Fünfter. Ganz zufrieden ist Jan nicht, aber Paul schlägt ihm, als sie aus dem Wasser kommen, anerkennend auf die Schulter – schließlich waren viele Ältere dabei. Franz hockt an der Seite. Unauffällig mischt er sich unter die Ankömmlinge.

Thomas kommt gutgelaunt hinter ihnen aus dem Wasser. Er ist sichtlich stolz auf seine Mannschaft. Alle haben die Strecke geschafft; keiner ist abgesoffen. Schließlich hat er ja die Verantwortung. Sein Blick fällt auf Franz. Es ist Zeit, mal wieder ein Exempel zu statuieren. „Franz! Komm her!"

Franz schaut zu Boden und bewegt sich nicht.

„Franz!"

Die ersten drehen sich um. Paul und Jan trocknen sich gerade ab. Jan ahnt, dass das jetzt böse für Franz wird. Er schielt zu Paul, aber der gibt vor, nichts zu hören. Insgeheim ist Jan froh, dass Thomas eine andere Beute als ihn gefunden hat. Er kann sich doch nicht immer vor Franz stellen. Außerdem will der das ja nicht. Macht sonst ja auch niemand.

„Komm her!" Thomas wird ungeduldig. So hat er sich die Demonstration seiner Autorität nicht vorgestellt.

Paul stöhnt leise, ohne dass Franz es hören kann: „Ach, Franz. Geh schon."

Franz schaut einfach nicht mehr zu Thomas hin. Nun blicken alle auf Thomas. Der ist jetzt gezwungen, handgreiflich zu werden. Er geht aufrecht, gemessenen Schrittes, sich seiner ganzen Würde bewusst auf Franz zu. Wegzulaufen traut Franz sich nicht.

Thomas packt ihn am Oberarm. „Wir lernen jetzt schwimmen!"

„Lass mich los!", kreischt Franz panisch. Thomas grinst und hält den mindestens zwei Köpfe kürzeren Franz mit Leichtigkeit fest. Franz sträubt sich mit Händen und Füßen. Irgendwie sieht das lustig aus. Wenn man nicht selbst betroffen ist. Alles schaut nun gebannt zu. Thomas zerrt Franz zu dem Baum, der über den Fluss hängt. Dann lässt er ihn los. Bockig steht Franz vor dem Baum.

„Spring!"

Der breite Baum hängt am hinteren Ende über einer ziemlich tiefen Stelle. Franz schüttelt langsam den Kopf.

„Sofort!"

Franz bewegt sich nicht.

„Das ist Befehlsverweigerung. Weißt du, was mit Soldaten gemacht wird?"

Franz nickt langsam. Jan weiß nicht, was man genau mit Soldaten macht, und Franz wird es auch nicht wissen, aber es wird schon etwas ziemlich Übles sein.

„Spring jetzt!"

Franz bewegt sich keinen Millimeter. Thomas packt Franz im Nacken und schiebt ihn vor sich her auf den Baumstamm. Dann lässt er Franz los. Franz steht auf dem Baumstamm. Seine Beine zittern.

„Spring!"

Franz starrt auf das Wasser. Kurz entschlossen schubst Thomas Franz. Franz rudert wild mit den Armen und macht einen riesigen Bauchklatscher. Alles johlt und lacht. Jan stößt Paul an, aber Paul macht eine abwehrende Geste. Franz geht unter, kommt aber wie ein Hund paddelnd wieder hoch. Thomas sieht zufrieden aus. Franz kommt keinen Meter vorwärts. Panisch versucht er oben zu bleiben. Er schluckt Wasser und geht wieder unter. Paul und Jan stehen mittlerweile am Ufer. Wieder kommt Franz nach oben. Er greift nach einem Ast des Baums, kriegt ihn aber nicht zu fassen.

„Schwimm endlich!", brüllt Thomas.

Dann verschwindet Franz wieder im mittlerweile braunen Wasser. Es dauert einen qualvollen langen Moment. Thomas schüttelt verächtlich den Kopf. Franz kommt wieder nach oben und strampelt weiter. Schließlich schüttelt Paul den Kopf und stapft ins Wasser.

Thomas mag das gar nicht. „Er muss das jetzt lernen!"

„Er säuft ab", brummt Paul, schwimmt zu Franz und zieht ihn ins flache Wasser. Er schleppt ihn ins knöcheltiefe Wasser und lässt ihn los.

Franz sitzt bleich im Wasser; er hustet erbärmlich und spukt.

Paul fährt Franz wütend an: „Willst du ewig ein Feigling bleiben?"

Er stapft wütend aus dem Wasser, setzt sich auf sein Handtuch und lässt Franz links liegen. Langsam verliert das Geschehen an Attraktivität, und die anderen fangen wieder an, Ball zu spielen oder rumzuhängen. Thomas geht mit einem besonders verächtlichen ‚Memme!' an Franz vorbei zu den Ballspielern. Jan schaut zu dem zitternden Franz, der, als niemand mehr ihn beachtet, aufsteht, seine Sachen nimmt und geht. Paul will Franz zurückhalten, aber Franz reißt sich schniefend los. Jan ergreift die Möglichkeit wegzukommen, zieht sich blitzschnell an und läuft hinter Franz her.

Die beiden gehen eine Weile schweigsam den Weg entlang.

„Du hast auch gelacht", stellt Franz schließlich fest.

„Hab ich gar nicht", antwortet Jan wahrheitsgemäß und fügt dann überflüssigerweise hinzu: „Du musst schwimmen lernen."

„Weiß ich selber."

„Soll ich es dir mal zeigen?"

Franz schaut ihn an. „Neee, danke. Kann ich alleine."

„Frag doch mal Paul oder Onkel Wilhelm."

„Kann ich alleine", brummt Franz. „Wenn Papa das erfährt, lässt er mich nie ins Ruderboot."

„Ich erzähl ihm nichts", versichert Jan sofort.

„Paul auch nicht. Aber Thomas wird vielleicht." Franz klingt besorgt.

Mittlerweile türmen sich am Horizont riesige giftgrüne Wolken auf. Ein drohendes Grollen ist zu hören. Erste Böen fegen über die Baumwipfel.

„Du brauchst nur keine Angst vorm Wasser zu haben. Dann schwimmt es sich fast von alleine", versucht Jan ihn zu trösten.

Es fallen die ersten riesigen Tropfen, und in der Ferne blitzt es. Franz schaut prüfend in den Himmel. Es donnert. Von der Badestelle laufen die anderen Jungen und die Mädchen barfuß, lachend und mit ihren Sachen auf dem Arm durch den immer stärker werdenden Regen den Weg herauf.

„Zur Mühle!", kommandiert Thomas. Die Mädchen laufen kreischend in Richtung Dorf weiter.

Jan und Franz rennen zur Mühle. Dicke Tropfen prasseln herunter. Durch die dichten Wolkentürme ist es dunkel geworden.

Alle drängen sich lachend in das alte Gebäude hinein. Ihre Haare und Schultern sind triefend nass. Nacheinander klettern sie über eine wackelige Leiter ins Dachgeschoss und ziehen sich an. Laut ist es hier. Der Regen prasselt auf das halbe Dach. Der Wind zerrt bedenklich an den übriggebliebenen Dachpfannen. Sie lachen und sind ganz dankbar, dass neben der Mühle große Bäume stehen, die um einiges höher sind. Sie hocken sich auf Strohsäcke, die sie früher hierher geschleppt haben, und albern herum. Thomas holt eine Packung Zigaretten heraus, zündet eine lässig an und lässt sie kreisen. Jan schaut zu Franz. Er sitzt ihm gegenüber und raucht ganz selbstverständlich. Einige Jungen machen zotige Bemerkungen über die Mädchen und natürlich auch Susanne. Jan würde sie gerne verteidigen, hält es aber für das Beste, erst mal nicht aufzufallen. Auch Franz verhält sich stikum. Thomas sonnt sich in seiner Freigiebigkeit. Paul ist zufrieden, dass es mal keinen Krach gibt. Jan sitzt nahe der Treppenluke. Unten taucht Salomons Gesicht auf. Mist. Jan schätzt die feixenden Gesichter der anderen ab. Keiner hat den Kleinen unten an der Treppe gesehen.

„Mann, ich hab' den Abwasch vergessen", murmelt Jan halblaut.

Franz und Paul schauen sich erstaunt an.

„Tante Helena. Hatte es mir heute Morgen gesagt", versichert er schnell und klettert die Treppe hinunter. Die anderen brüllen hinter ihm her, dass er doch später – nach dem Regen – gehen kann. Aber da ist er schon weg. Am Eingang hockt Salomon. Jan legt den Finger an den Mund, packt ihn am Arm und zerrt ihn nach draußen in den Regen.

15

Jan zieht Salomon durch den schwächer werdenden Regen ins nächste Gebüsch. Es blitzt und donnert heftig, aber schon beträchtlich leiser. Jan hofft, dass keiner der Jungen sie durch eins der Löcher im Dach gesehen hat. Er schleppt Salomon einfach weiter. Nur weg von den anderen. Dauernd dreht er sich um. Nach einer gefühlten Ewigkeit hält er an. Der Regen hat so schnell aufgehört, wie er angefangen hatte.

Jan schlägt Salomon leicht in den Nacken: „Was machst du nur? Wenn die dich gesehen hätten?"

Salomon lässt die Schultern hängen. „Aber du bist doch auch bei denen."

„Das ist was anderes."

Augenscheinlich versteht der Kleine ihn nicht.

„Ich hab einen HJ-Ausweis." Jan fragt sich nur, wie lange noch.

„Du wolltest doch mit mir spielen", protestiert Salomon ganz leise.

„Ja. Schon. Aber..." Er schaut in Salomons fragendes Gesicht.

„Weil ich dir keine Briefe gebracht habe?"

Jan schaut Salomon an. „Pass auf. Ich spiele mit dir. Aber du musst mir versprechen, uns nie, nie, nie mehr hinterherzulaufen. Abgemacht?"

„Nie mehr?"

„Nie mehr."

„Aber du spielst dann öfter mit mir?"

„Ja." Jan nickt bestätigend.

„Wie oft?"

„So oft ich kann. Ich muss aber auch zu Hause helfen."

Salomon leuchtet das ein.

„Und merken darf es auch keiner.“

„Warum denn?“

„Mit Juden spielt man nicht.“

Auch das leuchtet Salomon ein. Langsam nickt er.

„Wir spielen bei dir und am Fluss. Einverstanden?“

„Großes Indianerehrenwort?“

Jan nickt ernst. „Großes Indianerehrenwort! Großer Bär mit mächtiger Pranke kann sich auf mein Wort verlassen.“

„Soll ich dir mal meinen Bogen zeigen?“, fragt Salomon zaghaft.

Jan nickt wieder – auch in der Hoffnung, bei Salomon ins Haus zu kommen.

Salomon schlägt den Weg Richtung Rosenstolz ein. Die Sonne kommt wieder hervor. Die beiden gehen eine Weile schweigend nebeneinander. Wenn ihm in Berlin jemand gesagt hätte, dass er mal mit einem kleinen Juden spielen würde, er hätte ihm einfach eine gescheuert.

„Du musst dann einen Indianernamen haben“, meint Salomon grüblerisch.

„Was denn für einen?“

„Man muss einen Namen träumen. Wovon träumst du denn?“

„Wovon ich träume?“ Jan ist verwirrt.

„Ja. Indianer träumen was. Tiger oder so. So nennen sich Indianer dann.“

„In echt?“

„Ja, in echt.“

„Indianer träumen von Tigern?“, fragt Jan zweifelnd. Das kommt ihm nicht ganz richtig vor, aber eigentlich ist es egal.

Salomon stutzt einen Moment. „Aber von Adlern, Büffeln, Präriehunden und Wölfen. Und Schlangen.“

„Und du hast von einem Bären geträumt?“

Salomon nickt heftig. „Oft. Von einem riesigen, braunen Bären. Also, wovon träumst du?“

Jan denkt nach. Letzte Nacht hat er von Onkel Wilhelm und Tante Helena geträumt, die ihn aus dem Haus geworfen hatten. Und Onkel Wilhelm hatte ihn ‚Satansbrut' genannt. Schweißnass war er aufgewacht. „Satansbrut."

Salomon ist geschockt. „Das ist aber ein mächtiger Name. Der ist gut."

Bald taucht vor ihnen der Rosenstolzsche Garten auf. Rosenstolz arbeitet darin. Er schaut Jan scharf an, und dem wird ziemlich heiß.

„Jan will mit mir spielen", plappert Salomon los.

Rosenstolz nickt bedächtig. „Ist Salomon dir dafür nicht zu klein? Es gibt doch genügend größere Jungen im Dorf."

Jan hofft, dass er nicht so rot wird, wie es sich anfühlt. Er weiß nicht, was er sagen soll. Natürlich würde kein Zwölfjähriger freiwillig mit so einem Knirps spielen. Außer, er wäre sein Bruder. Bei diesem Gedanken wird Jan noch wärmer.

Rosenstolz wartet auf eine Antwort. Auch Salomon schaut zu ihm hoch.

„Nein", sagt Jan schließlich.

Salomon strahlt. „Ich zeig dir mal meinen Bogen. Warte. Papa hat ihn mir gemacht." Er flitzt ins Haus.

Liebend gern würde Jan hinterher, aber Rosenstolz beobachtet ihn. „Was willst du?"

Jan kratzt sich am Kopf.

Salomon kommt zurück. Er trägt stolz einen großen Bogen und einen Köcher mit Pfeilen. Er hält sie Jan hin, und der begutachtet sie. Gut gemacht, und mit sorgfältigen Verzierungen.

„Willst du mal schießen?"

Jan nickt. Mit Pfeil und Bogen hat er noch nie geschossen.

Salomon überlegt. „Da müssen wir uns erst fertig machen. Warte." Schon saust er wieder ins Haus. Jan schielt zu Rosenstolz.

„Ich warte", sagt Rosenstolz leise.

Salomon kommt mit einem kleinen Malkasten, einem Becher und seinem Indianerschmuck wieder. Er legt alles auf den alten Gartentisch.

„Komm her!"

Dann holt er mit dem Becher Wasser von der Gartenpumpe.

Jan geht zum Tisch. Schon hat Salomon sein altes Hemd und seine Hose ausgezogen. Jan überlegt einen Moment und zieht seine Uniform aus. Nun steht er wie Salomon nur in seiner Unterhose da. Dann bemalt Salomon ihn mit ernster Miene. Zuerst findet Jan es lächerlich. Er ist geliefert, wenn ihn hier jemand von der HJ sieht. Es kitzelt auf der Haut. Salomons Mutter beobachtet sie missbilligend durch das Küchenfenster. Als Jan anfängt, Salomon eine waschechte Kriegsbemalung anzulegen, passiert etwas Komisches: es macht Spaß. Schließlich sind sie fertig. Salomon jagt noch mal ins Haus und kommt mit einem kleinen, alten Spiegel wieder. Sie begutachten sich gegenseitig von allen Seiten. Salomon ist mit dem Ergebnis hochzufrieden. Jan muss lachen, als er sich sieht. Er schaut schnell zu Rosenstolz. Der hat sie immer noch im Blick und verzieht keine Miene.

„Kann ich mal deine Uniform anziehen?", fragt Salomon.

„Was?"

„Deine Uniform. Kann ich die mal anziehen?"

Jan zuckt mit den Schultern. „Klar."

Schon probiert Salomon die Uniform an. Jan hilft ihm, sie richtig anzulegen. Viel zu groß. Ein Indianer in Pimpf-Sachen. Salomon findet sich schick. Rosenstolz ist kurz vorm Platzen.

„Zieh sie jetzt lieber wieder aus", meint Jan.

„Na gut." Salomon schlüpft aus den Sachen wieder heraus.

„Jetzt zeige ich dir, wie man schießt", verkündet Salomon.

„Da vorne!" Salomon deutet zu der kleinen Wiese mit mehreren Obstbäumen neben dem Haus.

Salomon reckt sich hoch, als er Jan erklärt, wie er den Bogen anlegen und den Pfeil einspannen muss. Jan versteht ihn nicht recht. Flink und geschickt macht Salomon es ihm vor. Er zielt, und der Pfeil bohrt sich zielsicher in einen Apfelbaum. Salomon gibt Jan den Bogen zurück. Jan legt an und hat Schwierigkeiten, das Ganze gerade zu halten. Dann lässt er los, und der Pfeil verfehlt den Baum um zwei Meter. Jan zieht die Nase etwas schief, wie er es immer macht, wenn ihm was nicht passt. Es wurmt ihn, dass der Knirps etwas besser kann als er. Er schielt zu Rosenstolz. Der gießt ein Beet und schaut zufrieden aus.

„Lass mich noch mal", sagt Jan.

Salomon gibt ihm einen weiteren Pfeil. „Ich hab' auch lange geübt." Unsicher tippelt er von einem Fuß auf den anderen. „Ganz lange. Papa hat es mir dann gezeigt."

Den ganzen Nachmittag schießen sie, aber es will nicht so recht klappen. Immerhin wird Jans Hand ruhiger.

Als Jan gerade Pfeile im Gebüsch rechts neben dem Apfelbaum aufsammelt, entdeckt er die Katze der Hexe. Sie döst im Gebüsch und schaut den beiden zu. Gott sei Dank hat er sie nicht getroffen.

Salomon taucht neben ihm auf. „Was ist?"

Jan kniet vor der Katze. „Kannst du mir mal helfen?"

„Ja. Wobei?"

„Ich muss noch was erledigen. Habt ihr Farbe?"

Salomon schüttelt den Kopf. „Erlaubt Papa nicht, auch wenn wir welche haben."

„Oder Rasierzeug?"

Salomon überlegt und nickt dann zuversichtlich. „Warte, ich hol's." Schon ist er weg. Jan vergewissert sich, dass Rosenstolz gerade beschäftigt ist. Der säubert gerade eine verrostete Regenrinne. Salomon kommt mit den Sachen zurück.

„Musch musch." Jan rutscht auf die Katze zu. Die Katze läuft auf ihn zu und gibt Köpfchen an seinem Oberschenkel. Jan erklärt Salomon, was er vorhat, und mit Begeisterung seift Salomon mit

Rosenstolz' Rasierpinsel den Rücken der Katze ein. Jan streichelt die Katze, damit sie stillhält. Dann nimmt er das Rasiermesser und rasiert ihr vorsichtig ein Hakenkreuz auf den Rücken. Mit der flachen Hand wischt er den Schaum ab. Abschließend betrachten sie zufrieden ihr Werk; zumal die Katze keinen Schaden genommen hat. Da plumpsen zwei Eimer neben den beiden ins Gras. Rosenstolz steht hinter ihnen und sieht kritisch auf ihre Großtat herunter. Jan lässt die Katze los. Die hat es aber nicht eilig, sondern reibt ihr Gesicht noch einmal in aller Ruhe an Jans Beinen.

„Husch", macht Jan und schiebt sie in den Busch. Endlich trollt sie sich.

„Was soll das?" Rosenstolz klingt ziemlich sauer.

„Hexen können in Katzen reinschlüpfen", plappert Salomon los.

„Wer hat dir das denn erzählt?", fragt Rosenstolz.

Salomon blickt kurz zu Jan.

„Susanne sagt das." Es passt Jan nicht, Susanne schlecht zu machen. Andererseits ist es ihre Meinung und sie ist auch nicht hier. Und er will nicht, dass Rosenstolz denkt, dass er das glaubt. „Sie hat ziemliche Angst vor der Hexe und hat gesagt, man muss ihrer Katze nur ein Kreuz auf den Rücken machen. Dann geht das nicht mehr."

„Und das glaubst du?", meint Rosenstolz abfällig.

Jan schüttelt den Kopf. „Ich hab's für Susanne gemacht."

Salomon nickt kräftig mit dem Kopf. „Susanne ist nett."

Rosenstolz seufzt leicht. „Ich wäre dir sehr verbunden, wenn du meinem Sohn nicht so einen Mist beibringen würdest."

Jan nickt bedröppelt. „Entschuldigung."

„Ist nicht schlimm. Ich hab es nicht geglaubt", versichert Salomon seinem Papa. „Ehrlich."

„Na, dann macht euch jetzt mal nützlich und pflückt Kirschen"

Jan nickt, glücklich, dableiben zu können.

Jan und Salomon sitzen oben in dem alten, üppigen Kirschbaum. Salomon ist so hoch gekrochen wie er kann. Jan wundert sich, dass Rosenstolz ihn dahinlässt. Neben ihnen hängen die Eimer. Beide sind schon halb voll, und einen vollen Eimer hat jeder schon unten abgeliefert. Jan ist mit sich zufrieden. Er fühlt sich wohl. Salomon hat ihm erzählt, dass seine Mama Sarah heißt und sein Vater Daniel, und dass alle nun einen Vornamen dazubekommen haben: er und sein Vater Israel und seine Mama nochmal Sarah. Das wäre, hätte sein Papa ihm erklärt, damit man sie als Juden erkennen könnte. Das leuchtet Jan nicht so recht ein, da sie doch in Biologie die Unterschiede der ganzen Rassen lernen mussten. Jetzt schießt ihm durch den Kopf, dass, wenn Rosenstolz sein Vater wäre, er Jan Israel Wilke heißen müsste. Er muss endlich rauskriegen, ob Rosenstolz sein Vater ist, und zwar bald.

Plötzlich schlendern zwei Hitlerjungen zögernd aus dem Wald. Sie nähern sich dem Garten. Jan ist wie gelähmt. Thomas und Paul. Aber der Baum ist dicht, und sie gucken nicht nach oben. Rosenstolz richtet sich auf. Salomon, der es sich gerade in einer Astgabel gemütlich gemacht hat, beobachtet alles.

Thomas und Paul stellen sich betont lässig an ein Beet.

„Schönen Gruß von der HJ." Thomas grinst gehässig. Dann spuckt er ins Gemüse. Rosenstolz wartet. Paul steht neben Thomas, sagt aber nichts.

„Hau endlich ab. Wir wollen dich nicht hier", fährt Thomas fort.

Jan traut sich kaum zu atmen. Wenn der ihn hier oben sieht, ist er geliefert. Ganz egal, ob er nun Jude, Halbjude oder gar kein Jude ist.

„Ich bin in diesem Dorf geboren", entgegnet Rosenstolz ruhig.

„Biste taub? Hau ab!" Thomas kommt langsam in Fahrt. „Ist mir egal, wo du geboren bist. Hier ist kein Platz mehr für dich! Und für deine Brut auch nicht."

Paul nickt zur Bekräftigung. In Berlin hätte Jan auch noch mit-
genickt, denkt er, und in München würde er wahrscheinlich auch
wieder mitnicken. Er schaut zu Salomon und traut seinen Augen
nicht: Salomon hat leise seinen Bogen hervorgeholt und legt an.

„Ich störe keinen", argumentiert Rosenstolz. Sarah Rosenstolz
ist in der Tür aufgetaucht. Sie sieht die Jungen im Baum und legt
entsetzt die Hand auf den Mund.

Sehr langsam und leise tastet sich Jan zu Salomon vor. Der hat
den Pfeil nun eingespannt und zielt.

„Jeder Jude stört die deutsche Volksgemeinschaft. Geh nach
Berlin, oder besser noch ins Ausland. Hau einfach ab. Oder... "
Thomas grient genüsslich.

Jan hat nun Salomon erreicht, legt vorsichtig seine Hand auf
Salomons Hand am Abzug und schüttelt eindringlich den Kopf.

„Oder?", fragt Rosenstolz gedämpft.

„Deiner Frau oder deinem Jungen passiert was. Kapiert?"

Salomon wehrt sich erst und will schießen, aber schließlich
gibt er nach und lässt die Spannung aus dem Bogen.

Die Drohung wirkt bei Rosenstolz. Er ist immer noch ruhig,
aber merklich blasser.

„Wir erwischen euch. Verlasst euch drauf!" Damit drehen
Thomas und Paul um. Nach ein paar Metern hebt Thomas einen
Stein auf und feuert ihn in ein Fenster. Es zersplittert. Thomas ist
sichtlich glücklich über seine Mannestat. Dann verschwinden sie
im Wald. Jan und Salomon hocken dicht beieinander im Baum.

Langsam löst sich die Spannung, und vorsichtig klettern sie
herunter. Sarah steht tränenüberströmt im Hof, aber Rosenstolz
arbeitet einfach weiter, als wenn nichts gewesen wäre.

Jan und Salomon erreichen den Boden. Salomon läuft sofort
zu seiner Mama, um sie zu trösten. Rosenstolz stört sich nicht
weiter an ihnen. Jan bleibt unsicher beim Kirschbaum.

„Ich bin Deutscher", sagt Rosenstolz, eigentlich zu niemandem, und doch zu Jan.

Schließlich erinnert Jan sich an die Eimer und will wieder in den Baum.

„Kennst du die?", fragt Rosenstolz, aber eigentlich kennt er die Antwort.

„Ja." Jan bleibt unten.

„Und?"

„Was – und?"

„Bist du einer von ihnen?"

Jan sagt nichts.

„Bist du?"

Er ist in seiner Jungvolkuniform hergekommen. Nein zu sagen, wäre eine Lüge.

Langsam geht Jan auf Rosenstolz zu. „Kannten Sie vor ungefähr dreizehn Jahren meine Mutter?"

Rosenstolz schaut hoch. „Was?"

„Kannten Sie meine Mutter? So ungefähr 1926?"

In Rosenstolz' Augen sieht Jan, dass der versteht. Rosenstolz bricht in ein hässliches Lachen aus.

„Deswegen bist du hier! Dein kleiner HJ-Arsch geht auf Grundeis."

Jan schluckt. Rosenstolz hat recht. Sein kleiner HJ-Arsch geht wirklich auf Grundeis.

„Ja. Ich war mit deiner Mutter befreundet. Zufrieden? Und jetzt will ich dich nicht mehr hier sehen."

Jan wird heiß und kalt und wieder heiß. „Was heißt befreundet?"

„So wie Erwachsene befreundet sind."

Jan macht zwei Schritte auf ihn zu. „Meine Mutter hat mit Juden nichts am Hut."

„Da wäre ich mir mal nicht so sicher." Rosenstolz schaut ihn von oben bis unten an. „Bist du dir wohl auch nicht. Sonst wärst du kaum hier."

„Sind Sie dann mein Vater?"

189

„Was hätte ich davon, wenn ich dir das jetzt sagte? Was?"

„Sie müssen mir das sagen. Dann bin ich doch Ihr Sohn."

„Junge, ich muss dir gar nichts sagen. Beweise mir doch, dass du es Wert bist, mein Sohn zu sein. Dass du besser bist als die da." Rosenstolz deutet zum Wald.

„Ich bin ein guter Hitlerjunge!", stößt Jan hervor.

Rosenstolz lacht. „Da wäre ich dir als Vater aber keine große Stütze."

Jan knickt ein. „Wie soll ich Ihnen denn das beweisen?

„Dir fällt schon was ein."

Salomon kommt wieder aus dem Haus. Er sieht nicht gut aus; wirkt verstört und fahrig. „Mama weint jetzt nicht mehr. Aber sie ist wütend und meint, wir hätten damals gehen sollen. Was meint sie damit?"

„Das verstehst du nicht", sagt Rosenstolz, aber er lächelt. „Wir gehen nachher wieder schwimmen, ja?"

Salomon nickt, aber er freut sich nicht wirklich. „Kommst du mit?", fragt er Jan.

Jan schaut zu Rosenstolz: „Nee, muss nach Hause. Helfen." Dann trollt er sich. Er muss denken. Sehr viel denken.

Jan hat eine unruhige Nacht. Er wälzt sich von einer Seite auf die andere. Seine Decke ist völlig zerwühlt, das Kissen liegt längst unten. Und jedes mal quietscht die blöde Pritsche. Franz wacht natürlich auf und motzt Jan an, endlich stillzuliegen. Jan legt sich daraufhin einfach auf den Fußboden, eingewickelt in seine Decke. Wenigstens ist jetzt Ruhe. Franz schläft schnell wieder ein. Es ist ziemlich kühl auf dem Boden. Er denkt über Rosenstolz und den Nachmittag nach. Und ein bisschen über die Sache auf dem Schulhof, wo er Steine nach dem Knirps geworfen hat. Er muss zähneknirschend zugeben, dass es ganz nett mit Salomon war. Besser als mit Franz. Aber Salomon ist eben nur ein Knirps. Rosenstolz ist unfair. Beweisen ist nur gerecht. Aber wie?

Er denkt nochmal an den Kirschbaum, und wie er und Salomon als Indianer oben im Baum saßen. Der Kleine sah mager aus unter all der Kriegsbemalung. Der müsste ein paarmal Tante Helenas Gemüsesuppen mit Wurst kriegen, aber er kann ihn ja nicht mitbringen. Vielleicht könnte er ihm etwas mitbringen. Könnte er Tante Helena wohl fragen? Besser nicht. Wenn er sagt, dass das für die Juden ist, kriegt er höchstens noch eine gepfeffert, und vielleicht schicken sie ihn dann weg, weil er übergeschnappt ist. Und wenn er etwas aus dem Laden mitgehen lassen würde? Er würde sich schämen: seine Mutter spart, damit er eine Uniform kriegt, und er klaut. Aber er könnte den Rosenstolz sagen, dass er es von seinem Geld gekauft hat oder dass sein Onkel es schickt. Und im Laden ist so viel, dass das merkt bestimmt keiner.

16

Am nächsten Morgen kommt er erst einmal nicht dazu, seinen Plan umzusetzen. Sie sitzen beim Frühstück. Onkel Wilhelm hat sich hinter der Zeitung vergraben. Aus dem Radio dudelt die Morgenmelodie. Tante Helena gießt ihnen Kaffee ein, und sie futtern Marmeladen- und Käsebrote.

„Machen wir beim Boot weiter?", fragt Franz und stopft sich dabei den ganzen Rest seines Butterbrotes in seinen Mund, was ihm einen tadelnden Blick von Tante Helena einbringt.

Paul und Jan glotzen auf die Zeitung. Die wird zusammengeknüllt. Onkel Wilhelm erscheint breit grinsend und bester Laune.

„Ja. Heute streichen wir es an!"

Franz bricht in lautem Jubel aus. Jan passt es nicht, aber was soll's, er darf nicht auffallen. Gleich nach dem Frühstück marschieren sie in den Hof. Paul fischt im Flur alte Zeitungen von einem Stapel und verteilt sie anschließend unter dem Boot. Onkel Wilhelm holt zwei neue Töpfe mit brauner Farbe aus dem Schuppen und Jan die Pinsel aus einem mit Verdünner gefüllten Glas. Es ist noch kühl, deshalb geht die Arbeit schnell von der Hand, und ruck-zuck ist das Boot gestrichen. Franz ist völlig hibbelig. Er kann es gar nicht mehr abwarten bis es fertig ist. „Wie nennen wir sie?"

Paul zuckt die Schultern, auch Jan ist es ziemlich egal.

„'Bismarck' fände ich gut" Franz strahlt alle an.

Alle nicken, und Onkel Wilhelm klopft Franz anerkennend einmal ziemlich kurz auf den Rücken. „Drinnen ist noch weiße Farbe. Rechts unten. Und bring noch den dünnen Pinsel mit!"

Franz flitzt los.

„Schaut mal, hier müssen wir noch mal drüber", meint Onkel Wilhelm. Tante Helena schleppt einen Korb Wäsche aus dem

Haus und hängt sie im Garten auf die Leine. Paul streicht die Stelle. Franz kommt zurück, und Onkel Wilhelm zeigt ihm, wo der Name hingehört, aber eigentlich weiß Franz das besser. Jan ergreift die Gelegenheit, steht auf und murmelt was von ‚Klo‘ und verschwindet ins Haus. Im Gegensatz zu Berlin ist das Bad hier neben der Küche. Zuhause gibt es für jede Etage eine halbe Treppe tiefer ein winziges Klo für mehrere Familien. Gebadet wird entweder im Hallenbad oder in einer Zinkwanne in der Küche. Damit verglichen ist es hier richtig luxuriös. Jan läuft in den Laden. Sein Herz pumpert wild. Blitzschnell schaut er sich um und greift nach einem Paket Kaffee. Aber Salomon braucht ja keinen Kaffee. Also stellt er es zurück. Dabei fallen zwei Pakete um. Schnell hat Jan alles wieder ordentlich hingestellt. Trotzdem hat er wertvolle Sekunden verschwendet. Kartoffeln sind zu groß, aber Reis ist gut. Gerade als er das Paket unter sein Hemd stecken will, klingelt die Ladentür. Jan stellt das Paket zurück. Der Laden ist zwar jetzt geschlossen, aber eine alte Frau klopft hektisch an die Scheibe. Jan nimmt den Schlüssel, der an der Kasse hängt, und öffnet die Tür. Das hat er schon gelernt: ‚Der Kunde ist König‘ und ‚Niemand wird abgewiesen.‘

Die Frau stürmt in den Laden. „Junger Mann, ich bräuchte ganz dringend Mehl, Zucker und 5 Eier. Meine Schwester kommt doch noch gleich zu Besuch.“

Die alte Frau lächelt. Jan fängt an, die Sachen zusammenzupacken. Die alte Frau wartet geduldig. Dann kommt noch eine Frau, die wohl gesehen hat, dass der Laden geöffnet ist, herein. Und dann noch zwei junge Frauen. Zu viele Augenpaare beobachten jeden seiner Handgriffe. Seine Hände werden zittrig. Tante Helena kommt zurück und seufzt vernehmlich, als sie ihn sieht.

„Frau Kehrmann, jetzt haben Sie aber eine ganz eifrige Hilfe!“, lobt ihn die alte Frau. „Und so nett!“

„Der junge Mann macht das ganz fabelhaft“, meint eine andere wohlwollend.

Jan schaut unsicher zu Tante Helena.

„Dann mach mal weiter. Ich zeig dir die Kasse." Tante Helena stellt sich neben ihn, und schwitzend bedient Jan alle Kunden zur Zufriedenheit. Weitere Kunden kommen, Tante Helena hält ein Schwätzchen, und Jan packt die Waren zusammen und kassiert. Unter Tante Helenas Aufsicht natürlich. Schließlich meint Jan gesehen zu haben, wie Tante Helena anerkennend nickt.

„Du kannst mir jetzt jeden Tag im Laden helfen", entscheidet sie schließlich.

„Gerne!", hört Jan sich sagen. Zumindest wird Jan ab jetzt einen guten Grund haben, sich im Laden herumzutreiben. Aber er hat das ungute Gefühl, sich immer tiefer zu verstricken.

Franz, nun mit weißer und brauner Farbe an Händen, Armen und Beinen, schaut durch die Tür. „Ich dachte, du wolltest nur auf's Klo."

„War ich auch", lügt Jan.

„Aber dann war hier jemand, und dann bin ich ..." ‚hängengeblieben' will er sagen und „...gebraucht worden" sagt er dann. Klingt auch viel besser.

Franz schüttelt verständnislos den Kopf. „Kommst du?"

Jan schaut zu Tante Helena. Die entlässt ihn, und Jan folgt Franz nach draußen.

Auf dem Bug prangt nun liebevoll und in weißer Farbe ‚Bismarck'. Franz schaut erwartungsvoll zu Jan. Der kann sich zu einem anerkennenden Nicken durchringen. Farben, Lappen und Pinsel sind schon weggeräumt. Paul und Onkel Wilhelm begutachten ihr Werk.

„Was machen wir jetzt?", fragt Jan anstandshalber. Am liebsten würde er sich aus dem Staub machen.

„Morgen können wir es zum Fluss bringen. Es muss noch trocknen." Onkel Wilhelm geht sichtlich gutgelaunt ins Haus.

Auf der Treppenstufe dreht er sich um. „Wie sieht es eigentlich mit deinen Schwimmkünsten aus, Franz?"

„Och, gut", meint Franz, schielt aber verlegen auf seine Füße.

Onkel Wilhelm schüttelt den Kopf. „Paul, üb' mit ihm."

„Ich wollte zu Thomas", protestiert Paul sofort. „Wir wollen eine Wanderung vorbereiten."

„Ich kann mit ihm üben." Jan hält es für eine gute Idee, ein paar Pluspunkte zu sammeln.

Onkel Wilhelm nickt anerkennend und verschwindet ins Haus. Paul springt leichtfüßig über den Zaun zur Bäckerei.

Franz schaut zu Jan, als wäre er ein Verräter. „Ich kann alleine üben."

„Dann tu's doch!", patzt Jan zurück. „Ich kann schwimmen."

„Und wie ich das kann!" Damit verschwindet Franz im Haus.

Jan beschließt, noch einmal in den Laden zu gehen. Zuerst holt er das Winnetou-Buch herunter. Inzwischen ist der Laden aber geschlossen. Niemand ist drinnen. Tante Helena putzt die Küche. Jans Herz schlägt so stark wie damals, als er für eine Mutprobe über einen hohen Zaun balancieren musste, mit einem wütenden Schäferhund darunter. Diesmal geht er zielstrebig zum Regal mit den Kolonialwaren. Er nimmt ein Paket Reis und steckt es sich unters Hemd. Dann verschwindet er leise durch den Flur auf die Straße. Der Reis beult das Hemd etwas aus. Jan begegnet nicht vielen Leuten, aber er glaubt, jeder starre auf diese Beule. Er erreicht den Dorfrand und schlägt den Weg am Ufer entlang ein. Schließlich hatte er Onkel Wilhelm versprochen, mit Franz schwimmen zu gehen. Am Steg sieht er Franz. In seiner Badehose steht er ängstlich neben dem Steg im kniehohen Wasser. Jan ist unschlüssig. Franz hat ihn noch nicht gesehen. Jan geht ein paar Meter weiter und legt Reis und Buch unter einen Busch. Dann spaziert er auf den Steg und setzt sich drauf.

Franz watet nun im hüfthohen Wasser. „Ich hab doch gesagt,

dass ich es alleine kann."

„Schon. Aber Onkel Wilhelm denkt... "

„Ich brauch' keinen Aufpasser."

„Na gut, dann zeig mir, dass du schwimmst. Dann hau ich ab."

Franz schaut ihn einen Moment an. Dann geht er langsam in die Hocke und macht Schwimmbewegungen.

„Du musst die Füße auch hochnehmen."

Wütend stößt Franz sich ab. Er macht einen Schwimmzug, dann noch einen. Er ist jetzt am Ende des Stegs.

„Du kannst es ja!", ruft Jan erfreut.

Franz begreift, dass er jetzt ins tiefe Wasser kommt. Panik steigt in ihm hoch. Er strampelt und schluckt Wasser. Blindlings greift er nach einer unteren Latte des Stegs und kriegt sie zu fassen. Hustend kann er sich zurückziehen. Endlich kommt er ins flachere Wasser. Entnervt gibt er auf und stapft zum Anfang des Stegs zu seinen Sachen. Jan läuft oben auf dem Steg neben ihm her. Franz zieht sich zappelig um. Jan mustert ihn schweigend.

Franz nimmt seine Badehose und das Handtuch: „Wenn du nicht dagewesen wärst, könnte ich es jetzt." Dann schlägt er den Weg zurück zum Dorf ein.

Jan legt sich bäuchlings auf den Steg und schaut ins glasklare Wasser. Sacht bewegen sich Pflanzen in der schwachen Strömung. Ein paar kleine Fische flitzen dicht unter der Oberfläche hin und her. Tief unten lauert ein dunkler Schatten. Aber vielleicht ist es nur ein Stein. Es ist ein herrlicher Tag. Zumindest könnte er es sein, aber irgendwie ist alles schwierig. Jan spürt plötzlich, dass er nicht mehr allein ist. Thomas und Paul stehen auf dem Steg. Er hat sie nicht kommen hören.

Thomas grinst ihn fies an. „Paul findet, dass du eine Chance verdient hast, dich zu rehabilitieren."

Paul nickt zur Bestätigung. Jan steht langsam auf.

„Ich hab' so meine Zweifel, aber was soll's. Du willst doch ein guter Hitlerjunge sein?"

„Klar."

„Und du bist aus Berlin bestimmt schon Einiges gewohnt? Im Gegensatz zu uns Landvolk?" Thomas legt mit einem süffisanten Lächeln seine Hand auf Jans Schulter.

„Wir haben eine wichtige Aufgabe. Und ich habe mir gedacht, dass du uns dabei helfen kannst."

Das hörte sich nicht gut an. „Gerne. Was denn für eine?" Jan legt den Kopf schief.

„Komm mal mit."

Zwischen Thomas und Paul wandert er nun weg vom Dorf, am Ufer entlang in Richtung eines alten, dichten Waldstücks. Jans Gehirn arbeitet fieberhaft. Wo wollen die hin? Er kann nicht einfach weglaufen. Thomas würde er zutrauen, ihn einfach irgendwo zu verprügeln, aber Paul vertraut er eigentlich. Sie erreichen den Wald. Thomas reckt den Hals, als suche er jemanden. Er schüttelt den Kopf, und sie gehen weiter. Sie reden nicht mehr. Als Jan etwas sagen will, legt Thomas konzentriert den Finger auf seinen Mund. Plötzlich zieht Thomas ihn in die Büsche. Paul folgt ihnen. Sie ducken sich.

Thomas späht nochmal, dann wendet er sich Jan zu. „Du kannst uns jetzt beweisen, zu wem du gehörst."

„Mach ich." Was soll er auch anderes tun. Vielleicht ist das ja auch eine Möglichkeit, alles wieder ins Lot zu bringen.

Paul raunt ihm zu: „Ich hab' mich für dich eingesetzt, lass mich nicht hängen."

Jan nickt. „Ich mach' mit."

Thomas schaut noch einmal über das Gebüsch in den Wald. „Er kommt."

Sie warten. Schließlich hört auch Jan die schweren Schritte und das schwere Atmen. Er versucht etwas zu erkennen.

„Jetzt!" Thomas stößt ihn in die Seite und springt auf. Paul folgt

197

ihm. Jan steht auf und kann nun zum ersten Mal sehen, worum es überhaupt geht. Rosenstolz. Rosenstolz kommt, schwer mit Feuerholz beladen, aus dem Wald. Thomas und Paul stürzen sich auf ihn. Jan geht blitzschnell wieder in die Hocke. Er hört, wie das Feuerholz herunterfällt.

„Das hast du dir selbst zuzuschreiben!", stößt Thomas wütend hervor. Dann hört er nur noch Stöhnen, Schläge und dumpfe Tritte.

„Wo bist du?", brüllt Thomas. Er springt um den Busch und zerrt Jan hervor. „Hierher!"

Thomas schubst Jan vor sich her. Rosenstolz liegt mit dem Gesicht nach unten auf dem Boden. Das Holz liegt um ihn herum. Er bewegt sich nicht. Jan schaut von Thomas, der ihn aber nur verächtlich beäugt, zu dem enttäuscht drein blickenden Paul.

„Was soll ich machen?", flüstert Jan.

„Mach ihn fertig!" Thomas stößt ihn vor Rosenstolz.

Jan zittert. Hoffentlich sehen sie es nicht. Dann tritt er zu. Zuerst zaghaft. Dann fester. Rosenstolz stöhnt; er hält seine Arme über seinen Kopf. Jan tritt wieder zu. Er merkt, wie Wut in ihm aufsteigt. Eigentlich ist Rosenstolz doch selber schuld. Als ob er ein Jude wäre. Der ganze Mist, in dem er steckt. Alles Rosenstolz' Schuld. Schließlich klopft Thomas ihm auf die Schulter. Paul ist auch mit ihm zufrieden. Sie lassen eine Zigarette kreisen. Gutgelaunt verschwinden die beiden schließlich in Richtung Fluss und lassen Jan einfach stehen.

Jan stolpert zurück in den Wald. Dort setzt er sich auf einen Baumstamm. Er wartet. Aber er hört nicht, wie Rosenstolz aufsteht. Er dreht um; er will nur schauen, ob Rosenstolz immer noch daliegt. Oder doch schon aufgestanden ist. Er liegt noch da. So wie eben. Langsam nähert Jan sich. Er beugt sich über ihn. Vorsichtig berührt er ihn an der Schulter. Rosenstolz stöhnt leise. Tot ist er nicht. Jan schüttelt ihn. Nun bewegt er sich.

Jan kniet sich neben ihn. „Soll ich Hilfe holen?" Er flüstert fast.
Keine Antwort.

„Soll ich Hilfe holen?", fragt Jan nun lauter.

Rosenstolz grunzt, zieht einen Arm unter sich und stützt sich auf. Er zieht seine Beine hoch. Dann schüttelt er seinen Kopf und spuckt Blut auf den Boden. Er dreht den Kopf. Jan erschrickt. Rosenstolz' Gesicht ist blutig verschmiert, seine Augenbraue ist aufgeplatzt, ein Auge zugeschwollen. Rosenstolz sagt nichts, rappelt sich etwas auf, fasst sich aber sofort schmerzverzerrt an die Rippen. Ungefähr an die Stelle, die Jan getroffen hat. Schließlich sitzt Rosenstolz.

„Ja. Hol Hilfe." Er spukt nochmal auf den Boden.

Jan streicht sich durch die Haare, rührt sich aber nicht vom Fleck.

„Was ist? Du wolltest doch Hilfe holen?"

Jan schaut auf den Boden.

„Weißt nicht wen, was?" Rosenstolz grinst höhnisch.

„Da würde keiner kommen." Jan beißt sich auf die Lippe.

„Du musst doch gesehen haben, wer es war?" Rosenstolz wischt sich mit seinem Ärmel Blut von der Backe. Jan schüttelt den Kopf.

„Der Paul war's. Und der Thomas von Adrian."

Jan versucht erstaunt zu gucken, aber es gelingt ihm nicht.

„Zeig sie an!"

Jan weicht seinem Blick aus. „Die HJ doch nicht."

Rosenstolz steht langsam und vorsichtig auf. „Ich bin ein deutscher Bürger."

Jan hilft ihm. Als Rosenstolz schließlich steht, stößt er Jan zur Seite und hinkt mühsam in Richtung seines Hauses. Jan sammelt schnell etwas von dem verstreuten Feuerholz ein und läuft hinter ihm her.

„Und? Willst du nicht vielleicht einen Arzt holen?" Rosenstolz schaut ihn nicht an.

Jan schweigt. Was soll er auch sagen.

„Ah, unser Möchtegern-Jude hat Schiss."

Aus Jan platzt es heraus. Er wirft das Feuerholz hin. "Ich hab keinen Schiss. Ich weiß doch nicht, ob ich zu Ihnen gehöre. Sie sagen es mir ja nicht!"

„Und das macht dann den Unterschied?", brüllt Rosenstolz ihn an. Dann wischt er sich mit dem Ärmel durch das Gesicht.

„Aber man muss doch wissen, wo man hingehört!"

„Du gehörst doch zur richtigen Seite. Warum willst du das ändern?" Rosenstolz richtet sich etwas höher auf und schlurft stur weiter. Jan sammelt wieder das Feuerholz ein und läuft hinter Rosenstolz her. Schließlich erreichen sie den Garten.

Sarah stürzt aus dem Haus. „Was ist passiert?" Sie betastet seine Stirn.

„Na, was schon."

„Ich habe es dir ja gesagt. Du sieht furchtbar aus!"

„Das sind dumme Jungs."

Gut, dass Thomas und Paul das jetzt nicht hören, denkt Jan. Er steht stumm neben den beiden. Sarah will Rosenstolz stützen. Er wehrt sich zuerst, lässt es aber dann zu. Sarah zieht Rosenstolz' Hemd ein bisschen hoch. Die Rippen sind blau und aufgeschürft.

„Es reicht. Wir gehen jetzt", sagt sie bestimmt.

„Ich bin Deutscher." Rosenstolz ist müde.

„Ich mach' dir gleich Umschläge. Komm ins Haus."

Salomon kommt aus dem Haus. Als er Jan bemerkt, hüpft er auf ihn zu, bleibt aber erschrocken stehen, als er seinen Vater sieht. Behutsam führt Sarah Rosenstolz zum Haus. Als Rosenstolz Salomon erreicht, streichelt er dem Knirps beruhigend über den Kopf. „Ist nicht schlimm."

„Dein Sohn ist selbst oft genug verprügelt worden. Er weiß, dass das sehr wohl schlimm ist", zischt Sarah. „Komm rein, Salomon. Du kannst mir helfen." Salomon folgt ihnen. Kurz bevor sie im

Haus verschwinden, dreht Salomon sich um und winkt Jan zu. Dann hüpft er hinter ihnen her. Jan legt das Holz auf den Boden und geht. Auf dem Heimweg fallen ihm der Reis und das Buch ein. Er holt sie, und außer ein paar Ameisen ist alles völlig in Ordnung. Er legt die Sachen auf den Tisch. An die Tür zu klopfen traut er sich nicht.

Als er in der Abenddämmerung in den Hof einbiegt, erwartet ihn Onkel Wilhelm. Jan bleibt wie angewurzelt stehen. Onkel Wilhelm steht mit den Händen in den Hosentaschen beim Ruderboot und inspiziert es. Oben auf dem Boot liegt ein kleines Butterbrotpaket. Er nimmt es in die Hand. „Wir haben beim Essen auf dich gewartet." Langsam geht er auf Jan zu. „Wo warst du?"

„Spazieren." Blöde Antwort. Welches Kind geht schon spazieren? Onkel Wilhelm schaut ihn ernst an. „Die Wahrheit, bitte."

Also versucht Jan, etwas Glaubhafteres hervorzuzaubern. „Ich hab' mich mit Franz gestritten. Und dann bin ich durch die Gegend gelaufen."

„Franz hat gesagt, dass er jetzt schwimmen kann. Wart ihr schwimmen?"

Das kann Jan halbwegs bejahen, also nickt er.

„Kann er schwimmen?"

Jans Stirn kräuselt sich etwas.

„Ja oder nein."

„Wir haben uns vorher gestritten, da war er noch nicht im Wasser."

Onkel Wilhelm rümpft die Nase. „Ihr kommt nicht gut miteinander aus?"

Jan wiegt den Kopf langsam hin und her. „Manchmal streiten wir uns."

„Franz ist manchmal noch etwas kindisch. Aber – und das ist wichtig, vor allem in harten Zeiten – man muss im Leben mit allerlei Menschen auskommen. Und ich möchte, dass ihr euch vertragt.“

Jan bejaht dies eifrig. Er will raus aus diesem Verhör. „Kann ich dich etwas fragen?“

Onkel Wilhelm wartet.

„Warum sind Juden so schlecht, dass ihnen keiner helfen würde?“

„Was?“ Onkel Wilhelm starrt ihn einen Moment an. Dann fängt er sich wieder. „Das habt ihr doch in der Schule durchgenommen, oder?“

Jan druckst herum. „Ja. Aber sie waren doch auch deutsche Bürger. Früher. Und im großen Krieg haben doch auch Juden für Deutschland gekämpft. Hab ich gehört.“ Hatte er auch. In Berlin. Ist ihm aber erst eben auf dem Nachhauseweg wieder eingefallen.

Onkel Wilhelms Kopf glüht. Wütend und ziemlich endgültig sagt er dann: „Das ist ganz einfach. Die Juden haben ihre wahren Absichten früher immer gut getarnt. Jetzt haben wir sie durchschaut. Basta.“

Viel kann Jan dazu nicht mehr sagen.

„Gibt es da etwas, was ich wissen sollte?“

Jan schüttelt den Kopf. „Ich hab’ nur den kleinen Salomon getroffen. Am Fluss. Der kann doch noch gar nichts getan haben.“

Onkel Wilhelm ist sichtlich irritiert von dem Widerspruch. „Natürlich hat Salomon noch nichts verbrochen. Aber er wird nicht immer klein bleiben. Genauso, wie in dir ein guter Junge steckt, ist er eben ein Jude, und er wird das immer bleiben. Irgendwann wird es aus ihm herausbrechen.“

Jan denkt an Salomon, wie er den Pfeil auf Thomas gerichtet hatte.

„Und der Führer wird nicht warten, bis er groß geworden ist.“

Jan schaut Onkel Wilhelm fragend an.

„Es wird Lösungen geben. Im Osten. Das nennt man Ghetto. Da wohnen dann alle Juden zusammen, und man kann sie besser bewachen."

„Gibt es da auch Schulen?"

„Ja, da gibt es auch Schulen. Und Theater und Konzerte und andere Kinder, mit denen er spielen kann."

Onkel Wilhelm tätschelt seine Schulter. „Hier." Er drückt ihm das kleine, mittlerweile arg zerdrückte Butterbrotpaket in die Hand. „Hab' ich für dich gerettet. Tante Helena war ziemlich sauer, dass du nicht da warst." Damit eilt er ins Haus.

Jan packt das Butterbrot aus. Doppelter Käse und Wurst. Dick Butter. Jetzt merkt er erst, wie hungrig er ist. Gierig beißt er hinein.

„Pscht!"

Jan schaut zu Susannes Fenster hoch. Sie winkt ihn hoch. Jan vergewissert sich noch einmal, dass ihn niemand aus dem Haus sieht. Dann wickelt er das Brot wieder ein, steckt es sich vorne ins Hemd und klettert zu Susanne hoch.

Er merkt nicht, dass Franz, der gerade die Lösung zu einem Problem mit seinem Modellboot in der Luft sucht, aus dem Fenster guckt und ihn dabei sieht. Franz stellt sich nahe hinters Fenster und schaut vorsichtig durch die Gardinen zu den beiden hinüber.

Jan rutscht neben Susanne auf das Fensterbrett.

Franz beobachtet, wie Jan das Butterbrot wieder hervorholt und weiter isst. Er hatte sich beim Abendessen gleich gedacht, dass es für ihn war. Komisch, wenn er zu spät kommt, muss er hungrig ins Bett. Franz überlegt noch einen Moment, ob er Paul oder seinem Vater Bescheid sagen soll, entschließt sich aber dann, das erst mal für sich zu behalten. Mittlerweile ist es so dunkel geworden, dass Franz fast nichts mehr sehen kann – weder draußen, noch auf dem Tisch. Und da er nicht möchte, dass Jan und Susanne ihn sehen, wenn er jetzt Licht macht, beschließt er, noch in die Küche zu den anderen zu gehen.

Jan isst ziemlich schweigsam. Susanne legt den Kopf schief und kaut auf ihrem rechten Zopf. Bis Jan es bemerkt. Dann nimmt sie ihn verlegen wieder aus dem Mund.

„Also, was ist?", fragt sie schließlich.

„Was ist?"

„Ja, was ist."

Jan hört auf zu kauen und erzählt stockend die Sache mit Thomas und Paul, und wie sie Rosenstolz verprügelt haben.

„Ach, deshalb war Thomas so aufgekratzt beim Abendessen. Er hat sich nur mit Papa gestritten."

„Mir ist nicht gut."

„Dafür hast du aber einen ganz guten Appetit."

Jan schaut Susanne verdrießlich an. „Ich meine, ich fühle mich mies."

„Aber sie haben dich doch gezwungen, oder?"

„Ja. Aber wenn er mein Vater ist, dann hätte ich doch Thomas und Paul verprügeln müssen, und nicht umgekehrt, oder?"

Susanne nickt langsam. „Stimmt."

„Er weiß nicht, dass ich dabei war."

„Da hätteste aber eine Tracht kassiert, wenn du den verteidigt hättest."

„Ich hatte Rosenstolz gefragt."

„Was gefragt?"

„Ob er mein Vater ist."

Susanne reißt die Augen weit auf. „Und?"

„Er hat mir gesagt, dass er meine Mutter gekannt hat. Früher." Jan kratzt sich am Kopf. „Ich müsste ihm erst beweisen, dass ich es ernst meine. Mit dem Sohn werden. Dass ich es wert bin. Dann sagt er es mir."

„Wie beweisen?"

Jan zuckt mit den Schultern. „Ich hab beschlossen, ihnen Essen zu bringen."

„Lass dich bloß nicht erwischen."

Jan nickt. „Glaubst du, dass ich Brot von euch haben könnte?"

Susanne schüttelt den Kopf. „Unser altes Brot kriegen die Schweine. Dafür kriegen wir irgendwann Wurst."

Auf dem Flur sind Schritte zu hören.

„Ich geh' mal lieber. Einmal Thomas am Tag reicht mir." Und damit klettert Jan wieder in den Hof hinunter. Es ist stockdunkel. Er stolpert zur Hintertür. Plötzlich öffnet sich vorsichtig die Tür zur Backstube. Jan drückt sich an die Hoftür. Eine Gestalt schiebt sich heraus und verschwindet zwischen den Häusern zur Straße. Ohne zu überlegen, folgt ihr Jan. Er schleicht zwischen den beiden Häusern zur menschenleeren Straße. Die Gestalt hinkt. Außerdem trägt sie ein Paket unter dem Arm. Jan bleibt weit zurück, damit sie ihn nicht bemerkt. Kurz bevor die Straße in die Hauptstraße einbiegt, läuft die Gestalt unter einer der wenigen Straßenlaternen her. Rosenstolz. Jan bleibt verdutzt stehen. Rosenstolz schaut sich um; hat wohl etwas gehört. Jan quetscht sich an die Hauswand und wartet. Schließlich humpelt Rosenstolz in die Dunkelheit. Jan trollt sich sehr nachdenklich nach Hause.

17

Er öffnet die Hoftür – Türen werden hier nie abgeschlossen; das weiß er mittlerweile zu schätzen – und tastet nach dem Lichtschalter. Er findet ihn und knipst ihn an. Franz steht fies grinsend vor ihm und verschränkt die Arme. „Wo warst du?"

„Das geht dich gar nichts an!"

Jan versucht an Franz vorbeizugehen, aber der versperrt ihm den Weg.

„Lass mich vorbei."

„Du warst bei Susanne. Ich hab euch gesehen."

Jan schaut ihn wütend an. „Hör auf, mir nachzuspionieren."

„Ich könnte es Papa sagen."

„Tu es doch, Petze."

Franz beißt sich auf die Lippe.

Paul kommt aus der Küche. „Na los, ab Marsch in die Heia." Er sieht von Franz zu Jan. „Was ist?"

„Nix", brummt Franz.

Paul schaut Franz süffisant an. „Du bist doch nur sauer, weil Jan bei Susanne landet und du nicht."

„Er war drüben. Und wir dürfen nicht nach drüben", faucht Franz.

„Wir sollen nicht hin wegen Adrian. Ich geh' rüber wegen Thomas – keine Gefahr – , Jan wegen Susanne – auch keine Gefahr – , aber weswegen willst du denn dahin?"

Franz wird knallrot. „Dein toller Freund Thomas sollte mal was wegen Adrian unternehmen."

„Das passt Thomas auch nicht. Du würdest Papa doch auch nicht verraten, oder?"

„Dafür habe ich ja auch keinen Grund." Und damit stapft Franz die Treppe zum Schlafzimmer hoch.

Am nächsten Morgen schleicht Jan noch vor dem Frühstück in den Laden. Keiner da. Genau wie er gehofft hat. Er lauscht. Außer in der Küche ist niemand zu hören. Er hat seinen Tornister dabei und packt schnell ein paar Konserven, etwas Schokolade und zwei Pakete Reis ein. Er versteckt den Tornister im Ruderboot, aber er merkt nicht, dass Paul ihn vom Badezimmerfenster beobachtet. Beim Frühstück taxiert Paul Jan scharf. Von Onkel Wilhelm ist nur die Zeitung zu sehen, Tante Helena sagt nicht viel. Das Radio dudelt wie üblich und gaukelt gute Laune vor. Jan ist mulmig. Das Boot ist ein blödes Versteck. Jetzt ist ihm das auch klar: da kommt er gleich schlecht ran. Und da es sein Tornister ist, gibt es absolut keine sinnvolle Erklärung dafür. Zumindest fällt Jan keine ein.

Franz schielt zu Onkel Wilhelm: „Das Boot ist doch jetzt fertig, oder?"

Onkel Wilhelm brummt irgendwas hinter der Zeitung.

„Dann könnten wir es doch heute zum Fluss bringen." Franz schaut jetzt erwartungsvoll auf die Zeitung.

„Heute habe ich keine Zeit. Sitzung."

Franz seufzt.

„Üb' schwimmen. Das Wetter ist hervorragend." Onkel Wilhelm faltet die Zeitung zusammen und schaut auf die Uhr. Franz' Gesicht wird länger. „Ein paar Muckis schaden dir nicht." Damit beendet Onkel Wilhelm die Diskussion.

„Bis dahin kann Jan mir im Laden helfen", entscheidet Tante Helena.

Jetzt wird es eng. Jan schaut auf die Teller der anderen. Alle haben noch etwas auf dem Teller. Entschlossen springt Jan auf. „Ich hab' vergessen, Strassberg ein Schulbuch zurückzugeben. Dann mach ich das jetzt sofort. Bin gleich wieder da."

Er schnappt den Rest seines Butterbrotes und rennt. Die anderen schauen sich verdutzt an. Paul runzelt die Stirn. Jan flitzt zum

Boot, zerrt den Tornister hervor, und weg ist er. Das Butterbrot wirft er auf der Straße weg.

Im Haus der Rosenstolz sieht er Schatten hinter den Fenstern. Er packt eilig seine Sachen auf den Gartentisch. Die Tür geht auf.

Sarah Rosenstolz kommt ruhig auf ihn zu. „Was machst du da?"

Jan legt das letzte Paket Reis auf den Tisch. „Ich hab' ihnen was gebracht."

„Von wem ist das?" Rosenstolz humpelt aus dem Haus mit Salomon im Schlepptau.

„Von meinem Onkel", sagt Jan leise. Stimmt ja leider. Irgendwie.

Sarah Rosenstolz findet als erstes ihre Worte wieder. „Dann sag' deinem Onkel, dass wir uns ganz herzlich bei ihm bedanken."

„Was heißt bedanken? Wir nehmen die Sachen natürlich nicht!" Rosenstolz nimmt zwei Konserven und hält sie Jan hin. Dabei muss er sein Gewicht auf dem rechten Fuß halten und kommt leicht ins Schwanken. Salomon schielt sehnsüchtig auf die Schokolade.

„Natürlich tun wir das." Sarah Rosenstolz schaut ihren Mann mit einem ziemlich bestimmten Blick an.

„Oh nein, dass tun wir nicht."

„Doch." Sarah Rosenstolz hat nun eindeutig genug.

„Der will doch nur vor dem Jungen gut dastehen. Wahrscheinlich hat der Junge Fotos von früher gesehen. Und jetzt gerät der Herr Ortsgruppenleiter in Erklärungsnot." Rosenstolz schaut zu Jan und wartet auf dessen bestätigendes Kopfnicken, das aber nicht kommt, weil Jan überhaupt nicht verstanden hat, worum es jetzt geht. „Fotos von deinem Onkel, Walter, mir und Adrian, als wir klein waren. Hast du welche gesehen?"

Jan schüttelt sacht den Kopf.

„Ist mir ganz egal. Wir können die Sachen gut gebrauchen. Und damit basta." Sarah Rosenstolz packt sich die Sachen auf den Arm. Das war das Stichwort, auf das Salomon gewartet hat.

Er schnappt sich gierig die Schokolade.

„Das machst du nicht!" Rosenstolz ist außer sich.

„Und wie ich das mache!" Und ohne ihren Mann weiter zu beachten, eilt Sarah ins Haus. Rosenstolz bleibt schweigend neben Jan stehen. Jetzt erst fällt Jan auf, dass Rosenstolz trotz ramponiertem Gesicht gut angezogen ist. Er marschiert zum Weg.

„Wo geht er hin?", fragt Jan Salomon.

Salomon zuckt mit den Schultern. „Wo ist England?"

Nur eine Sekunde – dann hat Jan verstanden und rennt Rosenstolz hinterher. Er hat ihn schnell eingeholt und läuft neben ihm her. Rosenstolz versucht ihn zu ignorieren. Eine Weile gehen sie so. Rosenstolz schlägt den Weg zur Hauptstraße ein.

„Ich hab' Salomon das Winnetou-Buch aus unserer Bücherei geliehen." Jan findet, dass das ein guter Einstieg in ein Gespräch ist.

Rosenstolz schweigt.

„Weil er immer Indianer spielt."

Unbeirrt geht Rosenstolz weiter.

„Damit er mal was anderes zu lesen hat als diese blöden Märchen."

Immer noch nichts.

„Lesen Sie viel?"

Keine Antwort.

„Wo gehen Sie hin?"

Rosenstolz schaut ihn noch nicht mal an.

„Gehen Sie weg?"

Rosenstolz beißt sich auf die Unterlippe.

„Wegen Thomas und Paul?"

Rosenstolz beschleunigt seinen Schritt, soweit es ihm möglich ist. Insgeheim befürchtet Jan, dass Rosenstolz ihm bald eine scheuert. In der Ferne taucht die Hauptstraße auf. Außerdem muss er bald zurück. Also muss er zum springenden Punkt kommen.

„Fahren Sie nach England?"

Rosenstolz bleibt stur.

„Wenn Sie nach England fahren, nehmen Sie mich mit?"

„Hast du nachts Angst?", fragt Rosenstolz langsam. Er schaut geradeaus. „Hast du zu Hause im Dunkeln Angst? Hast du soviel Angst, dass du nachts weinst?"

„Was?" Jan schüttelt den Kopf. „Nein, wieso?"

„Eben. Und jetzt frag mal Salomon."

Jan schaut ihn verständnislos an.

„Ein Sohn, der immer und überall verprügelt wird, ohne Schule, ohne irgendeine Zukunft, reicht mir. Und jetzt geh nach Hause."

Sie haben die Hauptstraße erreicht. Rosenstolz setzt sich mühsam neben eine einsame Bushaltestelle am Straßenrand und wartet. Er beachtet Jan nicht mehr, und Jan möchte auch nicht mit Rosenstolz gesehen werden. Also läuft er zurück.

„Und?" Tante Helena schaut ihn prüfend an, als er den Laden betritt.

„Tut mir Leid. Bin ich zu spät?"

„Nein, nicht wesentlich. Du kannst die Ware da auspacken." Sie deutet mit dem Kopf auf eine riesige Kiste. Jan macht sich sofort an die Arbeit.

„War er da?"

„Ja." Jan versucht sich zu erinnern, von wem die Rede ist.

„Wo hast du ihn gelassen?"

Jan steht kerzengerade. „Wen?" Er versteht gerade gar nichts mehr.

„Jan! Deinen Tornister! Hast du ihn bei Strassberg vergessen?"

Jetzt fällt ihm auf, dass er seinen Tornister bei Rosenstolz vergessen hat. Er nickt. „Ach, Mist."

„Du gehst ein Buch wegbringen und vergisst deinen Tornister?"

„Er hat mich so zugequatscht."

„Jan!"

„Entschuldigung. Er hat mich auf einen Kakao eingeladen und

mir vom Krieg erzählt."

„Na gut. Dann musst du ihn später holen. Jetzt hilfst du erst mal."

Jan bemüht sich, den Rest des Vormittags extra fleißig zu sein. Für den Nachmittag ist Marschieren angesagt. Weder Franz noch Jan haben Lust, aber Thomas hat es angeordnet, und da kommt man besser. Nun exerzieren sie schon seit einer Stunde in der Mittagshitze auf einer Wiese neben der Hauptstraße. Am Anfang sahen sie in ihren Uniformen noch schick aus, und es klappte alles, aber jetzt sind sie verschwitzt und unkonzentriert. Thomas läuft zu Höchstform auf, staucht sie zusammen und drillt sie vorbildlich. Dauernd muss irgendeiner zwanzig Liegestütze machen. Anschließend machen sie singend eine Ehrenrunde durch das Dorf. Es hört sich schauderhaft an. Dann gehen die Jungen noch schwimmen. Franz hat sich vorher verdrückt und Halsschmerzen vorgeschoben. Jan genießt kurz das kühle Wasser. Irgendwie reicht es ihm. Er verdrückt sich und liest auf seiner Pritsche Old Shatterhand – frisch ausgeliehen aus der Bücherei. Franz bastelt an seinem Modellschiff. Selbst als Paul später kommt, bleibt alles ausnahmsweise friedlich.

Nachts schreckt er hoch. Erst wollte er wach bleiben, war dann aber doch eingenickt. Leise schleicht er in den Laden. Vorsichtig nimmt er sich zwei Tafeln Schokolade. Er überlegt, wo er sie am besten deponiert und erinnert sich an die Schale mit den Briefen auf der Anrichte im Flur. So untendrunter. Ohne Licht zu machen, tastet er sich zurück in den Flur und schiebt die Schokolade zwischen die Briefe.

„Was machst du da?", flüstert eine wütende Stimme. Paul.

Jan wird kalkweiß, aber das kann Paul nicht sehen. Paul greift in die Briefe, findet die Schokolade und hält sie ihm unter die Nase.

„Du beklaust uns!" Paul wird lauter, aber noch nicht so, dass man es oben hören kann. Jan sagt nichts.

„Mama hat schon Recht, wenn sie sagt, von ihrer Schwester kann nichts Gutes kommen."

Jan spürt einen tiefen Stich; das ist ungerecht, so was hinter seinem Rücken zu sagen. Seine Mama ist immer für ihn und alle im Haus da. Immer hat sie ihm eingebläut, dass er ein guter Junge sein soll. Außerdem hat Tante Helena Mama nie besucht. Sie kennt sie gar nicht richtig.

„Ist nicht für mich", sagt Jan leise.

„Klauen ist es trotzdem."

„Ich hab' doch kein Geld."

„Wir auch nicht."

Jan findet schon, dass sie wesentlich mehr Geld als seine Mama haben.

„Ist für meine Großmutter."

Paul boxt ihn unsanft in den Magen. „Verscheißer' mich nicht."

Jan knickt etwas zusammen und kann gerade noch einen Hustenanfall unterdrücken. Er nickt. „Sag es bitte nicht Onkel Wilhelm."

„Ist das wieder für den kleinen Juden?" Paul klingt nun richtig sauer.

Jan nickt. „Der ist dürr."

„Jan, das sind Juden! J.U.D.E.N. Wenn ich das Thomas erzähle..."

„Dann sag es ihm doch nicht."

„Spinnst du? Warum sammelst du nicht für die Witwen und Waisen?"

„Tu ich doch in Berlin." Stimmte ja auch. „Was hat euch der Kleine getan?"

„Deshalb kannst du uns doch nicht beklauen! Schokolade ist teuer."

„Gibt es nicht was Billiges?"

„Du willst was Billiges klauen?" Das klang verächtlich, aber nicht wirklich sicher.

Dann fällt Jan was ein. Etwas, was lange irgendwie in seinem Kopf war, er aber nicht so recht als klaren Gedanken fassen konnte. „Die Rosenstolz hatten doch auch einen Laden. Und der ist abgebrannt."

„Und?" Paul klingt auf einmal unsicher.

„Dann habt ihr doch jetzt die Kundschaft von den Rosenstolz, oder?"

„Na ja... "

„Also verdient ihr doch deren Geld, oder?"

„So gesehen... "

„Dann ist es doch nur fair, dem mal Schokolade zu geben? Seine Eltern können es ja nicht mehr."

Paul sagt einen Moment nichts. „Kapierst du denn gar nichts? Das sind Juden."

„Hunger haben sie trotzdem."

„Warum willst du dem unbedingt helfen?" Paul schaut ihn scharf an, und Jan fühlt sich trotz der Dunkelheit ziemlich unwohl.

Weil er mein Bruder sein könnte, kann Jan schlecht sagen. Und die Mitleidsmasche hat er auch schon ausgeschöpft.

„Ich finde es ja in Ordnung, wenn sie in den Osten gehen oder sonst wohin", sagt er schließlich recht bestimmt im HJ-Ton, „aber hungrig ist doch nicht richtig, oder?" Jan ist sich nicht sicher, ob das reicht, also fügt er noch hinzu: „Es muss hier doch kein Deutscher hungern."

Und das stimmte ja wohl. Rosenstolz würde jetzt sagen, dass er Deutscher ist, aber das erwähnt Jan besser nicht. Außerdem ist Jan nicht sicher, ob Rosenstolz Recht hat.

Paul zögert. „Na gut. Aber keine Schokolade. Komm, schauen wir mal. Aber meinen Eltern sagen wir das nicht, verstanden?"

Jan nickt, heilfroh. Dann gehen beide mit zwei Leinenbeuteln bewaffnet in den Laden. Leise aber zielsicher wählt Paul die billigste und älteste Ware aus. Aber immerhin. Schließlich sind die

Beutel voll, und Jan hat einen Verbündeten. Sie verstecken sie im Kabuff unter der Treppe.

18

Am nächsten Tag, nachdem er seine Pflichten erledigt hat, verkündet Jan beim Mittagessen, seinen Tornister von Strassberg zu holen. Es interessiert keinen. Nur Paul wirft ihm einen verstohlenen Blick zu, und Jan hofft, dass er die nächtliche Plünderung nicht bereut. Als niemand im Flur und auf dem Hof zu sehen ist, holt Jan die Beutel aus dem Versteck und zieht los. Im Hof ruft Susanne ein ‚Hallo' aus ihrem Fenster und winkt. Als sie Jan mit den Beuteln sieht, der augenscheinlich schnell weg will, verschwindet sie schnell in ihrem Zimmer. Jan trabt los. Für alle Fälle schlägt er den Weg in Richtung Schule ein. Strassberg soll da irgendwo wohnen. Plötzlich hört er hinter sich Schritte. Susanne kommt mit einer Tüte angelaufen und grinst ihn an.

„Ich komm' mit."

„Wie, mit?"

„Na, du gehst doch jetzt hin, oder?" Sie deutet auf seine Beutel. Jan nickt.

„Warum gehst du denn hier rum?"

„Weil ich Tante Helena gesagt habe, ich hätte meinen Tornister bei Strassberg vergessen, als ich ihm ein Buch zurückgebracht habe."

Susanne legt den Kopf schief. „Und du denkst, dass sie dir das geglaubt hat?"

Jan zuckt mit den Schultern. „Deshalb gehe ich ja hier lang."

Hinter dem Dorf, nachdem sie sich vergewissert haben, dass niemand sie sieht, wandern sie in einem riesigen Bogen um das Dorf in Richtung Rosenstolz.

„Was hast du in der Tüte?", will Jan schließlich wissen.

„Sachen vom Vortag."

Jan denkt an Rosenstolz, als er aus der Bäckerei gekommen ist.
„Adrian gibt ihm immer was, nicht wahr?"

Susanne schaut ihn irritiert an. „Nur alte Sachen. Hast du die ganzen Sachen da geklaut?"

Jan nickt selbstbewusst.

„Das ist ganz schön viel."

„Na, Paul hat mir geholfen."

„Paul?" Susanne schaut ihn entsetzt an. „Hoffentlich erzählt der Thomas nichts."

Das hofft Jan auch inständig. „Glaub ich nicht."

Sie wandern einen schönen Waldweg entlang. Alles ist friedlich. Vögel zwitschern und ein paar Rehe verschwinden leise im Unterholz, als sie näher kommen. Unter dem dicken Blätterdach ist es angenehm kühl. Als sie an einem großen Baumstumpf vorbeikommen, bleibt Susanne leichenblass wie angewurzelt stehen.

„Was hast du?" Jan schaut sie an.

„Da." Sie zeigt auf den Baumstumpf.

„Ich sehe nichts."

„Da. Guck doch."

Hinter dem Baumstumpf lugt die Katze der Hexe hervor.

„Kannst unbesorgt sein. Die habe ich entschärft", verkündet Jan mit einem stolzen Strahlen. Dann kniet er sich hin: „Miez. Miez."

Die Katze, erfreut über die Aufmerksamkeit, kommt angestrichen, den Schwanz senkrecht, und schmiegt sich um Jans Knie; sie hat ihm die Verschönerung, so scheint es, nicht übelgenommen. Susanne bewegt sich noch immer nicht.

„Siehste, hab ich mit Salomon gemacht."

Jetzt sieht auch Susanne das Hakenkreuz auf dem Rücken. Sie entspannt sich merklich, kann sich aber nicht dazu durchringen, sie zu streicheln. Jan seufzt, wuschelt die Katze noch einmal durch, und steht auf. Dann setzen sie ihren Weg fort. Bald erreichen sie den Garten. Rosenstolz spielt mit Salomon Fußball. Besser gesagt, er steht im Tor und versucht sich möglichst wenig zu bewegen, während Salomon versucht, ein Tor zu schießen. Der Knirps ist durchgeschwitzt. Rosenstolz ist wenig begeistert, als er sie sieht, aber Salomon winkt und läuft ihnen entgegen.

„Wollt ihr mitspielen?"

Rosenstolz kommt langsam auf sie zu. Zur Begrüßung nickt er nur Susanne kurz zu.

„Ich hab' meinen Tornister hiergelassen."

„Steht unterm Gartentisch." Rosenstolz lauert.

Jan schaut hin. Stimmt.

„Ich hab' schon eine Seite aus Winnetou gelesen. Ganz allein! Sollen wir alle zusammen Ball spielen?", versucht es Salomon erneut und schaut hoffnungsvoll zu seinem Papa. Der schüttelt den Kopf.

Sarah Rosenstolz läuft aus dem Haus lächelnd auf Susanne zu: „Ich möchte mich noch einmal recht herzlich bei deinem Vater bedanken. Auch der Schokoladenkuchen war sehr lecker, stimmt's Salli?"

„War schön saftig", lobt Salomon.

Jan schaut kurz zu Susanne, die verlegen mit den Schultern zuckt.

„Ich hab noch Sachen", sagt Jan schließlich und hält die Beutel höher. Salomon will hineingucken, aber Rosenstolz hält ihn am Nacken fest.

„Wir brauchen das nicht", brummt Rosenstolz.

„Nicht schon wieder", seufzt Sarah Rosenstolz. „Ich hab' die Nase voll. Du bist genauso verbohrt wie alle. Wenn Wilhelm und Adrian uns Lebensmittel schicken, dann sei nicht so dumm, sie zurückzuweisen." Und damit verschwindet sie zornig im Haus.

„Die sind nicht von meinem Onkel", sagt Jan leise.

Rosenstolz schaut ihn scharf an.

„Ich hab die organisiert."

„Du hast sie gestohlen?" Rosenstolz ist entsetzt. „Gestohlen? Hast du denn gar nichts verstanden? Weißt du, was passiert, wenn das herauskommt?"

„Aber es ist doch nur gerecht", stammelt Jan. „Und ich sollte doch..." Er beißt sich auf die Zunge. ‚Klauen‘, kann er ja schlecht sagen.

Rosenstolz holt zu einer Ohrfeige aus, kann sich aber im letzten Moment zurückhalten. „Hau ab. Hau sofort ab. Ich will dich nicht mehr hier sehen!", brüllt Rosenstolz ihn an. Salomon schaut seinen Vater entsetzt an. „Und nimm bloß deinen Krempel mit! Alles!"

Susanne zieht Jan nach hinten, aber der bleibt trotzig, wo er ist.

„Es stimmt, was die in der Schule sagen!", platzt es aus Jan hervor. „Juden sind gemein und undankbar. Und widerlich." Er spuckt vor Rosenstolz aus. Reflexartig schlägt Rosenstolz hart zu. Salomon heult los. Susanne zerrt heftig an Jan. Tränen schießen Jan in die Augen und er lässt sich von Susanne wegziehen.

„Jan ist mein Freund!", plärrt Salomon verzweifelt und will Jan hinterherlaufen, aber Rosenstolz hält ihn fest.

„Die werden niemals deine Freunde sein", schimpft Rosenstolz.

Nach ein paar Metern dreht Jan sich um und wirft die Sachen in hohem Bogen Rosenstolz vor die Füße. Dann stapft er an Susanne vorbei. Susanne legt ihre Tüte schnell auf die Erde und folgt ihm. „Was willst du denn mit dem?", flüstert sie, als sie ihn eingeholt hat, aber Jan hört sie nicht. Den ganzen Rückweg sagt Jan keinen Ton, und Susanne geht schweigend neben ihm her. Als sie die Bäckerei erreichen, verschwindet Susanne im Laden, nur um einem vorwurfsvollen Thomas in die Arme zu laufen. Jan bleibt vor dem Schaufenster stehen und betrachtet sich im spiegelnden Glas: Ein stolzer Pimpf. In einer adretten Uniform. Tante Helena hatte sie mit Kernseife bearbeitet. Wenn Rosenstolz einen Beweis will, kann er ihn kriegen.

Er betritt den Laden. Er wartet bis nach dem Abendessen. Hunger hatte er nach alldem keinen mehr, aber er wollte nicht auffallen. Also war er fröhlicher als ihm zumute war, aß mehr als er wollte und zeigte sich aufmerksamer als sonst. Tante Helena schaute ihn zwar schräg an, aber dann war sie von Franz' Nörgelei wegen des Ruderboots abgelenkt. Er stibitzt Streichhölzer aus der Küchenschublade und eine alte Zeitung vom Abfall. Heimlich rennt er wieder zu den Rosenstolz. Er wird immer schneller. Es ist ihm sogar egal, ob ihm jemand folgt. Das tut aber niemand. In der Abenddämmerung kommt er an. Niemand ist zu sehen. Nur im Haus brennt in der Küche eine Petroleumlampe, und er sieht Schatten am Tisch. Er rafft etwas trockenes Holz zusammen. Dann stapelt er Holz und Zeitung an einer Stelle, die weit vom Haus und irgendwelchem Gemüse entfernt ist. Es dauert einen Augenblick, bis der kleine Stapel brennt. Schnell wird die Flamme größer. Jan starrt hinein und denkt an seine Mama, Berlin und an das Jetzt. Er zieht seine Uniform – Hemd, Koppel, Tuch, Hose, das Fahrtenmesser und sogar die Schuhe – aus. Jetzt steht er nur noch in der Unterhose da. Rosenstolz reißt die Tür auf. Hinter ihm lugen Sarah Rosenstolz und in einer Schlafanzughose Salomon ängstlich hervor.

„Willst du dieses Haus jetzt auch anzünden?", brüllt Rosenstolz. In rasender Geschwindigkeit humpelt er auf ihn zu.

Jan wird ganz ruhig. Als Rosenstolz vor ihm steht, wirft er seine Uniform und die Schuhe ins Feuer. Sie brennen sofort lichterloh. Nun lässt er noch sein Messer in die Flamen fallen.

„Reicht das als Beweis?" Jan schaut Rosenstolz trotzig in die Augen. Dieser schaut ihn nur an.

Salomon taucht hinter Rosenstolz auf und beobachtet die zerfallende Uniform. Er lächelt. „Sind wir jetzt Blutsbrüder?"

Aber Jan dreht sich um und rennt weg.

Auf dem Heimweg wird ihm klar, dass er sich gar nicht überlegt hat, womit er erklären soll, dass er ohne Uniform und nur mit Unterhose bekleidet auftaucht. Aber es ist ihm egal. Er ist mit sich zufrieden. Zum ersten Mal seit Langem. Er schleicht durchs Dorf, pirscht sich von Haus zu Haus – immer bedacht, niemandem über den Weg zu laufen. Schließlich erreicht er den Hof. Im Schlafzimmer oben brennt Licht. In der Küche auch. Durch das Fenster sieht er Onkel Wilhelm, der etwas schreibt, und Tante Helena, die eine Hose flickt. Er entscheidet sich für die Küche. Zwei Augenpaare starren ihn an.

„Ich hab was Dummes gemacht", fängt Jan an.

„Das glaube ich auch", antwortet Tante Helena beim Anblick des halbnackten Jungen.

„Und was genau?" Onkel Wilhelm ist perplex.

„Ich war am Fluss. Und mir war kalt. Dann hab ich ein Feuer gemacht. Und dann ist meine Uniform zu brennen angefangen. Dann bin ich ins Wasser gesprungen. Zum Löschen."

Er schaut in zwei offene Münder und wartet.

„Einen derartigen Unfug habe ich noch nie gehört!" Tante Helena wird richtig ärgerlich.

„Du warst doch nicht alleine?", mutmaßt Onkel Wilhelm.

Tante Helena fasst in Jans Haare. „Trocken."

Sie ist clever. Daran hat er nicht gedacht.

„Aber nach Feuer riechen tut er schon", grinst Onkel Wilhelm. „Also, mit wem warst du da?"

Es entsteht eine unangenehme Pause.

„Mit Susanne." Jan hofft einfach, dass Onkel Wilhelm Susanne nicht ausfragt, bevor er sie warnen kann.

„Hatte ich dir nicht verboten, hinüberzugehen?" Der Onkel schaut ihn streng an.

„Ich war ja nicht drüben. Wir haben uns getroffen. Zufällig."

„Zufällig?"

Jan nickt. „Sie war malen."

Tante Helena und Onkel Wilhelm schauen durchs Fenster in die Nacht.

„Sie malt sehr gerne im Dunkeln." Jan nickt nochmals zur Bekräftigung.

„Aha, und dann habt ihr euch ein nettes Feuer gemacht, Brot geröstet, wart schwimmen, und eure Sachen haben dabei zu nahe am Feuer gelegen und sind dann verbrannt, nicht wahr?" Onkel Wilhelm ist stolz auf seine Kombinationsgabe. Man sieht es ihm an.

Jan weiß nur nicht, ob er das ernst meint. Tante Helena scheint auch ihre Zweifel zu haben. Jan kratzt sich erst mal am Kopf. Um Zeit zu gewinnen. Jan riskiert es. Sonst fällt ihm nichts Plausibles ein. „Es war so warm. Wir waren nur ganz kurz im flachen Wasser."

Tante Helena schaut an Jan herunter. Dann lehnt sie sich zurück und schaut ihm in die Augen: „Deine Unterhose ist nicht nass."

Jetzt steckt er in der Zwickmühle. Er grinst nun einfach blöd.

Und dann sagt Tante Helena etwas, was Jan gar nicht versteht: „Kommst ja wirklich auf meine Schwester heraus. Du gehst jetzt ins Bett. Morgen gebe ich dir ein paar Sachen von Franz. Und das mit der Uniform kannst du deiner Mutter selbst erklären."

Und damit ist die Sache erledigt.

In den nächsten Tage kann er Susanne warnen, und endlich verkündet Onkel Wilhelm beim Frühstück die Nachricht, auf die Franz so brennend gewartet hat.

„Heute Nachmittag ziehen wir das Ruderboot zum Fluss", erklärt Onkel Wilhelm frohlockend. Franz bricht in Jubel aus. Paul und Jan zeigen nicht ganz diesen Enthusiasmus.

Beim Mittagessen kann Franz vor Aufregung kaum stillsitzen.

„Sag mal, Franz, wie sieht es denn nun mit deinen Schwimmkünsten aus?", fragt Onkel Wilhelm betont beiläufig.

Franz hört auf zu kauen und schaut unsicher in die Runde. Sein Blick bleibt auf Jan hängen. „Ich kann es jetzt."

„Seit wann?" Das war Paul. Er zerschneidet konzentriert sein Spiegelei.

„Jan, sag, dass ich es kann", bittet Franz.

Toll. Alle schauen nun Jan an. Jan rührt einen Moment zu lange in seinem Kartoffelbrei.

„Gut. Franz, du darfst erst in das Ruderboot, wenn du schwimmen kannst." Onkel Wilhelms Anordnung ist unmissverständlich.

Franz wird bleich. „Aber ich wollte es gleich mal ausprobieren!"

„Du kannst nicht schwimmen!"

„Paul ist doch dabei!" Franz Stimme klingt eine Oktave höher und ziemlich verzweifelt.

„Der Fluss ist wirklich gefährlich, Franz", stimmt Tante Helena zu.

„Ich will aber in das Ruderboot! Ich weiß alles über Boote!"

Onkel Wilhelm wird es jetzt langsam zu bunt. „Du baust nur Modelle. Das hat nichts mit der Realität zu tun."

„Ein gutes Modell verhält sich genau wie in Wirklichkeit."

„Aber das ist ein richtiger Fluss, keine Badewanne. Man kann dort richtig ertrinken. Und jetzt reicht es!"

„Aber... "

„Franz, ich habe jetzt genug. Wir bringen das Boot gleich zum Fluss, und du darfst erst mit dem Boot fahren, wenn du schwimmen kannst." Onkel Wilhelm legt wütend sein Besteck zusammen.

„Aber die Jungfernfahrt!"

„Tja, die findet nun wohl ohne dich statt!", Onkel Wilhelm grinst ihn unbarmherzig an.

Jan tut Franz leid. Klar, Jan kennt kaum einen Jungen, der nicht schwimmen kann, aber am Ufer stehen zu müssen, ist hart.

Franz stehen Tränen in den Augen.

„Jan, dann mach du die Jungfernfahrt." Onkel Wilhelm schaut

auffordernd Jan an. „Wen willst du denn mitnehmen?"

Jan schaut zu Franz.

„Nein, das hat Franz sich selbst zuzuschreiben."

Jan nickt resignierend. Franz wird unausstehlich werden. „Paul?"

Paul schüttelt den Kopf. „Lass man, ich wollte nachher mit Thomas und den anderen wandern."

Jan schluckt einmal. „Dann nehm ich Susanne mit."

Das hat Onkel Wilhelm nun davon. Er grinst etwas verlegen. Franz ist nun endgültig bedient. Tante Helena mustert Jan und Paul kratzt sich am Hinterkopf.

Onkel Wilhelm gibt Jan spielerisch einen Kinnhaken. „Du bist mir ja einer. Trotz meiner Verbote. Also gut, für die Jungfernfahrt ist das Verbot aufgehoben."

Jan lächelt dankbar. Er schaut unsicher zu Franz. Der würde ihn auf der Stelle umbringen.

Nach dem Essen schwebt Jan zur Bäckerei und benutzt sogar den vorderen Eingang. Ganz offiziell. Er schellt. Adrian macht ihm auf. Thomas ist wohl oben. Das erleichtert es. Wenigstens muss er nicht Thomas erklären, was er will. Adrian grinst allerdings ziemlich blöde, als er ihn fragt, ob er Susanne sprechen könnte. Adrian holt Susanne und geht taktvollerweise wieder nach hinten.

Jan wird jetzt ganz schön warm. „Möchtest du mit mir heute Abend das Boot ausprobieren?"

Sie strahlt. „Nur wir beide?"

Jan nickt. Und dann schauen sie sich beide verlegen einen Moment an, und keiner sagt was. Also beschließt Jan, etwas zu tun. Er geht. Irgendwie wusste er nicht, was er noch sagen sollte. „Also, bis heute Abend dann." Susanne nickt, und er ist draußen. Glücklich.

Später schieben sie das Ruderboot zum Steg. Onkel Wilhelm hatte sich einen Bootswagen ausgeliehen. Natürlich erkundigt er sich bei Jan, ob er Susanne gefragt hat. Hat er. Franz sagt den ganzen Weg über kein Wort. Es will keine rechte Stimmung aufkommen und es wird ein schweigsamer Marsch. Eher eine Beerdigung als eine Schiffstaufe. Endlich erreichen sie den Steg. Der Moment, der eigentlich ein besonders schöner werden sollte, wird ziemlich trübe. Sie ziehen das Ruderboot vorsichtig ins Wasser und binden es danach am Steg fest. Onkel Wilhelm zaubert ein Flasche Bier aus einer Jackentasche. Mit wenig Begeisterung schüttet Franz sie über das Boot. Zerdeppern geht nicht, sonst könnte jemand in die Scherben treten. Dazu nuschelt Franz lustlos: ‚Ich taufe dich auf den Namen ‚Bismarck‘. Paul macht danach schnell die Biege und murmelt was von ‚keine Zeit‘, und ‚HJ‘. Onkel Wilhelm, Franz und Jan bringen anschließend die leere Karre zurück.

Tante Helena hatte heute Morgen zur Feier des Tages einen Kirschkuchen gebacken, und nun gibt es ein Stück für jeden. Franz ist immer noch verbockt, und Onkel Wilhelm versucht, gute Laune zu verbreiten und sich zu rechtfertigen. Er doziert über die Gefahren der Seefahrt. Endlos. Nicht, dass er sich besonders dafür interessieren würde, aber er hat mal etwas darüber gelesen. Jan stopft den Kuchen in sich hinein. Er sagt nicht viel. Endlich sind sie fertig.

„Ich lass' gleich mein neues Modellboot schwimmen", murmelt Franz trotzig, die Arme verschränkt, die Unterlippe vorgeschoben.

„Pass auf, Franz!", seufzt Tante Helena.

„Ich geh schon an eine ganz flache Stelle", mault Franz.

Onkel Wilhelm brummt: „Wenn du aufhören würdest, deine Zeit mit Spielzeug zu verplempern und anständig trainieren würdest, wärst du der beste Pimpf des Gaus."

Tante Helena blickt skeptisch zu Onkel Wilhelm, Franz nur auf seinen Teller. Jan wartet noch einen taktvollen Moment, steht dann auf und verschwindet durch die Hoftür in Richtung Rosenstolz.

Kurz bevor er sein Ziel erreicht hat, kommt ihm Salomon mit

seiner Angel und dem Eimer entgegen. „Kommt das Bleichgesicht mit zum Fischen?"

Jan gefällt findet die Idee ganz nett, und so trotten sie zum Steg. Heimlich sieht Jan sich hin und wieder um, ob ihn irgendjemand sieht. Salomon betrachtet ehrfürchtig das Ruderboot. „Ist das euer Boot?"

Jan zuckt mit den Schultern.

„Toll. Darf ich mal rein?"

„Lieber nicht. Später mal. Damit ist noch keiner gefahren."

Salomon versucht darin einen Sinn zu sehen, es gelingt ihm aber nicht. „Ich will ja nicht fahren."

Jan auch nicht. „Na gut."

Salomon klettert geschickt hinein, setzt sich auf alle Bänke, betastet die Paddel und den Schriftzug. Er klettert wieder raus. Dann setzen die beiden sich ans Ende des Stegs. Salomon holt einen Regenwurm aus einer Dose, spießt ihn auf einen selbstgemachten Angelhaken und wirft die Leine ins Wasser. „Mama freut sich immer, wenn ich Fisch nach Hause bringe."

Sie sagen eine Weile nichts.

„Hast du weiter in dem Winnetou gelesen?", erkundigt sich Jan.

„Ja, aber das ist richtig schwer. Hab's dabei. Im Eimer."

„Ist ja auch ein Erwachsenenbuch."

Salomon nickt ernsthaft. „Ist toll. Papa hat mit erklärt, was ein Greenhorn ist. Und Mustangs. Und Blutsbrüder."

Jan weiß, was Blutsbrüder sind, aber er mag nicht darauf eingehen. Er vergewissert sich, dass niemand in der Nähe ist.

Salomon denkt laut. „Wenn einer dich mit mir sieht, wirst du auch immer verprügelt?"

Jan will irgendetwas anderes sagen, sagt dann aber nur: „Stimmt."

„Jetzt bist du keiner mehr von denen, oder?"

Jan schaut Salomon an. Was ist er? Er weiß es nicht. Er hat keine Uniform mehr, also gehört er nicht mehr dazu, oder?

„Kaufst du dir eine neue Uniform?" Salomon blinzelt in die Sonne.

„Ich weiß nicht. Meine Mama hat nicht viel Geld. Sie hatte lange dafür gespart."

Sie schauen eine Weile auf das Wasser. Mücken schwirren über den Fluss. Ein paar Schwalben jagen ihnen hinterher. Die Sonne steht schon dicht am Horizont. Der Himmel ist hübsch orangerot. Alles ist richtig malerisch und friedlich.

„Kannst du Steine flitzen lassen?" Salomon wechselt das Thema.

„Was?" Jan erwacht aus seiner Betrachtung.

„Steine flitzen lassen. Hat mein Papa mir gezeigt." Salomon drückt ihm die Angel in die Hand. „Halt mal."

Dann läuft er zum Ufer, hebt ein paar Kiesel vom Weg auf und rennt über den Steg wieder zurück. Er stellt sich auf das Ende des Stegs und pfeffert den ersten Kiesel in einem flachen Winkel auf das Wasser. Er hüpft viermal weit vom Ufer weg auf. Salomon grinst zufrieden. Das war gut. Jan nickt dem Kleinen anerkennend zu und legt die Angel vorsichtig auf den Steg, klopft sich die Hände an der Hose ab. Salomon gibt ihm ein paar Steine. Jan versucht es. Sein erster Kiesel versinkt mit einem ziemlichen Platsch einen Meter vor ihm und verscheucht so ziemlich jeden Fisch, der sich für die kleine Leiche am Haken interessiert hätte.

Salomons nächster Versuch ergibt immerhin noch drei Hüpfer, Jans geht wieder sang- und klanglos unter. Aber es macht Jan nichts aus. Im Gegenteil, er freut sich, dass der Kleine das so gut kann. Der Knirps sieht glücklich aus.

„Zeigt dein Papa dir viele solche Sachen?", fragt Jan beiläufig.

„Ja, viele. Papa bringt mir alles bei, was ein Jude wissen muss. Und eben andere Sachen, die nützlich sein können. Sagt er immer."

Jan wird hellhörig. „Was muss denn ein Jude alles wissen?"

Salomon schaut ihn an. „Man muss immer viel lesen. Sein ganzes Leben lang. Ich muss noch viel lernen bis zu meiner Bar

Mizwa."

„Deiner was?"

„Dann wird man ein richtiger Jude und erwachsen. Man muss Hebräisch können und aus der Thora vorlesen. Vor allen."

„Wann ist die denn?"

„Wenn ich zwölf bin. Aber hier geht das nicht. Das geht nur, wo viele Juden sind."

Jan denkt fieberhaft. „Wenn ich ein Jude wäre, müsste ich jetzt meine Bamiza haben?"

Salomon legt den Kopf schief. Dann nickt er.

„Aber dann könnte ich ja nie mehr ein Jude werden? Ich kann kein Hebräisch."

Salomon überlegt gewissenhaft. „Ich weiß nicht. Vielleicht kannst du ganz schnell Hebräisch lernen."

Das hatte Jan gar nicht bedacht. Dass man was tun muss, um Jude zu sein. Und wenn er an seine mageren Englischkenntnisse denkt, ist es eher zweifelhaft, dass er ganz schnell Hebräisch lernt. Und dann könnte er kein Jude werden. Ganz egal, ob Rosenstolz sein Vater ist oder nicht. Und er würde ihn dann bestimmt nicht als Sohn haben wollen.

„Was machst du denn da?" Franz, mit seinem Modellboot auf dem Arm, steht breitbeinig und mit offenem Mund am Anfang des Stegs.

Peng. Nun ist es passiert. Jan schaut zu Salomon, dann zu Franz. Langsam kommt Franz mit dem Boot auf sie zu. Er starrt auf Salomon. Franz nimmt die ganze Breite des Stegs ein. Keine Flucht möglich.

„Hast du ihn hier erwischt?", fragt Franz, ohne Jan anzugucken, „Spring, du Judensau!" Franz hält immer noch sein Boot fest, aber er tritt fest nach Salomon. Viel Platz hat Salomon nicht mehr.

„Komm, lass den Kleinen in Ruhe" hört Jan sich sagen.

Franz tritt noch einmal zu, trifft Salomon am Oberschenkel,

aber der steht sicher. Jan stellt sich schützend vor Salomon und versucht Franz einen Schritt zurückzudrängen.

Aber Franz will nicht von Salomon ablassen. „Lass mich!", faucht Franz, und sie rangeln. Plötzlich rutscht das Modellboot aus Franz' Händen und kracht auf den Steg. Es knirscht unheilvoll.

Franz zuckt zusammen. „Das ist deine Schuld! Und seine!" Franz macht einen Schritt auf Salomon zu, aber Jan lässt ihn nicht durch.

Salomon springt und klatscht ins Wasser. Dann schwimmt er zielsicher ans Ufer und verschwindet im Ufergestrüpp. Franz und Jan schauen ihm noch einen verblüfften Moment hinterher.

Franz tritt gegen den Eimer. In hohem Bogen fliegen Eimer, Dose und Winnetou ins Wasser. „Das sag ich Papa!", zischt Franz. Vorsichtig hebt er das Boot auf und betrachtet den Schaden. Das Deck ist oben abgesprungen, und vorne ist ein schmaler Riss.

„Tut mir leid!", sagt Jan leise. Aber eigentlich tut es ihm nicht leid, wenn er ehrlich ist. Franz ist einfach doof. Manchmal.

Franz schnaubt verächtlich und trägt das Boot vorsichtig wieder zurück. Nach Salomons Sprung hat sich das Wasser wieder beruhigt. Eimer und Buch sind untergegangen. Die Dose treibt schon mit der Strömung in der Mitte. Hoffentlich ist Rosenstolz nicht noch saurer auf ihn, wenn der Kleine pitschnass heimkommt. Jan betrachtet sein Spiegelbild im Wasser. Er schielt nach seinem Profil.

Als er hochschaut, sieht er Franz mit seinem Boot wieder auf sich zukommen.

Franz grinst selbstgefällig. „Ich sage natürlich nichts Papa. Wäre nicht kameradschaftlich."

Jan lauert, was jetzt kommt.

„Ich frag' mich schon lange, was du an dem gefressen hast. Und was man so hört... schlimm. Wäre blöd, wenn ich das versehentlich beim nächsten Heimabend erzählen würde, oder?"

Jan wartet.

„Wegen Thomas und so."

„Was willst du?" Jan will es einfach nur abkürzen.

„Das Modellboot kriege ich wieder hin. Ist gar nicht so schwer beschädigt."

Jan runzelt die Stirn, und Franz beschließt, dass er jetzt zum Abschluss kommen muss, sonst ist die Wirkung futsch. „Wir machen uns heute einen schönen Abend mit der Jungfernfahrt." Franz strahlt siegessicher.

„Was? Das geht nicht. Ich hab' Susanne schon Bescheid gesagt."

„Das ist schlecht. Da musst du sie eben wieder ausladen."

„Das kann ich nicht."

„Na gut, dann nicht. Ich sag dann eben allen, dass du mit dem Juden spielst. Das wird hässliche Fragen nach dem ‚warum' geben."

Jan stöhnt leise. Dreck. Verfluchter.

„Du erzählst eben Susanne, dass du morgen mit ihr fährst. Du musst helfen oder so. Und wir fahren gleich."

Jan überlegt einen Moment. Er gibt sich geschlagen.

„Prima. Ich warte hier." Franz legt sein Modellboot vorsichtig auf den Steg und setzt sich daneben. Jan läuft los.

Also schellt Jan wieder. Wieder öffnet ihm Adrian. Wieder grinst er wissend. Aber als er Jans Miene sieht, verdunkelt sich sein Gesicht. „Geh mal nach oben", sagt er trotzdem.

Jan geht mit schweren Schritten hoch und öffnet Susannes Zimmertür. Sie liegt malend auf dem Bett. Ihr Radio spielt englische Lieder, aber sehr leise. Sie begrüßt ihn mit einem wunderbaren Lächeln. „Ich bin sofort fertig."

Schnell dreht sie ihr Bild um, aber Jan hat es trotzdem gesehen: Sie beide in dem Ruderboot, vor einem fantastischen Sonnenuntergang. Diesmal ist er sogar in orange.

„Warte mal. Heute geht doch nicht."

Sie schaut ihn verdutzt an.

„Wir müssen die Jungfernfahrt morgen machen.“

„Was?“

„Tut mir leid. Ich muss noch helfen.“

„Heute Abend noch? Was denn?“ Der Ton ist ziemlich skeptisch. Und, ja, was soll er denn helfen? Jan wird rot. „Abwaschen.“

„Aber das dauert doch nicht so lange.“

„Und waschen.“

„Du sollst beim Waschen helfen?“

„Nö, abwaschen. Die Regale. Im Laden.“

„Aha.“ Mehr sagt sie nicht. Sie wartet.

Er weiß nicht, was er noch sagen soll.

Adrian brüllt von unten aus der Küche: „Wollt ihr Kaffee und Kuchen?“

Jan schüttelt den Kopf. „Tschüss, dann“, sagt er leise und trollt sich wieder. Er fühlt sich mies und ist sicher, dass Susanne Tränen in den Augen hatte. Ob vor Traurigkeit oder Wut, weiß er nicht. Er geht vorne raus und wartet einen Moment im Ladeneingang. Dann läuft er aber weiter zum Fluss. Er dreht sich nicht um, und so sieht er nicht, wie Susanne ihm folgt. Sie hat ihr Fahrrad aus dem Schuppen geholt und fährt mit vorsichtigem Abstand hinterher. Und ihre Miene verdüstert sich mit jedem Meter, den er hinter sich lässt.

Missmutig erreicht Jan den Steg. Mittlerweile ist es dämmrig geworden. Das Modellboot liegt auf dem Steg, Franz sitzt auf der vorderen Bank im Ruderboot, die Beine planschen rhythmisch im Wasser. Als er Jan hört, winkt er ihm lässig, aber hocherfreut zu. Er hatte wohl selbst nicht geglaubt, dass seine Erpressung klappen würde. Schnell steht er auf. Das Ruderboot schaukelt, und er muss erst sein Gleichgewicht wiederfinden. Er schaut kurz zu Jan, ob der sein Missgeschick gesehen hat. Hat er. Franz grinst betreten. Er setzt sich auf die mittlere Bank und zerrt die Paddel hoch. „Komm, das wird gut."

Jan bindet das Boot los und springt hinein. Auch er kämpft etwas mit der Balance. Vorsichtig stößt er das Ruderboot ab. Er setzt sich neben Franz, und jeder nimmt ein Paddel in die Hand. Es kann losgehen. Susanne beobachtet sie von weitem aus einem Gebüsch. Stinksauer schiebt sie ihr Fahrrad zum Steg und legt es ins Gras. Mit verschränkten Armen setzt sie sich. Sie hat Zeit, und Thomas ist ihr ausnahmsweise egal. Der war nicht zum Abendessen gekommen und muss sich sowieso irgendwo-anders herumtreiben.

19

Franz und Jan rudern ein Weilchen.

„Gegen die Strömung", befiehlt Franz. „Wenn wir nachher müde sind, ist es leichter."

Da hat er Recht. Leider. Jan hätte gerne irgendwas dagegen gesagt.

Sie kriegen es nicht gleichmäßig hin, und da Jan Franz ignoriert, klappt es auch mit dem Rhythmus nicht so.

Franz merkt, wie verbockt Jan ist. „Ich finde es richtig schön, dass du bei uns bist. Und dass wir jetzt rudern."

Jan schaut den Fluss hinauf. Er will jetzt nichts sagen.

„Ehrlich", fügt Franz leise hinzu.

Jan schweigt. Franz kann ihn zwingen, mit ihm zu fahren, aber nicht, mit ihm zu reden.

„Mann, Jan!" Franz ist sichtlich enttäuscht. „Das ist mein Ruderboot. Meines. Und deshalb ist es auch meine Jungfernfahrt." Franz rechnet eigentlich nicht mit einer Antwort.

„Wieso ist es dein Ruderboot?" Jetzt hat Jan doch geredet. Er ärgert sich sofort.

„Du und Paul interessiert es nicht so, Papa hat es jahrelang im Schuppen vergessen, und Mama hasst es. Keiner will es. Aber ich. Und ich will zur Marine. Also ist es meins."

Da hat er schon recht. Langsam klappt es besser, aber es ist doch recht beschwerlich, gegen die Strömung zu rudern. Auch sind sie weiter vom Ufer weg, als sie wollten.

„Warum? Warum findest du Boote so gut?" Jan schaut in den dunkler werdenden Abendhimmel.

Franz denkt einen Moment nach. Oder versucht, die Antwort auf eine Frage zu formulieren, die ihm noch niemand gestellt hat.

„Wir waren mal in Hamburg. Und haben eine Hafenrundfahrt gemacht. Richtige Schiffe sind riesig! Die können überall hinfahren. In die ganze Welt. Amerika. Afrika. Auf dem Meer ist es bestimmt herrlich. Man ist völlig frei. Papa hat mir versprochen, wenn ich gut schwimmen kann, fährt er mit mir nach Laboe. Nur mit mir allein."

Auf Jans fragendes Gesicht fügt er hinzu: „Das ist in Kiel. Das Marinedenkmal. Für die Gefallenen des Großen Krieges."

„Das würde Onkel Wilhelm machen?"

Franz nickt stolz. „Er hat es mir versprochen, und er sagt immer: ‚Versprochen ist versprochen und wird nicht gebrochen.' Jetzt muss ich nur noch richtig schwimmen lernen. Aber das ist ein Klacks. Ich kann es ja fast schon."

Jan schaut ihn stumm an.

„Doch!"

Jan schüttelt langsam den Kopf.

„Doch!"

Franz springt auf: „Natürlich kann ich es!"

Das Ruderboot schaukelt bedenklich.

Jan sitzt kerzengerade. „Hör auf!"

Franz' Paddel gleitet langsam ins Wasser. Reflexartig greift Jan danach, dabei stößt er Franz leicht an, Franz fällt – zuerst auf die Kante und rutscht dann ins Wasser. „Hilf mir!" Er kriegt die Kante zu fassen.

Jan hievt Franz' Paddel aus dem Wasser.

Franz hängt am Ruderboot und rutscht tiefer. „Jan!"

Jan zieht schnell sein eigenes Paddel in eine sichere Position und hechtet zu Franz. Das Ruderboot bekommt Schlagseite und fängt an, sich im Kreis zu drehen. Jan packt Franz am Oberarm und zieht. Wasser schwappt ins Boot. Jan stemmt sein Gewicht nach hinten, um nicht mit Franz über Bord zu gehen. Franz strampelt. Aber er kriegt ihn nicht ins Boot. Noch mehr Wasser läuft rein.

„Hilf mir. Das ist tief hier!" Franz bekommt Angst.

Jan schafft es nicht.

„Kannst du dich noch einen Moment halten?"

Franz hört ihn nicht. Seine Finger an der Bootskante sind schon weiß.

„Franz!" Jan brüllt ihn an.

„Warum ziehst du mich nicht raus?"

„Franz! So kriegen wir das nicht hin!"

„Ich kann mich nicht halten…. Es zieht mich … " Franz verschluckt sich.

„Halt dich fest! Ich paddel ins flachere Wasser!"

Jan schnappt sich ein Paddel, stößt es ins Wasser und zieht so fest er kann durch. Erst die eine, dann die andere Seite. Es bewegt sich kaum dahin, wo Jan es hin haben möchte; Franz und das Wasser im Ruderboot machen es fast unbeweglich.

Franz rutscht tiefer. Er wimmert leise. Endlich sind sie aus der Strömung heraus und es geht leichter. Jan bringt das Ruderboot ins flachere Wasser. Franz spürt Boden unter seinen Füßen. Schließlich stapft er durchs Wasser und klettert wieder ins Ruderboot. Beide sitzen schnaufend und erschöpft auf den Bänken, die Füße tief im Wasser.

„Warum hast du mich geschubst?", schluchzt Franz.

„Wenn du nicht so blöd aufgesprungen wärst! Was hätten wir mit nur einem Paddel machen sollen? Kannst du mir das mal sagen?" Jetzt erst bemerkt Jan, dass Franz zittert, aber wohl nicht vor Kälte.

„Das wär schon nicht reingefallen."

„Das ist reingefallen!"

„Weil du mich angestoßen hast!"

„Weil du aufgesprungen bist!"

Das Ruderboot dreht sich immer noch langsam.

„Wie müssen das Wasser aus dem Boot kriegen. Komm, lass

234

uns da ans Ufer gehen", schnieft Franz.

Langsam schöpfen sie das Wasser mit einem kleinen Eimer, der im Ruderboot genau zu diesem Zweck befestigt war, hinaus. Endlich sind sie fertig.

„Wäre vielleicht ganz gut, wenn wir trocken nach Hause kämen", meint Franz zögernd. Jan nickt. Also ziehen sie sich bis auf die Unterhose aus und breiten die Sachen zum Trocknen auf den Bänken im Ruderboot aus. Franz schiebt es wieder ins Wasser, und sie rudern zurück. Mühelos fliegt das Boot geradezu. Mittlerweile ist es schon ziemlich dunkel geworden. Hinter der Biegung taucht die Silhouette der Mühle auf. Lautlos gleiten sie darauf zu. Beide sind zum Umfallen müde. Jan fasst die Sachen an. Feucht sind sie und kalt. Er fröstelt.

„Schau mal", flüstert Franz.

Jan starrt in die Dunkelheit. Am Ufer vor der Ruine liegt eng umschlungen ein Paar im hohen Gras. Franz kichert. „Wer das bloß ist?"

Jan legt grinsend den Finger auf den Mund, und Franz beißt sich in die Hand, um nicht zu lachen. Beide versuchen etwas zu erkennen. Fast sind sie vorbei, da trennt sich das Paar und steht auf. Thomas. Franz und Jan steht der Mund offen. Und dann passiert es. Die andere Figur tritt aus dem dunklen Schatten der Ruine, ihnen den Rücken zukehrend, ins spärliche Mondlicht. Es ist ein Mann. Und schon treiben sie mit dem Ruderboot weiter und verschwinden um die nächste Biegung. Franz zieht eine Grimasse. Auch Jan ist verdattert.

„Iiieh gitt", flüstert Franz schließlich.

„Das ist ja ekelig", meint Jan schließlich. Er hat in Berlin in der Kneipe an der Straße schon mal Leute über so was tuscheln hören. Aber Thomas. Franz und Jan schauen sich an. Und auf einmal wird beiden wohler. Und ihre Laune steigt. So sitzen sie noch eine Weile, sie rudern nicht mehr, sie lenken das Boot nur

noch. Zugeben wollen sie es nicht, aber sie sind einfach zu zerschlagen. Bald ist der Steg in Sicht. Franz springt hoch und bindet
das Ruderboot fest. Jan wirft ihre Sachen neben ihn und klettert
hinterher. Schnell ziehen sie sich an. Ein bisschen feucht sind die
Sachen noch. Mit etwas Glück wird es nicht auffallen.

„Hatten die Herren eine schöne Jungfernfahrt?", zischt zornig
eine Gestalt. Breitbeinig, mit verschränkten Armen, steht Susanne
mitten auf dem Steg.

„Ja, hatten wir." Franz genießt diesen Satz richtig.

„Mit dir rede ich nicht", faucht Susanne.

„Ich kann das erklären", sagt Jan vorsichtig.

„Das glaube ich kaum."

„Das ist doch ziemlich einfach: Er fährt lieber mit mir!", triumphiert Franz.

„Halt die Klappe. Du Wurm!" Susanne kommt nun erst richtig
in Fahrt.

„Wen nennst du Wurm?", empört sich Franz.

„Immer den, der sich angesprochen fühlt!", zischt Susanne
bissig.

Dann geht sie auf Jan zu und schiebt dabei Franz abfällig zur
Seite.

„Nun?"

„Ziege", kommt aus Franz' Richtung. „Jan fährt lieber mit mir.
Geh' doch nach Hause. An Heim und Herd. Wo du hingehörst."

Susanne ignoriert Franz. Der trippelt von einem Fuß auf den
anderen, ballt die Fäuste.

„Es tut mir leid. Ich wäre lieber mit dir gefahren, aber ich
konnte nicht. Es gab Gründe."

„Warum entschuldigst du dich bei der?", patzt Franz von hinten.

„Und welche?" Susannes Augen blitzen wütend.

Jan schaut an ihr vorbei ins Wasser.

„Schau mal!" Franz nimmt Susannes Fahrrad hoch. „Hör auf,

236

uns hinterherzufahren!" Und damit gibt er dem Fahrrad einen kräftigen Stoß. Es rollt ein paar Meter führerlos über den Steg. Susanne springt, kriegt es aber nicht zu fassen, und es klatscht ins Wasser. Es versinkt sofort. Franz' Lachen schallt durch die Nacht.

„Au!" Eine Hand schlägt von hinten auf Franz' Schulter und wirbelt ihn herum.

Thomas steht vor ihm. „Hol' sofort Susannes Fahrrad aus dem Wasser!"

Nach dem ersten Schreck macht sich ein breites Grinsen auf Franz' Gesicht breit. „Du kannst mir gar nichts mehr sagen" Thomas zieht ihn an den Haaren nach hinten. „Was?"

„Lass mich in Ruhe! Wir haben dich gesehen! An der Mühle! Und wenn... "

Weiter kommt er nicht. Thomas zerrt Franz nach hinten in die Dunkelheit zu dem alten Schuppen. Thomas brüllt: „Du bist eine erbärmliche Pfeife und wirst es immer bleiben. Zur Marine willst du? Ha. Eine Lachnummer – das bist du!"

Er zerrt Franz zu einer leeren Tonne. Dann packt er ihn, drückt ihn kopfüber hinein und schiebt seine Beine hinterher. Franz fällt auf den Boden, aber eher wohl in irgendwelchen Dreck und Schmier. Er heult auf vor Schmerz, Furcht und Wut.

„Nun fangen wir doch mal mit einem U-Boot Test an. Alles in Ordnung, Kapitän? Wir stechen in See!"

Franz stöhnt. Aus der Tonne dröhnt es verzerrt in die Nacht.

„Na, hast du es dir gemütlich eingerichtet? Und los geht's!"

Thomas kippt die Tonne um und gibt ihr einen Tritt. Franz schreit auf. Die Tonne rollt den Weg zum Steg hinunter. Thomas rennt hinterher, tritt gegen sie, hebt ein Brett auf und donnert es auf die Tonne: „ Torpedo!"

„Thomas!", kreischt Susanne.

„Schwesterherz, der Versager hier muss endlich ein Mann werden. Guck dir den Scheißer doch an! "

Die Tonne kommt vom Weg ab und holpert durch die Wiese. Jan brüllt: „Thomas, er hat dich sicher schon verstanden!"

„Du halt du dich daraus. Mit so was wie dir spreche ich nicht!" Franz schreit, heult und zetert. Die Tonne knallt gegen den Steg, und Franz wird ins Gras geschleudert. Er hat mit Sicherheit ein Dutzend blaue Flecke. Thomas zerrt ihn schon vom Boden hoch und auf den Steg. Auf Franz Hose ist ein nasser Fleck zu erkennen.

„Lass mich los!", wimmert Franz. Er sieht elend aus.

„Du hast das Fahrrad meiner Schwester ins Wasser geworfen. Hol' es ihr wieder!" Und damit wirft er Franz ins Wasser. Er versinkt im dunklen Wasser, taucht sofort wieder auf. Panisch schlägt Franz um sich. Thomas bleibt lässig am Ufer stehen. Als Franz merkt, dass das Wasser nur hüfthoch ist, steht er leise schluchzend auf und watet zum Ufer.

„Vergiss das Rad nicht!"

Franz begreift, dass Thomas ihn nur mit Rad aus dem Wasser lässt. Er bückt sich und tastet im Wasser. Schließlich hat er es, und ohne jemanden anzusehen, schiebt er es aus dem Wasser.

„So ist wenigstens deine Hose wieder sauber!", lacht Thomas.

Franz wirft das Fahrrad in den Sand und läuft weg.

„Ich bringe das in Ordnung. Versprochen", flüstert Jan zu Susanne und rennt Franz hinterher.

Kurz vor der Hofeinfahrt erreicht Jan Franz und hält ihn fest. „Warte doch mal." Beide schnappen nach Luft. Franz tropft. Das Wasser aus seinen Haaren vermischt sich gnädigerweise mit seinen Tränen.

„Was hast du vor?" Jan japst nach Luft.

Franz kriegt kaum die Worte hinaus. „Ich erzähl' das Papa."

„Thomas ist unser Fähnleinführer."

„Thomas ist ein Arschloch."

„Man verpetzt keinen Kamerad." Jan hält Franz am Hemd fest.

„Du hasst Thomas auch! Du hast bloß Angst, dass Susanne dich dann abblitzen lässt." Franz schubst Jan.

„Du kannst Thomas nicht verraten, weil... " Jan fällt nichts ein, auch weil er vor Müdigkeit und dem Gezerre kaum denken kann.

„Und wie ich den aufklatschen lasse!" Und damit tritt Franz Jan vors Schienbein. Jan stöhnt auf, lässt Franz los. Franz rettet sich in den Hof.

Jan spurtet hinter ihm und reißt ihn zu Boden. Wild schlagen beide aufeinander ein. Die Hoftür fliegt auf. Licht aus dem Flur fällt in den Hof.

Onkel Wilhelm stürmt heraus und reißt die beiden hoch: „Seid ihr verrückt?"

Völlig verdreckt stehen Franz und Jan atemlos voreinander. Paul, angelockt von dem Lärm, schlendert aus dem Haus.

„Kameraden streiten nicht. Gebt euch die Hand!", donnert Onkel Wilhelm die beiden an.

Franz tritt nach Jan. Onkel Wilhelm schlägt Franz brutal auf den Hinterkopf.

„Wieso bist du nass?" Onkel Wilhelm schüttelt Franz am Arm. „Franz?"

Franz schaut bockig auf den Boden.

„Warst du mit dem Boot raus? Obwohl ich es dir verboten hatte?"

„Jan, was ist passiert?" Onkel Wilhelm blickt Jan ernst an.

Jan holt tief Luft. „Es war meine Schuld", sagt er ruhig.

Franz schaut überrascht hoch.

„Wir waren auf dem Steg und wir haben uns gestritten. Und ich hab ihn ins Wasser geschubst." Jan hofft, dass es damit gut ist.

Onkel Wilhelm fasst Franz ans Ohr, der kreischt vor Schmerz auf. „Du bist ein Feigling! Andere lässt du für dich lügen! Du bist ein kompletter Versager! Das Boot verbrenne ich morgen!"

Dann lässt er von Franz ab, atmet hörbar aus und dreht sich um.

Franz läuft hinter ihm her und prügelt mit seinen Fäusten auf Onkel Wilhelms Rücken. „Ich hasse dich! Ich bin mit dem Boot gefahren! Thomas haben wir bei der Mühle nackt mit einem Mann gesehen. Und Thomas hat mich ins Wasser geworfen!"

Onkel Wilhelm fährt herum und hält Franz' Hände fest. „Was hast du gesagt?"

„Ich sag dir gar nichts mehr!" Franz' Gesicht ist tränenüberströmt, aber er merkt es nicht einmal.

Onkel Wilhelm schaut zu Jan. „Stimmt das? Wer war der andere Mann?"

Jan zuckt mit den Schultern. „Das konnten wir nicht sehen."

Wut kocht in Onkel Wilhelm hoch. „Thomas mach' ich fertig!"

„Was hast du vor?" Paul steht auf einmal vor Onkel Wilhelm.

„Dein Freund Thomas ist ein Schwein und eine Gefahr für unsere Jugend. Ich weiß, was ich jetzt zu tun habe."

Onkel Wilhelm will an Paul vorbei, aber Paul stellt sich erneut vor ihn. „Dann kannst du mich auch gleich verhaften."

„Lass mich durch!" Onkel Wilhelm hat genug, aber Paul lässt sich nicht zur Seite schieben.

„Ich war der andere." Paul starrt Onkel Wilhelm trotzig in die Augen.

20

Onkel Wilhelm stürmt mit einer solchen Kraft zwischen Paul und Franz hindurch, dass beide auseinanderfliegen. Er springt über den Zaun und poltert schnurstracks, ohne anzuklopfen, in die noch beleuchtete Backstube.

„Dein Sohn ist die längste Zeit in der HJ gewesen!", brüllt er so laut, dass es in der ganzen Straße zu hören ist.

Jetzt erst lösen sich Franz, Jan und Paul und rennen zum kleinen Fenster links der Tür. Onkel Wilhelm steht mitten im Raum neben dem Tisch. Adrian hat noch den Putzlappen in der Hand. Er steht da und sagt gar nichts. Thomas taucht in der Tür auf. Und dahinter Susanne.

„Thomas hat meinen Paul verdorben!"

„Wovon redest du?" Adrian wirft den Lappen in den Eimer vor ihm.

„Franz und Jan haben die beiden an der Mühle gesehen."

„Und?"

„Da haben sie...du weißt schon was ..gemacht!"

„Nein. Weiß ich nicht." Adrian schmunzelt, dann dreht er sich zu Thomas um. Der Fähnleinführer ist kalkweiß geworden.

„Vater...ich", stammelt Thomas, aber Adrian winkt ab.

„Ich werde dafür sorgen, dass er aus der HJ fliegt. Jungen wie er haben da nichts verloren."

Adrian wendet sich wieder Onkel Wilhelm zu. „Komm, Willy, reg' dich ab", versucht er es mit einem Lächeln. „Wieso bist du dir sicher, dass Thomas Paul...ich meine, vielleicht war es auch anders herum?"

„Was willst du damit sagen?"

„In dem Alter will man das eine oder andere ausprobieren.

Komm, vergiss es einfach.“

„Vergessen? So, wie du ausprobiert hast, ob du nicht auch nach meiner Verlobung noch bei Helena landen kannst? Nie.“

„Sie hat sich nicht gewehrt.“ Adrian sieht Onkel Wilhelm fest an.

Die Jungen hocken wie gebannt vor dem Fenster im Dunkeln.

„Adrian und Mama?“, flüstert Franz leise. Dabei wischt er sich den Rest der verschmierten Tränen aus dem Gesicht.

Onkel Wilhelm richtet sich etwas auf. „Thomas kann dankbar sein, wenn er –nachdem ich mit ihm fertig bin – noch die Straße fegen darf!“

„Du wirst Thomas nicht melden, weil dann dein Paul auch dran ist“, erklärt Adrian ruhig.

„Die Partei kann so was nicht in der HJ zulassen.“

„Willy, die Partei verblödet unsere Jugend, und du marschierst als Ortsgruppenoberidiot mit Trara auch noch voorneweg!“

Vor dem Fenster wagen die Jungen kaum zu atmen. In dem Moment huscht ein Schatten an ihnen vorbei, öffnet die Tür und verschwindet in der Backstube. Entsetzt erkennt Jan zu spät: Rosenstolz. Beim Betreten reißt Rosenstolz den rechten Arm zum Gruß hoch und meldet zackig: „Drei Liter!“ Leichenblass erkennt er, wer vor ihm steht. Einen Moment herrscht entsetztes Schweigen.

„Das wird euch leid tun“, brummt Onkel Wilhelm und verlässt die Backstube. Er marschiert, ohne sich nach den Jungen umzusehen, ins Haus. Jan schaut zu Franz, der einen zufriedenen Eindruck macht. Paul ist bleich. Einen Augenblick später kommt Onkel Wilhelm wieder heraus, setzt sich ins Auto und fährt weg.

Bedrückt liegt Jan auf seiner Pritsche. Paul hat sogar auf sein Abendessen verzichtet. Um ein Haar hätte Franz von der Backstube erzählt, aber Jan hatte ihn unter dem Küchentisch vors Schienbein getreten. Tante Helena musterte sie nur. Dann verdrückte sie sich schnell in den Laden, um irgendwas zu räumen, wie sie sagte. Jan und Franz hatten sich hingelegt, ohne ein Wort zu wechseln. Ganz dunkel ist es noch nicht. Jan hört auf die gleichmäßigen Atemzüge der anderen. Zuviel ist zu schnell passiert. Zumindest weiß er jetzt, warum sie nicht rüber sollen. Und es hat nichts mit der Partei zu tun. Und Susanne kann gar nichts dafür. Und Franz nicht. Und Paul nicht. Und Thomas nicht und er auch nicht. Ist es wirklich schlimm, was Thomas und Paul gemacht haben? Wohl kaum. Autos kommen. Jetzt? Und sie halten vor dem Haus. Stimmen. Autotüren schlagen. Jan springt von seiner Pritsche und schleicht zum Fenster. Sehen kann er von hier nichts. Aber die Backstube und alle anderen Fenster im Nebenhaus sind hell erleuchtet. Franz und Paul werden wach und schieben sich schlaftrunken neben ihm. Jan hält nichts mehr. Er will wissen, was nebenan los ist, und schlüpft schnell in seine Sachen.

„Pass auf dich auf!", flüstert leise Paul.

„Die holen jemanden", stellt Franz sachlich fest.

Schnell ist Jan den Flur hinunter und im Hof. Leise klettert er über den Zaun und späht durch das kleine Fenster der Backstube. Onkel Wilhelm steht breitbeinig in der Mitte der hell erleuchteten Backstube. Er spricht zu Adrian. Adrian hat noch seinen Schlafanzug an, und vor ihm steht ein unangenehm aussehender großer Mann in einem dunklen Mantel.

„Ich kann das nicht ewig durchgehen lassen!"

Adrian sagt nichts. Thomas ist nahe der Tür. Auch er hat sich noch nicht angezogen. Merkwürdig gebückt steht er. Jetzt erst sieht Jan einen zweiten Mann, der Thomas den Arm umdreht.

„Vater... ", keucht Thomas, aber Adrian bringt ihn mit einem Blick zum Schweigen. Der zweite Mann stößt Thomas von sich und beginnt, die vorderen Räume zu durchsuchen. Aus dem Laden ist Klirren und Scheppern zu hören. Jan sucht Susanne, sieht sie aber nicht. Er schleicht zum Kirschbaum. Er ist mittlerweile so oft hinaufgeklettert, dass er die Zweige in der Dunkelheit spielend findet. Oben tastet er sich zu Susannes Fenster und schaut hinein. Es ist dunkel, aber Susanne – im Nachthemd – steht in der Tür und horcht. Vorsichtig klopft er an die Scheibe. Susanne öffnet das Fenster.

„Schnell. Da kommt einer. Gib mir die Bilder."

Susanne ist einen Moment gelähmt.

„Nun mach schon."

Susanne packt nun blitzschnell alle Bilderrollen, die sie erwischen kann, zusammen und reicht sie ihm hinaus. Jan deutet mit einer Hand auf das Radio, während er mit der anderen versucht, alle Bilder zusammenzuhalten. „Der Sender!"

Schon sind auf der Treppe Schritte zu hören. Susanne springt zum Radio, dreht den Senderknopf und springt ins Bett. Jan klemmt sich die Bilder unter den Arm und klettert wieder in den Baum. Diesmal hoch in die Krone. Der zweite Mann knipst das Licht an. Susanne zieht ihre Bettdecke bis unter die Nasenspitze. Jan hat mittlerweile den höchsten Ast erreicht, der ihn noch trägt. Und der senkt sich langsam unter seinem Gewicht.

Der Mann starrt ihre Bilder an. Dann reißt er sie mit einer wütenden Geste von den Wänden. Mit weit aufgerissenen Augen kauert Susanne unter der Decke. Der Mann fegt mit dem linken Arm die Malutensilien vom Regal. Sie krachen auf den Boden, und die Stifte fallen wie Mikadostäbe in alle Richtungen. Er entdeckt das Radio und dreht schwungvoll den Knopf, der auch den Ton reguliert. Mit Wahnsinnslautstärke donnert ein deutscher Marsch in die Nacht. Das ist sogar dem Mann zu laut, und er dreht das Radio schnell wieder aus. Mit einem Kopfschütteln geht er wieder hinaus. Anschließend ist Thomas' Zimmer dran. Aber da findet er absolut nichts auszusetzen. Wie denn auch. Thomas wäre ja liebend gern einer von ihnen. Jan entspannt sich ein wenig und rollt im matten Schein von Thomas' Zimmer eine Papierrolle auf. Es ist ein Werbeplakat für die HJ mit dem Spruch ‚Jugend dem Führer'. Susanne hatte den Spruch übermalt mit 'Verführer'. Plötzlich fliegt unten die Hoftür auf, und der zweite Mann lugt in die Nacht. Vor Schreck rutscht Jan ab und muss, um sich festzuhalten, das Bild loslassen. Hilflos muss er zusehen, wie es zur Erde rauscht. Gott sei Dank verschwindet der Mann wieder in der Backstube. Schon kracht das Bild in den Hof. Jan wartet, aber keiner hat es gehört. Er klettert vorsichtig hinunter, schaut kurz durchs Fenster, sammelt auf allen Vieren das Bild auf und stopft es mit den anderen hinter einen Bretterstapel an der Wand. Dann hockt er sich wieder vors Fenster. Jetzt steht auch Susanne dort.

Adrian holt tief Luft: „Willy, schau dich doch mal an."

„Du hast dir alles selbst zuzuschreiben", rechtfertigt sich Onkel Wilhelm.

„Wir beide haben für Deutschland gekämpft. Daniel und Walter auch. Und jetzt?"

„Halt die Klappe!"

„Ist das deine vielbeschworene Kameradschaft?"

„Du verweigerst dich. Hast keine Ahnung von der Sache. Der Führer denkt an das deutsche Volk, an das Ganze."

„Ein Anstreicher, Willy!"

Onkel Wilhelm brüllt mit hochrotem Kopf: „Weißt du eigentlich, wie lange ich dich gedeckt habe?" Dabei nestelt er mit der rechten Hand an dem Schubladengriff des Tisches. „Raus!"

Damit stößt der erste Mann Adrian hart in den Rücken. Adrian wehrt sich nicht, wendet sich aber kurz an Thomas und Susanne: „Ich weiß, ihr seid euch nicht immer grün. Haltet den Laden in Schuss und passt aufeinander auf, ja?"

Die beiden nicken bleich. Der erste Mann schubst Adrian nun zur Tür. „Ich liebe euch."

Susanne greift nach Adrians Arm, aber der zweite Mann stößt sie weg. Dann marschieren die Männer und Onkel Wilhelm mit

Adrian nach vorn. Jan läuft zwischen den Häusern in dieselbe Richtung und sieht, wie die Männer Adrian schlagen und brutal ins Auto stoßen. Onkel Wilhelm steigt in sein Auto. Dann fahren beide Autos ab.

Jan rennt zurück in die Backstube. „Wo wollen die hin?"

Susanne wischt tapfer die Tränen weg. „Der eine sagte ‚Jetzt kommen die Juden dran. Das wär dann ein Abwasch.'"

„Wir müssen sie warnen", beschließt Jan. Er hat den Satz noch nicht zu Ende gesprochen, da packt Thomas ihn am linken Arm und schleudert ihn gegen die Wand. „Hab' ich es doch gewusst. Du bist ein verdammter Drecksjude!"

Jan schaut ihm unbeeindruckt in die Augen: „Deine Freunde haben gerade deinen Vater verhaftet."

„Das ist ja wohl auch richtig so." Thomas rechtes Auge zuckt.

„Du bist ja total bescheuert!" Susanne stößt Thomas beiseite. „Lass' Jan in Ruhe!"

Sie fasst Jan an der Hand und zieht ihn hinter sich her. Im Gehen ruft Jan: „Hast du schon mal darüber nachgedacht, dass Adrian sich hat verhaften lassen, damit sie dich nicht holen?"

Thomas will antworten, macht aber den Mund wieder zu. Jan und Susanne laufen hinaus. Thomas rutscht an der Wand hinunter und bleibt auf dem Boden in der leeren Backstube sitzen.

Mittlerweile ist es dunkel. Sie rennen, so schnell sie können, im hellen Mondlicht die Abkürzung am Fluss entlang und durch den Wald. Viel sehen können sie vom Weg nicht. Irgendwann schlägt Susanne böse hin, aber sie rappelt sich trotz blutenden Knies schnell wieder auf. Früher hätten sie sich im Wald gefürchtet. Zumindest wäre ihnen unheimlich gewesen. Nun ist es egal; sie müssen schneller sein als die Autos, die den Umweg über Haupt- und Nebenstraßen machen müssen. Völlig außer Atem erreichen sie den Garten der Rosenstolz. Alles ist dunkel – keine Autos zu sehen. Und doch. In der lautlosen Nacht hören sie sie kommen.

21

Sie rennen zur Tür und hämmern wild dagegen. Es dauert nur einen Moment, bis jemand die Gardinen im Küchenfenster bewegt. Das Licht geht an und Rosenstolz öffnet die Tür einen Spalt breit.

„Sie kommen Sie holen", brüllt Jan.

Susanne fügt leise hinzu: „Sie haben meinen Papa verhaftet. Sie müssen weglaufen."

Bleich, aber ruhig öffnet Rosenstolz die Tür ganz, hinter ihm erscheint Sarah Rosenstolz und dahinter tief gähnend Salomon im Schlafanzug.

„Sie müssen sich beeilen. Sie sind gleich da."

„Ich laufe nicht mehr weg." Rosenstolz' Stimme ist fest.

Jan starrt in an. „Aber...aber... "

„Wo sollten wir hin?"

Die Autos kommen.

„Und ich?"

„Wer kommt?", fragt Salomon verwirrt. Er ist völlig durcheinander. Sarah Rosenstolz legt den Arm um Salomon, zieht ihn an sich und streichelt ihn. „Die Männer, von denen ich dir erzählt habe."

Salomon sagt nichts, nickt nur.

„Bitte!". Jan schluckt. „Ich kann Sie im Wald verstecken."

Die Autos haben die letzte Biegung genommen. In der Ferne tauchen die Scheinwerfer auf.

„Wie lange würde das gut gehen? Lass uns packen, Sarah." Rosenstolz dreht sich um.

Jan greift verzweifelt Rosenstolz' Arm. „Ich finde schon ein Versteck."

Sarah drängt Rosenstolz energisch zurück: „Jetzt sag' dem Jungen endlich, was er wissen will. Und muss."

Rosenstolz überlegt einen Moment: „Ich wollte dich ein bisschen schmoren lassen. Ich bin nicht dein Vater. "

Die Scheinwerfer der Autos tanzen über die Hauswand.

„Was?" Jan starrt ihn mit offenem Mund an. „Aber... "

„Und wer ist es dann?", mischt Susanne sich ein.

Rosenstolz lächelt müde: „Es ist dein Onkel Wilhelm."

„Was?" Jan versteht erst gar nicht, was er hört.

„Das ist ja noch schlimmer als der Jude", rutscht es Susanne heraus.

Die Autos halten am Weg oben.

Jan löst sich. Er springt zwischen den Rosenstolz durch, greift Salomons Hand und rennt mit ihm in das Haus; Susanne hinterher. Jan spurtet in die Küche. Schnell hebt er Salomon durchs Fenster und springt hinterher.

„Was hast du vor?" Salomon traut sich nur zu flüstern.

„Ich versteck' dich. Und jetzt leise." Jan hilft Susanne.

„Aber Mama und Papa... "

„Die wollten nicht." Jan hält Salomon seine ausgestreckte Hand hin. Salomon schaut kurz zurück, dann greift er sie.

Hinter ihnen hören sie Rufe, Klirren und Tür schlagen. Die drei laufen geradewegs zum Wald.

„Wo laufen wir hin?" Salomon hat Mühe, ihm zu folgen.

Er kriegt die Worte kaum raus, so muss er sich auf das Laufen konzentrieren.

„Sei ruhig!", keucht Jan.

Am Waldrand drehen sie sich kurz um. Hell ist es am Haus. Salomons Eltern werden zu den Autos geführt. Onkel Wilhelm ist auch da, Adrian sitzt noch im Wagen. Aber ein großer, dunkler Schatten ist dicht hinter ihnen.

Susanne stößt einen lautlosen Schrei aus. Sie rennen mitten

ins Dickicht. Jetzt ist es dunkel und kein Weg mehr da. Zweige schlagen ihnen ins Gesicht. Sie stolpern über Steine, und dornige Zweige treffen ihre nackten Beine. Salomon fällt. Jan zerrt ihn erbarmungslos hoch. Aber der Schatten kommt näher. Sie erreichen eine Lichtung. Nebel steigt auf. Der Mond taucht alles in gespenstisches Licht. Jan könnte heulen. Aber er darf es sich nicht anmerken lassen. Salomon sollen sie nicht kriegen. Plötzlich steht jemand vor ihnen. Susanne kreischt. Die Hexe. Sie steht einfach da. Und neben ihr die Katze. Hinter ihnen ist das Keuchen ganz nah.

Die Hexe rümpft die Nase. „Weg mit euch! Die schwarzen Teufel kommen!"

Sie stößt erst Jan und Salomon zur Seite ins Gebüsch, dann Susanne, und legt den Finger auf den Mund. Die Kinder kauern sich zusammen auf die Erde. Ihr Verfolger kracht durchs Unterholz und bleibt wie angewurzelt vor der Hexe stehen.

Die Hexe kreischt los: „Hilfe! Lass mich in Frieden! Geh weg! Ich bin nur eine alte Frau, die Kräuter sucht. "

„Halt's Maul, Alte."

„Gilt bei euch das Alter nichts?"

„Sei still!"

„Ich habe euch nichts getan! Ich bin eine ehrbare, deutsche Frau, die nicht genug zu Essen hat und sammeln muss!"

„Mach' nicht so einen Höllenlärm!"

„Ihr habt mich zu Tode erschreckt!"

„Was treibst du dich auch hier rum. Um diese Uhrzeit", brummt der Mann. „Ist hier jemand vorbeigekommen?"

„Ich habe euch nichts getan!"

„Ja. Ich weiß. Ist jemand vorbeigekommen?"

Die Hexe schüttelt den Kopf. Sie deutet zur Seite „Da vorne hat es geraschelt."

Der Mann schaut sie an. „Hau ab!"

Die Kinder wagen kaum zu atmen. Da schaut die Katze zu ihnen. Wenn der Mann das sieht, oder die Katze jetzt zu ihnen läuft... .

Die Hexe wirbelt herum und verschwindet im Dunkel. Die Katze läuft schnell hinter ihr her. Im Nebel flucht sie weiter.

„Du hast Glück, dass bei uns keiner mehr ins Auto passt!", schnaubt der Mann. Er schaut sich um und horcht. Er wartet. Nur nicht bewegen. Kein Geräusch machen. Der Mann dreht sich langsam um. Die untere Kante des Mantels streicht ganz dicht an Jans Nase vorbei.

Dann geht er. „Hier ist nichts", brüllt er den anderen Männern in der Entfernung zu. „Wird schon wieder auftauchen."

Die Kinder bleiben hocken. Susanne streichelt Salomon den Kopf.

Irgendwann fahren die Autos weg, und es ist still. Dunkel und still.

Sie bleiben noch eine ganze Weile hocken und bewegen sich nicht.

„Und jetzt?", flüstert Salomon so leise er kann.

„Wir hauen ab", beschließt Jan. Er steht auf. Alles tut ihm weh, so verkrampft hat er gesessen. Den anderen geht es genauso.

„Wie?" Susanne streckt sich.

„Mit dem Boot. Zum Meer." Jan stemmt entschlossen seine Hände in die Seiten. Dann ziehen sie los zum Steg; Salomon in der Mitte. An der Hand rechts und links hält er Jan und Susanne fest. Alle paar Meter halten sie an und lauschen, aber außer Grillen, einem Käuzchen und gelegentlichem Rascheln ist nichts zu hören.

In der Küche sitzen Tante Helena und Franz schweigend am Tisch – jeder in seiner eigenen Welt. Tante Helenas Augen sind gerötet. Franz fingert nervös auf dem Tisch herum und fängt sich einen genervten Blick von ihr ein. Onkel Wilhelm betritt zögernd die Küche.

Tante Helena springt wütend auf. „Wie konntest du es wagen? Wie konntest du es wagen und Adrian verhaften?"

„Wie konnte ich es wagen? Wie konnte ich es wagen? Es war meine verdammte Pflicht! Das weißt du genau!"

„Er war dein Freund!"

„Und deiner, nicht wahr?" Onkel Wilhelm grinst beißend, verkneift es sich aber sofort. Er wirft einen kurzen Blick auf Franz.

Tante Helena ist unbeirrbar. „Du weißt genau, was ich meine!"

„Er hat es übertrieben... "

„Du bist ein erbärmlicher Feigling."

„Adrian hat gegen das Gesetz verstoßen... "

„Und Daniel?"

Onkel Wilhelm läuft nervös zur Spüle, um sich die Hände zu waschen.

Tante Helena betrachtet ihren Mann spöttisch. „Ach, deine Hände in Unschuld waschen, was? Daniel war auch dein Freund, schon vergessen? Du und deine neuen Freunde – ihr seid sehr vergesslich geworden!"

Franz schaut verwirrt von einem zum anderen. Er versucht zu verstehen, was gerade vor sich geht.

Tante Helena explodiert und donnert die nächstbeste Tasse gegen die Wand. „Und was deren Laden betrifft. Du bist am Abend vor dem Brand noch mal weg. Du... "

„Wer hat sich denn über die neue Kundschaft gefreut?"

„Bist du denn kein Mann mehr? Tust du nur noch artig, was andere dir sagen?"

„Helena, ich hab das doch nur für uns... "

„Feige bist du! Ein Waschlappen! Und genau das – genau das – nimmst du Franz übel. Weil der Junge so ist wie du!"

Franz starrt seine Mutter an. Onkel Wilhelm schielt verlegen zu Franz.

Tante Helena lehnt sich erschöpft an den Tisch: „Aber dein dritter Sohn, der ist eher nach deiner Mütze, nicht wahr?"

Onkel Wilhelms Kinnlade klappt herunter.

„Welcher dritter Sohn?" Franz ist nun völlig durcheinander.

„Na, wer schon, dein toller Cousin." Tante Helena beachtet Franz nicht weiter.

Zitternd steht Franz auf. „Ist Jan gar kein Jude?"

Tante Helena dreht sich zu ihm um. „Wieso Jude? Er ist dein Halbbruder."

Onkel Wilhelm atmet hörbar aus. Franz hält es nicht mehr aus. Er will nur noch raus. Er rennt hinaus, über den Flur, in den Hof und weg.

Jan, Susanne und Salomon sitzen im Boot am Steg. Die Nacht ist so hell, dass sie immer noch genug sehen können. Trotzdem sieht der Fluss im Nebel unheimlich aus. Jan bindet das Ruderboot los und stößt sie kräftig ab. Sie nehmen die Ruder. Salomon sitzt auf dem Boden. In seinem abgewetzten dünnen Schlafanzug zittert er erbärmlich, aber er beschwert sich nicht. Schweigend rudern sie los, und als sie die Strömung erreichen, wird das Ruderboot sanft mitgezogen.

„Papa wollte mich morgen ganz früh nach Berlin bringen. Zum Bahnhof. Dann wär ich nach England gefahren", murmelt Salomon.

„Nach England?", fragt Susanne erstaunt.

Salomon nickt: „Ganz alleine. Papa hat gesagt, dass er nirgendwo etwas für arme Leute, wie wir es sind, gefunden hat."

„Tut mir Leid", sagt Jan leise und dreht sich zu Susanne.

„Was?"

„Wegen mir ist Adrian verhaftet worden. Und Rosenstolz."

Sie sitzen eine Augenblick da. Langsam weicht die Anspannung. Das dunkle Ufer gleitet an ihnen vorbei. Salomon hält eine Hand ins Wasser.

„Ich bring' euch nach Amerika." Jan schaut vor sich hin ins Nichts und nickt leicht.

„Amerika?", fragt Salomon hoffnungsvoll.

„Da gehört ein Brauner Bär auch hin." Jan lächelt.

Traurig meint Salomon: „Ich hab' meinen Bogen nicht dabei."

Susanne streichelt Salomon über den Arm: „Du kriegst schon einen Neuen." Sie lächelt müde.

Jan nimmt seinen ganzen Mut zusammen, rutscht zu ihr hinüber und gibt ihr einen Kuss auf die Wange.

Überrascht lacht Susanne ihn an. „Was war das denn?"

Jan wird ein bisschen rot. „Na, ich übe noch."

Plötzlich hören sie jemanden rennen. „Wartet!"

Sie spähen in die Dunkelheit. Franz rennt am Ufer entlang. „Wartet! Wartet auf mich! Ich will mit!"

Jan fingert nach den Paddeln. Er dreht das Ruderboot langsam in Richtung Ufer.

Franz rennt einfach ins Wasser.

„Nicht!", kreischt Susanne. Jan springt auf. Das Ruderboot schaukelt. Salomon klammert sich fest. Franz kommt ins tiefe Wasser. Entschlossen hechtet er vor. Und geht unter. Sie starren ins schwarze Wasser. Franz taucht wieder auf. Er strampelt und paddelt. Und er bleibt oben. Sie feuern ihn an. Jan steuert, so gut es geht, in Franz' Richtung. Franz kämpft. Er schluckt Wasser und hustet. Aber er bleibt oben. Schließlich krallt er sich an die Bootskante. Das Boot schaukelt gefährlich. Wasser schwappt ins Ruderboot. Salomon fungiert als schwaches Gegengewicht. Jan und Susanne ziehen und zerren Franz ins Ruderboot.

Schließlich ist es geschafft. Einen Moment liegt Franz auf dem Boden und schnappt nach Luft. Er spuckt und würgt. „Kann ich mitkommen?", keucht er dazwischen.

Die anderen wechseln verlegene Blicke. Franz setzt sich auf.

„Tja, weißt du… ", fängt Susanne an.

Salomon hockt sich auf die vorderste Bank. Das Wasser ist überall auf den Boden gelaufen. Er wirft einen skeptischen Blick auf Franz: „Wir wollen nach Amerika."

„Ich will nicht mehr nach Hause. Ich will zur See. Amerika ist mir recht", bestätigt Franz, immer noch spuckend.

„Was ist passiert?", fragt Jan misstrauisch.

Franz erzählt stockend: „Mein Papa ist auch dein Papa."

„Ich weiß." Jan muss sich an den Gedanken noch gewöhnen.

„Das weißt du?", fragt Franz irritiert.

„Dein Papa hat meinen Papa verhaftet", wirft Salomon ein. So ganz ist ihm Franz im Boot nicht geheuer.

„Und meinen." Susanne weiß noch nicht so recht, wie sie sich verhalten soll. Bis jetzt fand sie Franz ziemlich doof. Aber so… .

„Tut mir leid", gibt Franz zerknirscht zu.

„Warum willst du denn weg?", fragt Jan schließlich.

„Mein Papa hasst mich. Ich bin ihm egal." Franz sackt zusammen. Susanne nickt. Den Eindruck hatte sie auch. Jan ebenfalls.

„Mein Papa hat mich sehr gerne. Er bringt mir alles bei und geht schwimmen mit mir", strahlt Salomon. Gleich darauf fällt ihm ein, dass sein Vater verhaftet wurde, und er schnieft leise ein paar Mal.

„Kann ich mit?" Franz blickt bittend in die Runde. „Ich will nicht mehr nach Hause." Ihm ist kalt, und er zittert.

Einen Moment lang sagt keiner etwas. Susanne nickt schließlich, dann Jan, und dann auch Salomon. Zuerst schöpfen sie mit dem kleinen Eimer das Wasser hinaus. Franz tauscht mit Susanne und Susanne rutscht zu Salomon auf den Boden. Der Kleine kuschelt sich an Susanne. Jan und Franz rudern nun gemeinsam. Ein bisschen komisch ist es zuerst schon, und sie beäugen sich etwas. Aber langsam geht es besser, und Franz lächelt Jan zaghaft zu. Und der lächelt zurück.

Onkel Wilhelm schaut nervös in das Jungenschlafzimmer und bemerkt das unbenutzte Bett von Franz und die leere Pritsche von Jan. Zögernd schiebt er sich ganz in das Zimmer. Paul liegt auf seinem Bett und starrt gegen die Wand.

Onkel Wilhelm räuspert sich. „Wo ist Jan?"

„Franz ist auch nicht da, falls du es nicht bemerkt hast."

„Wo ist Jan?"

Paul setzt sich auf. „Franz ist weg. Und dir ist es schnuppe. Immer ist es nur Jan. Und vorher war ich es. Es ist nie Franz."

„Paul, Franz... "

„Der Kleine reißt sich den Arsch auf. Nur um dir zu gefallen. Aber dir ist es scheißegal."

„Aber... "

„Gut, er ist eine Niete im Sport. Aber er gibt sich Mühe. Er betrügt sogar. Nur wegen dir. Damit du stolz auf ihn bist."

Paul springt auf und versperrt seinem Vater den Weg. „Warum hast du ihm nicht Schwimmen beigebracht?"

Tante Helena hastet die Treppe herauf. „Ich kann Franz unten nicht finden. Ist er...?" Sie beendet den Satz nicht, als sie die leeren Betten sieht.

„Jan ist auch weg", fügt Onkel Wilhelm zerknirscht hinzu.

Tante Helena starrt Onkel Wilhelm an, und der errät ihren Gedanken. „Das Boot!"

„Mach dir keine Sorgen! Ich finde ihn!" Onkel Wilhelm will gehen, aber Paul rührt sich nicht von der Stelle.

„Was ist mit Thomas?" Paul wartet. Er schaut seinem Vater fest in die Augen.

Onkel Wilhelm sieht ihn einen Moment an. „Ich werde nichts sagen."

Damit schiebt er Paul zur Seite und rennt die Treppe hinunter. „Paul, such flussaufwärts. Für alle Fälle."

Die Kinder rudern langsam mit der Strömung. Sie versuchen, nahe am Ufer zu bleiben. Ihre Mägen knurren. Jan zerbricht sich den Kopf, wo sie etwas zu essen bekommen können. Er würde nicht klein beigeben. Er nicht.

Franz beobachtet ihn. „Morgen Abend erreichen wir das Meer." Und fügt er ein bisschen stolz hinzu: „Ich hab's mal ausgerechnet."

„Wenn ihr ein Stückchen Draht habt, kann ich eine Angel basteln", brummelt Salomon verschlafen.

Sofort durchsucht Jan seine Hosentaschen, gibt aber in der Dunkelheit auf. „Kannst du auch Feuer machen?"

„Ist schwer; mit 'ner Glasscherbe."

„Wenn's hell wird, können wir uns auf einer Obstwiese etwas holen", schlägt Susanne vor. „Da gibt es immer was."

„Brombeeren", überlegt Salomon.

„Oder Hühner vom Bauern klauen", denkt Franz laut.

„Kann jemand Kühe melken?", fragt Jan hoffnungsvoll, aber alle schütteln den Kopf.

Salomon hebt den Kopf und deutet auf das Ufer. „Da ist was!"

Sie spähen in die Dunkelheit, und tatsächlich: jemand läuft am Ufer entlang.

„Ich bin's, Franz. Dein Vater. Onkel Wilhelm", ruft Onkel Wilhelm.

Franz schreit zornig zurück: „Ich kann jetzt schwimmen! Ich brauch dich nicht mehr!"

„Kommt ans Ufer! Das ist zu gefährlich!"

„Als ob das an Land nicht gefährlicher wäre", flüstert Susanne mehr zu sich selber.

Jan schreit in die Nacht: „Wir können nicht zurück."

„Warum?"

„Wir sagen dir überhaupt nichts mehr!"

„Kinder, ihr müsst zurückkommen! Es passiert euch auch nichts!"

„Und das sollen wir dir glauben?"

„Das versteht ihr nicht!"

„Oh, wir verstehen das sehr gut! Du quatschst von Kamerad-schaft. Aber du hast deine Freunde verraten! Alle!"

Onkel Wilhelm schweigt.

Franz mischt sich ein: „Mama hat erzählt, dass du, Adrian, der Jude und der Schwarz in der Schule die besten Freunde wart."

„Das ist lange her!"

Jan brüllt wütend: „Wenn du deine Freunde verrätst, kannst du das machen. Ich tu das nicht. Und es ist mir egal, ob du mein Vater bist. Ich wollte, es wäre der Jude gewesen!" Damit setzt er sich hin und fängt wieder an zu rudern.

„Jan, jetzt hör mir zu. Ich hab' einen Fehler gemacht."

„Fehler?"

„Aber ich kann ihn nicht wieder gut machen."

Jan gibt Franz ein Zeichen, näher an das Ufer, in die ruhige Zone zu rudern. „Du kannst sie doch wiederholen. Du bist doch Ortsgruppenleiter!"

„Du grüne Scheiße! Ich bin gut genug, um Leute zu verpfeifen, aber ich habe keine Macht – nicht einen Funken – , irgendjeman-den wiederzuholen. Bitte, kommt zurück", brüllt Onkel Wilhelm verzweifelt.

„Ich kann nicht. Wir müssen Salomon nach Amerika bringen."

Jetzt erst fällt Onkel Wilhelm die kleine Gestalt im Hintergrund auf. Er rauft sich kurz die Haare. „Kommt zurück, bevor noch was passiert."

„Nein. Ich lasse Salomon nicht im Stich."

Susanne schreit dazwischen: „Salomon wäre morgen nach England gefahren."

„Was? Wann?" Onkel Wilhelm stutzt.

„Sein Vater hätte ihn morgen zum Bahnhof gebracht", erklärt Jan giftig.

Onkel Wilhelm schweigt einen Moment. Jan hält das Ruderboot ein paar Meter vor ihm mehr schlecht als recht in der Uferzone auf dem Fleck.

„Aber dafür muss er doch Papiere haben?" Onkel Wilhelm macht ein paar Schritte ins flache Wasser. „Salomon, hast du welche?"

Salomon ist zu verängstigt, um irgendwas zu sagen. Susanne stupst ihn an. „Ja. Die liegen in der Kommode. Mama hat mir auch einen Koffer gepackt", flüstert er.

„Ja, hat er", ruft Susanne.

Onkel Wilhelm macht eine Pause. Er denkt nach. „Hört mir jetzt gut zu! Wenn ihr jetzt weiterfahrt, vergeudet ihr Salomons einzige Chance, den Zug noch zu kriegen. Ich hab mein Auto gleich da hinten stehen. Wir schaffen es noch. Wir holen seine Sachen und fahren nach Berlin. Gleich."

„Ich glaub dir nicht!" Jan schüttelt den Kopf. „Du steckst ihn auch in ein Lager!"

Franz pflichtet ihm mit düsterer Miene bei. Salomon sitzt ganz still und traut sich nicht mehr, sich zu bewegen.

„Bitte! Hört mir jetzt gut zu. Ich kann weder Adrian, noch Daniel, noch seiner Mutter helfen. Salomon hat noch eine winzige Chance. Aber nicht, wenn wir hier noch lange bleiben."

Jan schaut die anderen an.

„Ihr werdet erwischt! Ihr kommt nie bis zum Meer. Und dann ist es zu spät. Kein Mensch außer mir wird ihn noch nach Berlin bringen!"

„Was meint ihr?", fragt Jan leise in die Runde.

„Er hat Recht", meint Susanne. „Wegen uns ist es egal, aber Salomon... "

Alle blicken auf den Kleinen.

„Was willst du?", fragt Jan behutsam.

„Ich verspreche euch, alles zu tun, damit Salomon den Zug bekommt", schreit Onkel Wilhelm hoffnungsvoll.

Salomon schaut auf seine klammen Hände. „Mama hat mir gesagt, dass ich in England bei einer neuen Familie lebe. Und

Papa, dass ich in die Schule gehen kann. Und er hat mir gesagt, dass ich mich ganz doll anstrengen soll. Damit ich was werde. Und dass ich mich nicht kleinkriegen lassen soll, wenn's schwierig wird." Er sieht sie an. „Ich will nach England."

Jan nickt langsam und sie rudern ans Ufer.

Als sie anlegen, schaut Jan Onkel Wilhelm prüfend in die Augen. Er will wissen, ob er es ernst meint. Onkel Wilhelm nickt ihm glücklich zu. Dann hilft er allen aus dem Boot. Franz bindet das Ruderboot mit dreifachem Knoten an einen Baum. Sicherheitshalber. Onkel Wilhelm hebt Salomon, der vor Angst und Kälte zittert, hoch. „Ich halte mein Wort." Und dann rennen sie, so schnell sie können, zum Auto.

Die Fahrt nach Berlin geht fix. Jan sitzt vorne; die anderen schlafen hinten auf der Rückbank.

Sie waren zum Haus der Rosenstolz gefahren. Ganz schön kaputt war nun alles. Salomon hatte geheult. Onkel Wilhelm hatte die Papiere gesucht und Franz den Koffer. Jan hatte noch Fotos von den Wänden genommen und in den Koffer gesteckt. Susanne hatte Salomon schnell in einer Schüssel gewaschen und angezogen. Und dann waren sie schon wieder los.

Onkel Wilhelm gibt Gas. Nun sausen sie durch die Nacht.

Jan vergewissert sich, dass die anderen schlafen: „Warum hast du mich angelogen? Warum hast du mir nicht gesagt, dass du mein Vater bist?"

„Du dachtest doch, dein Vater wäre Walter. Ich dachte, es wäre besser so. Wegen Franz und Paul. Und Tante Helena."

„Warum habt ihr meine Mama weggeschickt?"

„In so einem kleinem Dorf...das wäre das unmöglich gewesen. Und sehr schlimm für Tante Helena."

„Warst du in Mama verliebt?"

„Ja." Dann holt er weiter aus. „Tante Helena hatte gerade eine

Fehlgeburt gehabt. Ihr ging es so elendig. Alles war irgendwie schwierig, und wir stritten uns nur. Ich hab' das irgendwann nicht mehr ausgehalten. Deine Mutter wohnte damals noch bei uns. Sie war so hübsch und lebendig. Zuerst sind wir nur mal zum Fluss. Um spazieren zu gehen. Zufällig hatten wir noch dieses Ruderboot. Und dann... Es war eine Affäre. Weißt du, was eine Affäre ist?"

Jan nickt. Zumindest ahnt er es.

„Warum hat Walter gesagt, dass er mein Vater ist?"

„Walter war ein dufter Kumpel. Und richtig verliebt in deine Mama. Er hat alles arrangiert. Dass deine Mama bei seinen Verwandten in Berlin unterkommt. Er wollte deine Mama heiraten."

„Wollte Mama denn auch ihn heiraten?"

„Sie hat gewusst, dass ich sie nicht heiraten kann. Und sie mochte Walter. Also hat sie ja gesagt."

„Und dann ist er verunglückt", sagt Jan leise.

Onkel Wilhelm wuschelt ihm über den Kopf. „Er war ein prima Kerl."

Sie erreichen Berlin. Hinten auf der Bank regt sich Salomon.

„Ich will dir ein guter Vater sein, wenn du mich lässt." Onkel Wilhelm schaut nach hinten auf den schlafenden Franz. „Und ihm auch."

In letzter Minute erreichen sie den Bahnhof. Onkel Wilhelm kauft bei einem Bäcker Verpflegung für alle. Dann stürmen sie zum Zug. Onkel Wilhelm wedelt hin und wieder mit seinem Ausweis. Susanne trägt die Brötchen und Franz den Koffer. Jetzt erst fallen Jan die vielen Eltern und die Kinder auf. Die Gesichter der Eltern sind unendlich traurig, und doch versuchen sie zu lächeln. Onkel Wilhelm sucht das richtige Abteil und spricht mit den Beamten.

Susanne drückt Salomon seine Brötchentüte in die Hand und umarmt ihn herzlich. „Halt' die Ohren steif, Salomon."

„Ich wünsche dir alles Gute", sagt Franz förmlich und schüttelt Salomon schüchtern die Hand. Dann fügt er verlegen hinzu: „Tut mir leid, dass ich dich verhauen habe. Und Steine nach dir geschmissen habe." Dann hält er Salomon seinen Koffer hin.

Salomon nimmt die Sachen. „Ich wünsche euch auch alles Gute!"

Onkel Wilhelm räuspert sich: „Deine Papiere sind in Ordnung. Benimm dich in England und mach deinen Eltern keine Schande. Schreib uns, wenn du angekommen bist. Auf Wiedersehen, Salomon."

„Kommen mein Papa und meine Mama auch irgendwann nach England?", fragt Salomon. Aber er kann die Antwort aus Onkel Wilhelms Augen ablesen. Dann hebt Onkel Wilhelm ihn in den Zug. Der Schaffner gibt das Signal zur Abfahrt.

Jan wuschelt Salomon durchs Haar. „Mach's gut, Großer Bär!"

„Ich hab Angst", gesteht Salomon leise.

„Das hätte ich auch, aber dein Vater war so froh, dass du nach England kannst. Das weiß ich. Du schaffst das. Und wenn ich groß bin, besuch' ich dich."

„Versprochen?"

„Versprochen. Großes Indianerehrenwort."

Der Zug fährt an. Jan tritt zurück. Irgendjemand schiebt Salomon in sein Abteil. Rauch ist überall, und dann ist der Zug weg.

Schweigend und müde gehen sie durch die Bahnhofshalle. Menschentrauben bilden sich. Immer mehr und mehr. Plötzlich schreit ein Mann aus einer Gruppe: „Es ist Krieg! Deutschland ist im Krieg!"

Nachtrag:

Am 1. September 1939 verlässt der letzte Kindertransport mit 150 Kindern Berlin.
Diese Transporte retten 10.000 jüdischen Kindern das Leben.
Über 1.500.000 Kinder sterben in den nächsten sechs Jahren in den Vernichtungslagern.

www.ingramcontent.com/pod-product-compliance
Lightning Source LLC
Chambersburg PA
CBHW021954170626
46808CB00001B/153